大鱼文化传媒　大鱼文学

赤焰冷

CHI YAN LENG

著

相思骨

XIANGSI
GU

贵州出版集团

贵州人民出版社

图书在版编目（CIP）数据

相思骨 / 赤焰冷著. –– 贵阳 : 贵州人民出版社,
2016.1（2020.1重印）
ISBN 978-7-221-13136-2

Ⅰ.①相… Ⅱ.①赤… Ⅲ.①长篇小说 – 中国 – 当代
Ⅳ.① I247.5

中国版本图书馆 CIP 数据核字 (2016) 第 018905号

相思骨

赤焰冷 著

出版统筹　陈继光

选题策划　欧雅婷

责任编辑　陈继光 胡　洋

封面设计　刘　艳

封面绘制　容　镜

出版发行　贵州人民出版社（贵阳市观山湖区会展东路SOHO办公区A座
　　　　　邮编550081）

印　　刷　三河市华东印刷有限公司

开　　本　32开（889mm×1194mm）

字　　数　283千字

印　　张　8

版　　次　2016 年 4 月第 1 版

印　　次　2016 年 4 月第 1 次印刷
　　　　　2020 年 1 月第 2 次印刷

书　　号　ISBN 978-7-221-13136-2

定　　价　35.00 元

目 录
Contents

相思骨

目 录
Contents

相思骨

楔 子

上百年了吧，陈小妖不太记得了，反正这座庙盖好前她就在这里，当时她还是刚有肉身的小孩子，经常抓山林里的小兽吃，后来这里盖了这座庙，听说是用老和尚化缘得来的钱盖的，所以老和尚成了这里的第一代主持。经常会有人来烧香，留下好多好吃的供品就走了，从那时候开始她就只吃供桌上的供品，不再捕山林里的小兽了。

师父说妖是不能进庙的，会被庙里的佛光打得神形俱灭，但她不知怎的一点儿事也没有，和如来佛祖抢供品吃，一吃就是百年了。而且可能因此沾了佛气，她的力量也增长得快，都长成了一个大姑娘。师父说再过几年就把她嫁给对面山上的虎精，她才不要，那虎精她见过一次，已是个老头儿了啊。

师父说这事由不得她，但她想好了，如果那虎精来逼婚，她就躲进庙里，反正其他妖不敢进来。

今天是月圆夜，这里的狼大哥又在对着月亮乱叫了，他说这叫抒发感情。可陈小妖觉得，这是修炼不够，所以她干脆躲进庙里来，图个清静。

庙里好像来了客人呢。她隐在暗处往屋里张望，隔着这一任主持油光光的头，她看到了对面的人。

是个好看的男人，穿着月白色的儒衫，发髻随意系着，腰上还别着只葫芦，他说话时一直在微笑，声音也是轻声细语的。陈小妖几百年里也算见过不少人了，还没有见过这么漂亮的男人。

"咝！"

呃，好像是她的口水流下来了呢，她忙拿手擦掉。

风畔微微皱了皱眉，不动声色地看了眼那隐在黑暗中的墙角，似有什么东西在那儿，不是人，却也感觉不到妖气，是什么？

"风施主在看什么？"主持慈眉善目地笑问。

"哦，"风畔收回视线，"看到一只老鼠而已。"

"老鼠？"主持跟着转头去看，随即一笑，"是老鼠啊。"

第一章

【半神】

听别的妖说，师父其实是只猫妖，但她从没见过师父现原形。

那男人说她是老鼠，如果真是这样，那应该早就被师父吃掉了吧。

"小妖，你过来。"师父今天有些神秘。

"什么事啊，师父。"

"你是不是在庙里看到那个男人了？"

"哪个男人？"

"腰上别着个葫芦的男人。"

陈小妖想了想，是那个漂亮男人吗？师父打听他干吗，难道想抓来做丈夫吗？以前师父的一个好姐妹就喜欢引诱漂亮的凡间男人，玩了几天就把他们吃掉。

"到底看到没？"师父看她不说话，推推她。

"有是有啊，可师父问他干什么？"她不太情愿地承认。

师父眼中立即闪过一抹妖光，欣喜道："他果然出现了。"

"他是谁啊？"陈小妖有点儿莫名。

"他是个'半神'，听说吃了他的肉可以得到至少五千年的道行，"师父已经在流口水了，"还有他身上别的那只葫芦听说已经存了五百只妖的妖力，如果既吃了他的肉又能得到葫芦里的妖力，我就能修成正果了。"

"五百只妖啊？"那师父会不会是第五百零一只？陈小妖可没有师父那么乐观。

"小妖，你帮师父好不好？等师父修成了成果，师父带你一起上天。"

"这个……"她不想成为第五百零二只啊。

"啊！师父白疼你了。"师父又故技重演，那个"啊"字听上去就像猫叫。

陈小妖捂住耳朵。

"啊……"

"好吧，好吧。"陈小妖投降。

陈小妖其实不那么爱穿这么露的衣服，但师父说男人们都爱，就算对方是半神，只要是男人都会被她的美色引诱。

美色引诱？师父为什么不自己引诱？

她再次拉了拉快看到乳沟的衣服前襟，唉，虽然她是妖，但也是一只清纯的小妖，师父也不能这样糟蹋她啊。

庙中的西厢房灯还亮着，那个半神还没睡吧？

她现了形，穿着清凉的衣服进了厢房。

他似乎睡着了，应该是看桌上的佛经时睡着的，那只葫芦还别在他的腰间。

油灯上的火苗闪啊闪的，她看着男人清俊的脸。

真是个漂亮的男人，她的口水又下来了。

她伸手想去摸他的脸，男人轻轻地哼了哼，别过脸去。

哎？没碰到？

她不死心地想绕过身去再摸，眼角却瞥见了桌上的一盘桂花糕，雪白的桂花糕散发着甜香，她的目光马上被胶住了，去他的漂亮男人，去他的半神，她直接冲着那盘桂花糕去了。

她塞了一块进嘴里。

唔……好甜。

她又塞了一块，空出的手也抓起一块。

似乎有什么不对劲，她边吃边想，然后肚子突然痛起来。

越来越痛。

怎么回事？

她不情愿地放下桂花糕捂住肚子，难道吃错东西了？可她是妖啊，凡人才会肚子痛。

阵阵冷汗冒出来，她蹲在地上，然后看到那男人的脚动了，她抬起头。

男人已醒了，正看着她。

"小妖儿，胆子好大啊。"男人笑着道，伸手一点那盘桂花糕，那几块吃剩的桂花糕成了张张纸片儿，是符纸。

她觉得肚子更痛，却没有叫出声，眼睛瞪着他，看他慢慢地拿下腰间的葫芦。

原来她才是第五百零一只妖啊。

男人拔开葫芦的盖子，放在桌上，然后开始念咒。

陈小妖觉得身体如被撕裂般疼痛，她咬住唇没有叫，只是瞪着他。

那男人念了半晌，忽然"咦"了一声，停了下来，复又盖上那葫芦的盖子。

那撕裂般的疼痛随即消失。

他看着她的眼，很仔细。

"你可伤过人？"他问。

"没有。"虽然不明所以，她答。

"你为什么能进这庙来？"

"我也不知道。"这是实话。

"把手伸过来。"

她把手伸过去。

男人柔软的指抓住她的臂腕，把脉一样。

"原来如此。"好一会儿，他点点头，松开她，"你叫什么？"

"陈小妖。"虽然他让她很痛，但她还是很老实地答。

"陈小妖?"他笑,忽然伸出两指放在唇间轻轻地念。

又来,陈小妖捂住耳朵,然而哪里挡得住那烦人的声音。

不过一会儿的工夫。

男人停下念咒,看着蹲在地上的一只粉色小猪,轻轻抱起来。

"小妖,以后就跟着我吧,我和你该有一段缘。"他边笑,边把原本套在自己腕间的七色石取下,套在小猪的颈间。

小猪的鼻子在他掌间拱了几下,他一笑,将她放下。

魔旦生时,乌云遮月,雷声阵阵,天地混淆在一起,如同一潭泥沼。

她意外怀孕了,没有成亲就怀孕了,那是要被浸猪笼的,所以她逃了。

她不要这个孩子,从来没有与男人接触过的她怎么会怀了孩子?她认为那是只妖怪,就如同梦中时常梦到的那样,那是只长着银眸、头发血红的魔。她吃过打胎药,故意跌倒,但体内的孩子仍然平安无事,他长得太快,不过一月便已撑大了她的肚子,似将要出生。

外面在下雨,破屋里一片漆黑,偶尔划过的闪电,惊现出她无比恐惧的脸。

肚子在动,翻江倒海般地动,那妖怪要钻出来了吗?

又是一道闪电,手中已多了一把明晃晃的匕首,她要在他出生前杀了他。闭闭眼,深吸一口气,她举高匕首毫不犹豫地朝着胎动最厉害的一头猛扎下去,"嗞"的一声,感觉不到疼痛,匕首似被什么咬住。她一惊,用力往外拔,匕首却一寸寸地往里面钻。怎么回事?她惊恐地张大嘴巴却叫不出声,闪电划过时,她看到匕首已全部没入自己肚腹间,然后是金属被折断、摩擦的声音,似有人在津津有味地咀嚼那把匕首。

四周无端亮起昏黄的光,不似人间的光,带着无边的魔性让人恐惧不已。

她看到自己肚腹间那被划开的口子竟然有东西往外伸出来,她的血同时跟着涌出,没有疼痛,她只是惊恐地看着那东西,随着那东西越来越往外伸,她分辨出那是一只婴儿的手,然后是手臂,另一只手,手臂。

相思骨 XIANG SI GU

那道口子被扯宽，头也同时冒出来，血红的发，紧闭的眼。她叫不出声，喉间发出"咳咳"的声音。

忽然，那双眼张开了，银色的眸瞪着她。

"啊！"她终于叫出声，已不似人的声音。

"乌云翻涌，电闪雷鸣，有魔降生了，"风畔看着天空的乌云，指间来回地掐算着，"只是，好像早出生了一个月啊。"

他自土坡上跳下来，回身看了眼自己的小跟班，问道："烤好了没？"

"哪有这么快？"陈小妖恨恨地回道。

"怎么这么慢？"

"要不你来烤。"她扔掉手中的烤肉。

"小妖儿又淘气。"他懒懒地往回走，手状似无意地去拨另一只手上缠着的七色石。

陈小妖打了个激灵，忙捡起那块被扔掉的烤肉："好嘛好嘛，马上烤。"另一只手去摸自己颈间的七色石，不知怎的，只要他一拨弄他手上的七色石，自己颈间的那块七色石便似有了感应，变得滚烫，她可不想手中的烤肉还没烤熟，自己先变成烤乳猪了。

"半神，狗屁半神！"她边烤边低骂着。这个男人根本就是只恶魔，分明是在修行，却荤腥不忌，尤其爱吃猪肉，明知道她是猪妖，还让她每天上演手足相残的戏码。她恨死他了，恨死他了，为什么颈间里那破石链拿不下来，只要能拿下来，她一定把他吃了，一解多日来的心头之恨。

"小妖儿，在咕哝什么呢？"风畔微笑地坐在她旁边，即使离开了那座庙，她身上仍有极淡的檀香味。

"没什么，"陈小妖只顾埋头烤肉，忽然想起什么，道，"小妖就是小妖，不要加个'儿'字，我都几百岁了，你在这一世不过二十几岁，怎么说我都比你大很多，不要把我叫小了。"

"呵呵……"风畔笑，这小猪妖还真有趣，心思想法已完全如人类，看来这百年混迹在人间已有了人的心性。

"知道了，小妖儿。"他回道。

"你还叫，你还叫！"陈小妖气得直跺脚。

他仍是笑，伸手从她手中的烤肉上撕下一块放在嘴里嚼。

"唔……再烤一会儿就可以吃了，"他把手中多出来的肉凑到她嘴边，"你要不要？"

"我呸呸呸！"陈小妖躲开几尺远，那是猪肉好不好！他是故意的，绝对是故意的，她眼泪汪汪。

而那男人恶作剧得逞一般，将肉塞进嘴里，轻轻地笑，眼睛却是看着天上的乌云，乌云未散，天地处在灰暗中。

"看来世间将有一劫了，不过幸亏他早出生了一个月，魔力应该也削了一半吧？"他边嚼着肉，边自言自语。

第二章

【冰花】

> 她一直是最美丽的，这个城里最美的，或是这个国家最美的，
> 她最关心的就是她的美貌，最爱的就是对镜自怜。
> 别的，她都不关心。

陈小妖终于见识到那只葫芦是怎么收妖的。

好好的一只狗妖，道行近千年了吧？风畔就这么念了几句咒语，拔开葫芦把他收了。

可怕，好可怕！

"小妖儿，你冷吗？"大掌拍拍她的肩，那个可怕的男人道。

"冷？我是妖，怎么会冷？"

"那你抖什么抖？一路抖到现在了。"

"我……我……"呜……好想哭啊。

"你哭什么？"

"我没有哭啊。"陈小妖边说边眼泪汪汪。

风畔看看她的表情，微微地笑，这小东西被吓坏了啊！抬眼看到旁边有人在卖冰糖葫芦，他便要了一串，正想逗她玩，却见前面不远处围了一大群人，后面还有人不断跑上去。

"有热闹看吗？"他咬了一口冰糖葫芦。

"好像都是男的。"陈小妖接着道，同时愤愤地看了一眼风畔手中的冰糖葫芦，一个大男人还吃冰糖葫芦，真不知羞。

"想吃吗？给你了。"又咬了一颗下来，风畔才把手里的冰糖葫芦扔给她，"去看看热闹。"

陈小妖瞪着只剩三颗球的冰糖葫芦，她才不要吃他剩下的，总是这样，总是这样，这次绝对不吃！她下定决心便狠狠地咬了口糖葫芦，跟过去。

是个不算大的宅院，人太多，堵在门口，看不清里面的状况。

"有人钱掉了。"风畔喊了一句。

一群人马上蹲下捡："哪里？哪里？"

风畔趁机拉着陈小妖越过蹲地找钱的人，走到门口。

"咦？"他疑惑。

"怎么了？"

"门上没贴门神。"

"那怎么了？"

风畔凑近她，在她耳边很轻地说道："说明有妖怪。"

陈小妖张大嘴巴。

那女人的确很美，连陈小妖也看傻了，怪不得一群男人挤破脑袋就为了抢一朵这个女人送的花，花哎，又不能吃。

"公子请喝茶。"女人十指纤纤，捧着青花茶碗，盈盈而来。

风畔接过，手不小心碰到女人的手，冰冷异常，他犹如未觉，掀开杯盖，里面浮着几片鲜红的花瓣，有股异香扑鼻而来。

"这不就是你送给那些人的花？"旁边的陈小妖先叫出来，看着自己手中的茶水。

"那叫冰花，喝了可以补气强身，是我们朱家秘方栽培的。"那女人叫朱仙妮，笑得闭月羞花。

"补气强身啊，那一定要喝。"陈小妖一口喝干。

朱仙妮掩嘴而笑，道："这可是上等的冰花茶，要慢慢品的。"

陈小妖红了红脸，她想起庙里的第一任主持喜欢喝茶，因为是个漂亮的男人，所以她喜欢躲在暗处，看他慢慢地品茶。

　　也许是太久以前的事了，陈小妖忘了茶其实是应该慢慢品的。

　　风畔喝了一口，那鼻端的异香便入了口，进了腹，他不觉皱了下眉，不喜欢那样的异香，只喝了一口就把杯子放下了。

　　"不好喝吗？"朱仙妮歪着头问他，看上去天真又可爱。

　　"是啊，不好喝吗？"陈小妖有样学样，也歪着头问他。

　　风畔笑笑，手伸到另一只手的衣袖里。陈小妖马上坐正，拿起空了的茶杯，装模作样地喝，心里却在想，你敢，你敢碰那七色石，我就与你拼了。

　　风畔只拉了拉衣袖就缩回手，笑着对朱仙妮道："很好喝，只是喝茶要静心，姑娘站我面前，我哪能静心呢？"

　　"这么说是小女子碍了公子喝茶的雅兴了？"虽是这样说，朱仙妮却是很开心的样子，她第一次见到这么漂亮的男子，不由得又看了几眼，再靠近了一些。

　　色坯，两个色坯！陈小妖对着空茶杯吐舌头。

　　肚里似乎冰冰冷冷的，她伸手抚着肚子，怎么回事？方才还好好的，难道是饿了吗？她拿起桌上的水果咬了一口，眼角看到朱仙妮几乎已经靠在风畔的身上，而那男人居然还在笑。

　　色坯！她又骂了一句。

　　风畔说他与朱仙妮的父亲曾有过些交情，朱仙妮便请他留在家中过夜。

　　陈小妖是不怎么相信风畔的话的，但有的住总是好的，总比露宿郊外被逼着替某人烤肉强。

　　朱府不算大，朱仙妮父母早逝，只有朱仙妮和几个仆人。晚上留客，烧了一大桌的菜，除了猪肉，其余的都是陈小妖喜欢吃的，确切点儿说除了猪肉，没有她不喜欢吃的。

　　朱仙妮殷勤地夹菜，当然只夹给风畔一个人吃。风畔没吃几口，只是一口口地喝酒，喝到后面他似乎醉了，一遍遍地夸朱仙妮有多美，夸得陈小妖胃口也没了，原来这个被称为"半神"的男人除了爱沾荤腥，还喜欢女色。陈小妖心里无比鄙视，本来决定哪天挣脱他的魔掌后便吃了他，现在已经没胃口了。

到后来，风畔彻底喝醉了，开始胡言乱语。陈小妖边嚼着花生米，边瞧着他的俊脸通红，本来粉色的唇沾了酒水更是泛着水光，一颗花生米从她嘴里掉下来，然后手里的也掉了。不是说不屑吃他了吗？怎么又在流口水了？她擦擦嘴角。

"小妖儿，送我回房睡觉。"风畔抓住陈小妖的手臂。

"让下人送吧。"朱仙妮走上来。

"不，我就要她送。"他钩住陈小妖的脖子，整个人压在她身上。

陈小妖认命地承受他的重量，奇怪，喝这么多酒怎么没酒气？身上还有好闻的味道。陈小妖用力地吸了几口，觉得吃他的胃口又上来了。

朱府的路左弯右拐的，压在她身上的人也是左跌右倒的，陈小妖握住拳头想趁机在他的肚子上打几拳，可是每次她打左边，他便正好往右边倒，打右边，他又往左边跌，干脆打中间，他就整个人跌下，还得将他扶起来，陈小妖气得直咬牙。

好不容易到了房中，陈小妖一把将他甩在床上，准备啃他一口肉再走。

月光下，她露出白森森的牙齿，可惜她是那种小粉猪，没有骇人的獠牙，不能增加恐怖的气氛，但她不理会这些，对着他的脖子准备咬下去，她还要吸血，好好报复他。

她的脸慢慢地靠近，就要碰到时，风畔的眼却忽然睁开了。

"小妖儿，你想干什么？"他带着笑问道。

"吃你，吃了你。"陈小妖扑上去。

颈间在同时灼热地疼痛起来，她马上意识到发生了什么。她僵在那里，看着他的一只手已经碰到了另一只手的七色石。

"我错了。"她可怜兮兮地求饶，好烫啊！

"下次还敢不敢？"

"不敢了。"她已经在哭了，真的好烫好痛啊。

风畔嘿嘿一笑，终于收回手。

"咦，你不是醉了吗？"陈小妖这才回过神，摸着脖子瞪着眼前的男人，"你骗我？"

"是你笨。"他伸手打了下她的头。

"我分明看你喝了很多酒。"打得好痛哦。

"喝很多酒不一定会醉。"风畔看着眼前一脸不解的小猪妖，终于好心地凑近她，"这一世，我的酒量似乎好得很。"

陈小妖仍是不解："那为什么要装醉？"还让她扶回来，真的好重啊。

风畔笑笑，有些高深莫测，道："小妖儿，先去问一下茅房在哪儿吧。"

"干吗？"问茅房做什么？陈小妖下意识地捏住鼻子，凡人的茅房都好臭啊。

"你要上茅房就自己去问。"她又加了一句，肯定是他要去，才让她问。她是妖怪，不是让人使唤的丫头。

风畔还是笑，倒头往床上一躺道："我是为你好，你不问就算了。"说完闭眼就睡。

陈小妖作势向他踢了几脚，却不敢真的踢上去，咬牙切齿地想，他有地方睡了，她又要睡哪儿？这朱仙妮好像没有给她安排房间，得出去问问朱仙妮。

出了门，外面静得吓人，分明是暖春，却有阵阵寒意飘过来，什么鬼地方？陈小妖心里嘀咕，方才还看到有好几个下人呢，现在怎么连个人影都瞧不见？难道都睡了？

肚子在同时痛起来，她抚住肚子，觉得有股冰冷的气在肚中回旋，她一下子跳起来，叫道："不好，要上茅房。"

那股冰冷的气来势汹汹，陈小妖边跑边找茅房，却哪里也找不到。

"人呢？人都跑到哪里去了？"肚子痛极，陈小妖像热锅上的蚂蚁，这才想起风畔的话，不禁叫道，"他肯定早知道。"说着也不管三七二十一，决定随便找个地方解决了问题再说。她是妖，妖怪不是凡人，本来就是就地解决的不是？

她一脚踹开前面的一扇门，然后看着里面愣住了。

"茅房？"居然给她找到了。

她冲进去。

直拉得天地变色，陈小妖想，她大概把今晚吃的东西全部拉出来了。好臭，她捏住鼻子，自己开始嫌弃起自己来。

从茅房出来时有些虚脱，她边走边想，若是被师父和其他妖怪知道一定会嘲笑她的，一只妖怪拉肚子拉到虚脱真是闻所未闻。

方才因为着急，所以四处乱跑，她这才发现居然迷路了，朱府不就是这么点儿大的地方吗？怎么会迷路？陈小妖站在分岔路口，犹豫着该往哪条路走，忽然看到前面的一个房间亮着灯，极微弱的灯光，却让陈小妖决定朝着有灯光的方向走。

越靠近那个房间，寒意越浓，她抖了抖身子，裹紧衣服往前走，心想，这天怎么变得这么冷了？微微施了下妖力，护住身体，她伸手推开那间亮着灯光的房门。

"有人吗？我迷路了，麻烦……"她话还没有说完，却见屋里吊着三个人，而同时身后被拍了一下。

"啊！什么？"她吓得跳起来。

"妹妹，是我啊。"朱仙妮拿着灯笼站在陈小妖的身后，灯笼的光照在她脸上，她的脸苍白得吓人。

"屋里……屋里……"陈小妖指着屋里。

"屋里怎么了？"朱仙妮凑上去看，"这是一间空屋子，屋里什么也没有啊。"

"有亮光，有人。"陈小妖捂住眼睛不敢往里面看，刚才被吊着的三个人表情好狰狞啊。

"哪有人？是间空屋子。"朱仙妮轻笑，"妹妹，你再看看，没人啊。"

陈小妖捂住眼睛的手张开一条缝偷偷地看，咦，真的没有。她放下手，还是没人。怎么回事？她用力地揉揉眼。

"一定是妹妹错看了，走吧，我送你回屋去。"朱仙妮笑着拉她的手。

陈小妖忙甩开，好冰的手。

"怎么了？"

"没什么？"陈小妖抓住被朱仙妮握过的手，觉得朱仙妮好怪，却又说不出哪里不对。她没有去细究，只想快点儿离开这里。

"你带我回房间吧。"陈小妖说。

回到房间，风畔已睡着，陈小妖一屁股坐在床上，百思不得其解，分明是看到三个人啊，怎么又没人了呢？她看看屋梁，又看看地板，再看看床上的风畔，手在自己的眼睛前比来比去。

"眼睛没问题啊。"她自言自语。

一个怪声音同时从肚子里冒出来，陈小妖低头看看自己肚子，愁眉苦脸，刚才把肚子拉空了，现在饿了啊，但深更半夜又到哪里去找吃食？她又回头看看床上白白净净漂亮得不可思议的男人，看起来是很可口，却不敢吃。

口水又流下来，她吸了吸口水，可怜兮兮地窝在床的一角，准备快速睡着，在梦里吃东西吧。她躺下来，才不要睡地上，又不敢靠风畔太近，所以整个人缩成一团。

睡，睡着就好。她闭上眼。

居然一觉睡到大天亮，陈小妖揉了揉眼，发现自己呈"八"字形躺在床上，而身边的男人已不见踪影。

她一下子坐起来，屋里也没人。

她下意识地抚着自己的肚子，糟了，会不会因为太饿半夜里把他吃掉了？陈小妖马上跳下床，找了一圈儿，地上没有衣服，也没骨头。不会吧，自己这么饥不择食，连衣服和骨头这么难以下咽的东西也吃下去了？

陈小妖张大嘴巴。

"小妖儿，过来。"有人喊她。

"哦。"她应了一声就奔过去。

风畔蹲在门口。

"你、你？"陈小妖指着他，不是给自己吃掉了吗？

"发什么呆？"风畔打了下她的头，"捡一朵我看看。"他指着掉在门口的好几朵粉色的花。

"哦。"她低头去捡，手伸到一半又缩回来，"为什么要我捡？你自己不能捡啊。"陈小妖回过神。

"乖。"风畔很好心地摸摸刚才被他打过的地方，但口气却没那么好心。陈小妖听出威胁的味道，马上蹲下来捡了一朵，好冰啊，她差点儿丢掉，怪不得让她捡，不好的事情总是让她做。

风畔盯着她手中的花，花瓣透明，散着阵阵凉意。

"可以了，丢了吧。"

陈小妖马上扔掉，对着手哈气，那花掉在地上不是轻盈而落，而是很轻的"啪"的一声，然后碎了，真的像冰做的一样。

"这是什么怪花？"陈小妖盯着那花的碎片。

正奇怪，忽然听到外面有人喊："死人啦！"

陈小妖吓了一跳。

"我们去看看。"风畔脚跨过那几朵花，往外走。

出大门不远的街上，围着一群人，陈小妖挤了半天才挤进去，风畔则任由她开道，跟在后面。

三具死尸躺在地上，皮肤成了绛紫色，似被吸干了血，已没有人样。

"吓！"陈小妖没做好心理准备，吓得不轻，反射性地往风畔身后躲。

风畔笑笑，将她拎到一旁，轻声道："你不是妖吗，也会被死人吓到？"

陈小妖脸一红，摸摸鼻子又看了眼那三具死尸，确定自己是真的害怕。天，比师父用面粉做脸时的样子还可怕。

"听说他们昨晚逛窑子了，才被那里的蝙蝠妖吸干了血。"有人在旁边道。

"已经死了十五个人了，竟然还有人敢去。"有人搭腔。

窑子？蝙蝠妖？

蝙蝠妖陈小妖是知道的，但窑子又是什么？

"窑子是什么？"她好奇地拉住旁边的人。

那人白她一眼："小姑娘问这干吗，快点儿回家去。"

陈小妖不死心又转头问另外一个人："窑子是什么？"

那人不怀好意地笑笑："小姑娘想去的话就跟我一起。"

陈小妖觉得那人笑得好难看，狐疑地看着他。

"小妖儿过来。"风畔叫她。

她回过神，跑过去。

风畔蹲在一具尸体旁边，陈小妖用袖子遮着眼，一步步地挨近："干什么？"

"看看他耳朵里是什么东西？"风畔站起来道。

"啥？"她眼睛瞪得老大，马上摇头，"不看。"

"乖。"风畔眯起眼，全是威胁的意味。

"我不。"痛死也不干。

"那好。"风畔伸出手，陈小妖以为他要去摸那串七色石，闭眼准备忍受那股灼热的痛，却听到"嘶"的一声。

"咦？"她一愣，不痛？怎么不痛，她睁开眼，却见风畔蹲在地上将一团白布塞进一具尸体的耳中，拉出来时，白布上有点点粉色。

"那是什么？"不仅陈小妖好奇，围观的人也好奇。

风畔不语，将白布往地上一扔，拍拍手道："走了。"

陈小妖被风畔拖出人群，跌跌撞撞，忽然觉得自己哪里不对劲，四下打量，也没发现什么。看风畔往一个方向走，她忙跟上去。

"要去哪儿？"

"窑子。"

"窑子？"陈小妖一愣，随即反应过来，叫道，"窑子！"

原来窑子里有好多有着浓重黑眼圈的女人，像师父发情时几天几夜没睡的样子，陈小妖好好奇，跟在风畔身后这边看看，那边摸摸。

风畔给了老鸨一锭金子，那老鸨见钱眼开，哪里顾得上大白天的姑娘们都还在睡觉，全部都一股脑儿叫出来。

风畔笑眯眯地看着她们，手里又多了锭金子："谁知道蝙蝠妖的事？"

红衣女人带着风畔他们一路绕过花园中的大池子，到了一处僻静的小院。小院的大门上了锁，缠着粗粗的链子。

红衣女人站在院门口，指着大门道："就这里了。"声音有些发颤，很害怕的样子。

风畔看着大门上的锁："这里以前谁住的？"

"是秋云姐。"

"秋云？"

"她以前是这里的花魁，这院子是妈妈专门盖了给她住的。大约一年前秋云姐忽然失踪，接着院里飞来很多蝙蝠，本来妈妈想让别的姐姐搬进来，但谁住进来，谁死。这不，昨天那三个客人喝醉了酒偏要说去捉妖，结果……"红衣女人面露恐惧。

"你们看到蝙蝠杀人？"

"是、是啊。"红衣女人点头。

风畔的眉微皱，看了那锁半晌，忽然道："这锁是哪儿来的？"

"是个捉妖的道士给的。"

"锁可曾打开过？"

"上了锁之后不曾打开。"

"那这三个人是怎么进去的？"陈小妖可听得清楚，这红衣女人分明说话自相矛盾。

"他们是爬墙而入，像中了邪一样一定要进去，只是人刚爬进半个身子，就忽然死了。我昨天就在旁边，看得清楚。"红衣女人说到这里时身体抖得厉害。

"这么可怕？"陈小妖瞪大眼睛，她在山里可从没见过蝙蝠妖有这么厉害，她认识的那只蝙蝠妖是个瞎子，走路总是东撞一下，西碰一下，满身瘀青。

"把锁打开。"风畔忽然在旁边道。

"我、我不敢，"红衣女人向后退了一步，"我可不想死。"

看到红衣女人的脸色，陈小妖也觉得害怕起来，结巴道："还是算了吧，看上去好可怕。"

风畔摸着下巴，眼睛看着陈小妖。

陈小妖被他看得心口一凉，他又要动坏主意了。

"小妖儿，爬上墙头试试？"果然。

"我不，你想也别想。"陈小妖头摇得像拨浪鼓，被杀了怎么办？

"大家都是妖，里面的那只不会把你怎么样。"风畔凑到她耳边轻轻说。

似乎有道理，陈小妖怔了怔，又马上反应过来，摇头道："还是不行。"谁说妖与妖比较友好的？上次师父就被一只山鸡妖啄伤了头，养了好几个月伤才好的。

陈小妖打定主意，决定绝不妥协，但颈间却忽然有股灼热感涌上来。她一惊，抬头看风畔，见他正倚着墙，手似乎无意识地摸着手腕间的彩石。

这个坏蛋！陈小妖被烫得眼冒金星，跺脚道："我上去，我爬上去就是了。"

踩着墙边的石头往上爬，陈小妖小心翼翼。

"不要杀我，不要杀我……"她口中念着，人已爬上墙头。

她不敢睁开眼，怕看到可怕的东西，下面风畔咳了一声，她一惊，这才不甘愿地睁开眼。院中的一切一览无遗，并没有什么可怕的东西，正屋、东西两厢、小亭、石山，应有尽有，只是因为长久没人居住已是杂草丛生。

"那是什么？"陈小妖"咦"了一声，正想看个究竟，却觉得有一种奇怪的声音扑面而来，似翅膀拍动的声音，夹着风声越来越近。

"什么？什么？"她心里莫名一慌。

与此同时，下面的风畔忽然跃起，在陈小妖还没反应过来之前，将她抱起背对院内，另一只手中的葫芦一抖，缠在葫芦上的流苏舞动，忽然金光一闪，然后一切都平静下来。

　　风畔抱着她跃回地面，葫芦上有一截流苏居然断了。

　　"什么？什么？"陈小妖完全晕头转向。

　　一直在旁边看着这一切的红衣女人已吓得坐在地上，口中道："蝙蝠，刚才有蝙蝠。"

　　陈小妖的额头上起了个大包，像被蜜蜂蜇了一样，一碰就痛。她眼泪汪汪地跟在风畔身后出了窑子，想用袖子擦眼泪，忽然发现自己左手的袖子被扯掉了一大块。

　　"咦？"怎么回事？她瞪着袖子，这可是她最爱的一件衣服，袖子雪白雪白的，像花妖姐姐起舞的样子，怎么就被撕掉了呢？

　　"小妖儿，发什么愣？"风畔回头，看着身后发呆的小妖。

　　"我的袖子呢？"她仍然盯着自己的左手。

　　"被我撕了。"

　　"被你撕了？"什么时候，陈小妖眼睛眨啊眨地想。

　　"我用它塞进刚才那具尸体的耳朵里了。"风畔看着她的呆样，走上去碰一下她头上的包，"走了。"

　　"好痛！"陈小妖跳出半尺高，痛得眼泪直流，蹲在地上不肯起来，"你这凶手，你欺负我，你还我袖子，呜……"原来他撕了自己漂亮的袖子去验尸，还有她的额头，好痛啊。

　　她干脆坐在地上，放声大哭。

　　风畔轻轻地笑，好脾气地蹲在她旁边看她哭，最后自己干脆也坐下来，抬头看头顶耀眼的阳光。"天气真好。"他伸了个懒腰。

　　陈小妖停下来，看了看眼前这个俊美的男人一眼，愣了愣，随即又回过神，继续哭。

　　呜……好伤心啊。

　　"小姐说不见客，你们还是走吧。"朱府的管家面无表情地把风畔和陈小妖栏在门外。

"我们和她父亲认识啊。"陈小妖在旁边叫。

"老爷生前从未出过远门,没有你们这样的朋友。"管家客气地说。

"啥?"陈小妖眼睛瞪得老大,上次不就是因为风畔说认识这家老爷才让住进去的吗?这回又说不认识了?

怪不得师父说人是最奸诈的东西了,比山东边的狐妖还奸诈。

"呸!呸!"她朝地上呸了两口,觉得很解气。

两人被拒之门外,风畔却并不在意,等管家关上门后,他抬眼望了眼围墙内透着冷意的朱府,回头对陈小妖道:"看来今天得住窑子。"

又去?

"不、不去。"陈小妖摸着额上的包,头拼命地摇,"那里有妖怪,会、会咬人。"

"别忘了你也是妖,小妖儿。"风畔拎起她就往窑子去。

陈小妖被拖着走,双手双脚张牙舞爪的却使不上劲,只顾叫着:"我不去,不去啦。"

叫喊声一路飘过……

风畔又给了老鸨一锭金子,老鸨笑得跟母鸡似的,一路"咯咯咯"地把风畔和陈小妖带到最好的房间,然后趁陈小妖正好奇地四处看时,凑近风畔道:"要什么姑娘啊?胖的瘦的、有才有色的随你挑。"

风畔笑笑,拉过陈小妖,道:"我有她就够饿了,再来一个可吃不消。"

老鸨一直狐疑这两人是什么关系,是姘头吧?看陈小妖长得瘦瘦小小的,虽然有点儿姿色却哪里及得上这里的姑娘有风韵;是夫妻吧?夫妻怎会一起到这种地方,真是够怪的,但最近这里不太平生意也不好做,只要有钱赚,管他们是什么关系呢。

于是,老鸨很识实务地拉上门往外走:"我去替你们准备好酒好菜。"

结果,老鸨准备了一桌的鸡鸭鱼肉,比那天在朱仙妮家吃的还丰盛,陈小妖眼都直了。

"吃的。"她扑上去。

风畔一把拎住她的后领，她本来向着桌子中央的鸡腿，被风畔一拉，只抓到一片小菜叶，也管不了这么多，直接塞进嘴里。

"好吃。"她一口吞下去，准备再次攻向那只鸡腿，却见风畔已坐在桌旁，手边正是那盘鸡腿，然后拿起一只很优雅地咬了一口。

"鸡腿！"她几乎是惨叫。

总是这样，总是这样，她气极，站在风畔背后，张开嘴想向他的脖子咬下去，但最后却忍气吞声地挨坐在他旁边，捡他弃之一旁的鸡肋，塞进嘴里用力地嚼两下。

"小妖儿今天在墙里面看到什么了？"风畔喝了口酒，看着旁边的那只妖狼吞虎咽。

"没什么。"陈小妖嘴里塞着食物含混不清。

"真的？"

"真的，真的。"真的，她吃东西都来不及，哪有空和他说话。

又是一只鸡腿在她眼前晃了晃，她眼前一花，想也不想地张嘴就咬。可惜，那鸡腿长脚，陈小妖一下咬空，这才看见是风畔拿了鸡腿放到她面前。

她看着那只鸡腿兀自流口水。

"告诉我你在墙里面看到了什么，这个就归你。"风畔将鸡腿凑近她，又缩回去，像逗狗一样。

"到处是杂草，别的没什么。"陈小妖伸手去抓。

"没有什么特别的？"风畔哪会让她这么容易得手，手一晃已躲了开来。

陈小妖又扑了个空，她赌气地瞪了风畔一眼，又看看那只鸡腿，咽了口口水道："就是有棵奇怪的树，上面开着很多粉红色的花，就像昨天我们在朱府看到的那种花一样。"陈小妖说完又向那只鸡腿扑过去。

风畔这回没有躲，一笑，直接顺着陈小妖扑过来的力道，将鸡腿塞进她嘴里。

看她心满意足地捧着鸡腿大嚼，他随手擦了擦油腻腻的手，眼睛望向窗外，窗外一轮明月当空。

"小妖儿,待会儿,我们再去那个有蝙蝠的院子。"他似漫不经心,拿起酒杯喝了一口道。

"啥?"陈小妖"噗"的一声吐掉鸡骨头,随即拼命摇头,"不去,要去你去。"

"随你。"风畔站起身,直接往外走。

不过一会儿工夫,陈小妖忽然扔掉还没啃完的鸡腿也跟着冲出去,口中骂道:"你这坏人,又用那破石头烫我。"

月下的小院更显阴森恐怖,陈小妖躲在风畔身后,只敢露出头。

风畔被她缠着只觉得好笑,世上竟有这么胆小的妖。

"怎么样?怎么样?有没有蝙蝠飞过来?"虽然露了个头,但陈小妖却是闭着眼的。

"在你身后呢。"风畔随口说。

"啊!"陈小妖一把抱住风畔的腰,"在哪里?哪里?"开玩笑,额上的包还肿着呢,她可不想再被蜇一下,很痛的。

风畔费了好大的劲才将她的手从自己身上扯开,抬眼,小院就在眼前,一股沁骨的寒意自院中透出,说不出的阴森。

风畔走上几步,回头对吓得发抖的陈小妖道:"我们爬墙进去,还是从大门入?"

"都不要。"陈小妖转身想跑。

风畔一把将她拎回来,笑道:"算了,还是先把你从墙头扔进去引开妖怪,我再从大门入。"

说着就要动手。

陈小妖尖叫一声,又上来抱住风畔,死活不肯松手。风畔哈哈大笑,任她抱着,单手结印直指那大门上的铜锁,叫了声"开",那铜锁应声而开,掉在地上,瞬间化成一张破旧的符。

"咦?"陈小妖本来还想着千万不要被风畔扔进去,看到那好好的铜锁化成了一张纸,顿时一愣,脱口道,"那是什么?"

"锁符。"风畔捡起那张符，符上用极细羊毫描上寥寥数笔，却将这么大只妖困在其中不得而出。"倒是要会会那道士。"他自言自语。

正在这时，院门忽然大开，一股阴风夹着寒意直冲过来，风畔反应极快，宽袖一抖将陈小妖护在身后，只见无数只蝙蝠一样的东西自院中向着两人而来。

风畔不慌不忙，口中念念有词，手同时挥出，一道火光化作龙形自指尖窜出，龙头随即分出无数只，向那些蝙蝠而去，一阵电光石火，蝙蝠纷纷被火光包围，瞬间化作灰烬。

一切不过是眨眼的工夫，火光将陈小妖照得满脸通红，她张大嘴巴一时竟然合不上来。

这就是半神吗？原来他不止会用石头烫她，用葫芦收妖，还可以用火烧妖怪，如果他把刚才那一招用在自己身上，那自己还有小命在？

她打了个激灵，拉着风畔袖子的手一松，向后退了一步。

"怎么了？"风畔回身看着惊慌失措的陈小妖。

"没、没什么。"陈小妖咽了口口水，眼泪不争气地流下来，好害怕啊。

风畔一笑，上去拍她的头，她竟然又躲开。

风畔皱起眉。

天上的那轮明月不知何时隐入云中，四周死一般的静。

陈小妖终于憋不住大哭："哇，你不要烧我啦，我以后都听你的话。"哭声震耳欲聋。

有乌鸦配合地"嘎嘎"叫了两声，随后又静下来。

原来是这样，风畔轻轻一笑，也任她哭，独自进了院中。

院中杂草丛生，原来的石头小路也被藤蔓覆盖，根本无路可走，杂草尽头一棵并不算高大的怪树开满粉色花朵，阵阵寒意直逼而来。

月亮再次破云而出，月光下的树妖气冲天。

风畔只是看着，静立不动。

不知谁在此时吹响一支洞箫，衬着月色无限幽怨。风畔眯着眼，看着那怪树的树枝随着夜风轻轻地摆。

空气里有种欲掩还休的杀机，却又似乎什么也没有。

"就是那棵树。"这时一旁的陈小妖终于平静下来，正犹豫是趁此时转身逃走还是乖乖跟着风畔，抬头看到那树，不由得叫了一声。

似乎是一个讯号，说时迟，那时快，陈小妖话音未落，那怪树的古怪枝丫忽然抖了一下，无数粉色的花粉自花中射出，直冲风畔。

花粉不同于方才的蝙蝠，无形无状，漫天飞舞，花粉过处，杂草顿时化成枯黄，失了生气。

陈小妖瞪大眼睛，以她的本能，她知道那些花粉在吸附生气，任何有生命的东西只要一碰到花粉，全身精气就会被吸干。

"快逃！"她想也不想，拉了风畔就想逃。

风畔却纹丝不动，腰间的葫芦已在手中，盖子打开，他口中默念咒语，那葫芦上的流苏顿时金光闪烁，葫芦口同时紫光一闪，那些无形无状的花粉竟被尽数吸进葫芦中。

只是那怪树仍发威，再一抖，花粉又散出，似无穷无尽。

陈小妖站在旁边看得心惊胆战，那妖怎么这般厉害？之前风畔收妖只要一念咒，妖怪就会自动恢复原形，再由他打开葫芦一收了事，现在怎么这么大费周章？

师父说山外有人什么的，风畔会不会不是那妖怪的对手？如果风畔被那妖怪杀了，自己会不会也难逃一死？不要，她不要死啦。

她越想越紧张，决定还是趁机逃走算了，心念方动，却听风畔叫了一声："收！"

只见那葫芦顿时变大数倍，吸力也比初时大了几倍，那妖树散出再多的花粉，也顷刻间就被葫芦收去。风畔不等妖树再次发威，空着的手结印向那妖树打出，一道金光闪过，那妖树的枝丫被纷纷砍断，掉在地上瞬间化为灰烬。

"好耶！"陈小妖已忘了要逃跑这事儿，看那妖树被砍断了枝丫，顿时兴奋不已，捡了石头就去砸那妖树，只是石头还未掷出，那妖树被砍去的枝丫竟又尽数重生，树枝抖动间，漫天花粉又袭来。

"怎么会这样？"陈小妖拿着石头已傻眼。

"那妖元神不在那树上，小妖，快站到我身后去。"旁边风畔忽然冲陈小妖叫了一声。

"哦。"让她躲起来，陈小妖速度最快，几步躲到风畔身后，却仍露出一只眼睛看着那棵妖树。

以为还会是一阵缠斗，只听风畔又是一声"收"，四周同时卷起风浪，吹乱了那些花粉，陈小妖只觉身上衣服猎猎作响，风沙走石中眯眼看着前方，那棵妖树竟被巨风连根拔起，连同那些花粉，尽数被卷进风畔的那只葫芦里来，妖树化成点点尘埃，眨眼之间，消失在葫芦中。

风即刻停了。

风畔将葫芦盖好，别回腰间，陈小妖张大嘴巴一时说不出话来。

风畔回身看她一眼，一笑，踩着已枯黄的杂草进了院去。

方才被拔去妖树的地方留下一个大坑，坑里竟是一具粉色的枯骨，枯骨上盘踞着众多的蛇虫鼠蚁。

陈小妖已经跟上来，看到坑里的东西顿时吓了一跳，向后退了一步，看风畔又往院中正屋的方向去，忙跟了上去。

不管是正屋还是东西两厢都已许久无人居住，结满了蜘蛛网。陈小妖忙不迭地拍掉缠在自己发上的蜘蛛网，看风畔站在正屋门前不动，眼睛只是盯着门板，便凑上去想看个究竟。

"门板上有什么？"她其实是只好奇的妖，看风畔一直盯着门板，便也眯着眼睛仔细看。

"小妖儿，"风畔忽然道，"把门打开。"

"哦？"陈小妖心想，妖既然已经给他收了，那屋里应该没什么可怕的东西，开门就开门呗，见门上尽是蛛网，便抬脚去踢门。

门应声而开。

屋里漆黑一片，看不清里面的摆设，却有一股寒气直逼过来，正好全向着陈小妖。陈小妖来不及避开，寒气侵入肌肤，顿时打了个寒战。

"好冷。"她抖着身子叫道，忙使出妖力想将寒气逼出去。

风畔那只葫芦上的流苏却忽然闪了一下，风畔按住葫芦，冲陈小妖道："快把妖力收起来。"

陈小妖忙收起妖力，看着那只葫芦咽了口口水，好险，它该不是连她也想收了吧？

全身冷得慌，她无奈，只得裹紧衣服，见风畔进屋去，犹豫了下，回身看了眼那边那个大坑，觉得有点儿可怕，想了想还是决定跟着进屋。

进了屋去，渐渐适应了屋中的黑暗，才发现屋里不是真的伸手不见五指，月光还是能照进来，再加上妖的眼力本就胜于人，所以陈小妖已能大体看清屋中一切。

不过是平常不过的摆设，除了多了点儿蜘蛛网和灰尘并没有什么特别。陈小妖眼睛扫了一圈，不懂风畔进屋来是干什么，却见他正向着窗口走去，陈小妖忙跟上去。

窗口有一盆不知名的花，正在月光下怒放，陈小妖刚进来时并没有觉得那花有什么特别，但此时再次注意到它才发现这花有种说不出的诡异。

"咦？"随着风畔走近那盆花，那葫芦上的流苏金光闪烁，"我没有使用妖力啊。"她吓得往后退了几步。

风畔一只手按住葫芦，断了根流苏，葫芦不太受控制，另一只手，伸出去拿起那盆花。只是手还未触到花，一股锋利的气流便破空而过，他一不留意，手上便多了一道血痕。风畔并没有缩回手，一下拿起那盆花。

冰冷异常。

"原来元神在这里。"他似乎自言自语，手一挥，指间竟是刚才那张"锁符"，直接贴在花上，不过转眼间，花失了颜色，枯萎下去。

"什么什么？"陈小妖跑上来，"是妖啊？"她瞪着那已枯萎的花。

第二日，破晓。

"啊！"一声凄厉的尖叫，从朱府里传出来。

一大早陈小妖就被风畔拉出去，两个人边吃着包子边站在朱府门口看热闹。

"听说朱家小姐疯了。"看热闹的不止他们俩，一大群人围在朱家门口议论纷纷。

上次陈小妖看到朱家门口有这样的盛况是两天前朱仙妮分发那种怪花的时候，一群男人围着抢。现在，也是一群男人，可惜这次是看朱家小姐是怎么个疯法。

朱家院门紧闭，半天都毫无动静。

一群人却不肯走，肩上挑担子的，手里提篮子的，都是赶集回来的，巴巴地往里面看，要知朱仙妮可是远近闻名的美人，如果她真疯了，他们这些男人的梦想不就破灭了？

"小妖儿，我们进去。"风畔吃完手中的包子，拍干净手，走到朱家大门口。

"敲门。"他笑眯眯地对陈小妖道。

又不是任使唤的丫鬟，陈小妖鼓着嘴，在门上用力敲了几下："快点儿开门啊。"口气凶巴巴的。

半晌，没人应门。陈小妖不甘心，又用脚踢了几下，还是没有反应。

"哎？"她气呼呼地瞪着那门，果真是不开了吗？

风畔在旁边只是笑，将陈小妖拉到一旁，对着院内朗声道："在下可以治好朱小姐的病，请开门。"

不多时，果然有人来应门，还是那个管家，门只开了条缝，管家对着风畔，阴恻恻地道了声："进来吧。"

风畔和陈小妖进了朱府。

朱府仍是两天前来时的样子，只是那股若有似无的寒意消失了，两人被带到了一座小楼前，应该是朱仙妮的住所。

"就是这里了，两位请进吧。"管家指指那座小楼。

风畔和陈小妖进了楼。

他们进了楼才听到有人在笑，忽停忽续，笑声近乎疯癫，应是朱仙妮了。

"怎么忽然就疯了？"陈小妖觉得那笑声太恐怖，捂住耳朵自言自语，人下意识地从楼道的小窗往外看，然后"咦"了一声。

原本朱府就在那个窑子的隔壁，而从现在的高度竟是可以看到窑子里那个恐怖的小院的。

"早知道就不用爬墙了。"她鼓着嘴，有些生气。

朱仙妮住的是二楼靠近那个小院的房间，风畔让陈小妖推门进去时，朱仙妮正在唱歌，头发零乱地趴在梳妆台上，梳妆台上的大面铜镜被扔在地上碎了。

"哈？"陈小妖张大嘴，原来人发疯比妖发疯还可怕啊。

风畔站在门口没有走进去，眼睛望着离这座楼极近的那个小院，脸上嬉笑的表情已消失。

"它本是妖界的冰花，艳丽无比，只在妖门大开时开放，却不知怎么到了人间女子的手中？"他转头看向朱仙妮，"隔壁妓院有一花魁，名唤秋云，长袖善舞，倾国无双，你住在这里，夜夜隔墙目睹她恩客成群，如同众星拱月。而你相貌平庸，双亲死后更是无人问津，久而久之心中便生出一股恨意，终于在某日雇人杀了秋云，而你就在这里看着这一切。"

"你怎么知道这一切？"原本癫狂的朱仙妮忽然抬起头，惊讶地看着风畔。

陈小妖离朱仙妮最近，朱仙妮一抬头，她便看得真切，不由得大叫一声："妖怪。"只见朱仙妮满脸脓疮已经溃烂，好不可怕，还哪有两天前的绝世美貌？

朱仙妮忙捂住脸，随手拿起地上的一个小碟子朝陈小妖扔去。

陈小妖反射性地蹲下身子闪避，那碟子便越过她的头顶飞向门口的风畔。风畔举手一接，接个正着。

"原来你没疯？"陈小妖一下子跳起来，指着朱仙妮。陈小妖有些害怕现在的朱仙妮，躲到风畔身后，只露个头看着朱仙妮。

风畔将手中的小碟随手往地上一扔，"叮"的一声全碎了。朱仙妮吓了一跳，惊恐地盯着风畔。

风畔表情中带着冷漠之色，陈小妖从侧面看着他，怎么看都觉得这样的表情可怕。她吐吐舌头干脆走到外面的木制栏杆处往外看，视野真开阔啊！那树，那水，都看得真切。

"咦？"她忽然想起什么，眼睛往四周扫了一圈儿，为什么自己好像来过这里？她抓着头拼命想着。

那厢风畔仍是盯着朱仙妮。

"秋云死后怨气冲天，死时的鲜血溅上了她不知从何而来的冰花之上，冰花的妖力被唤醒。那夜冰花盛开，借着秋云的尸身竟长成大树，专吸人生气，本来会有人形，却在某日被一道士用'锁符'锁在院中，妖力被封在院内不得而出，因此那冰花找上了你。"他说着回身看了眼趴在栏杆上的陈小妖，陈小妖正猛抓着头发冥想，他脸上终于漾出一丝淡笑，又回过头去，"借着夜风之力，冰花开放之时无数花香飘入你的楼中，由此在梦中与你达成一个交易，它给你无上美貌，你帮它将冰花发给阳气最重的壮年男子，只要他们吞下冰花，体内的冰花就会被小院的花香吸引，身不由己地靠近那座小院，身体一旦越过墙进来院内，院中冰花即刻将妖力变成无数蝙蝠一样的怪物，冲上去将人的阳气吸干。"

"啊，我想起来了！"风畔话音刚落，陈小妖忽然大叫起来，回身抓住风畔的袖子道，"就是这座楼，那夜我们住在这里，我迷路到这座楼前，看到屋里挂着三个人，好可怕！"

"那是我的两个哥哥和一个用人，哈哈！"不待风畔答话，旁边的朱仙妮忽然说话，"这是我送给那只妖的礼物。"她沙哑着声音说着，然后大笑，脸上的脓疮扭曲着。陈小妖忙捂住嘴，差点儿吐出来。

好可怕！女人的美貌真的那么重要？竟然害死了自己的哥哥？

风畔眯着眼，看着眼前的女人，有时候人真的比妖可怕得多。

"可惜我只捉妖，不收人。"风畔说着拔开腰间的葫芦，口中念念有词，然后一眨眼工夫，昨日从小院取回的那株冰花的元神已在他手中，花被贴了"锁符"已蔫掉。风畔伸手撕去"锁符"，几乎瞬间，那株花又变得熠熠生辉，"只要一片叶子，你又会拥有美貌，但是你所有的罪行也会通过你口传得人尽皆知，当然你可以选择不要这片叶子。"

"我要这片叶子！"想也没想，朱仙妮便扑上来，"快给我！"

"但以后别人都会知道你杀人的事，你会被人抓起来，砍头。"说到砍头，陈小妖记忆犹新，她随风畔到第一个小镇时那里的菜市口正好在行刑，围了一堆人来看。当时她不知情况，又极爱凑热闹，看稀奇，挤破头冲到人群前面，正好手起刀落，那人头就滚到她面前，她当即就吓到尖叫，好几天没睡好。

天下没有比砍头更可怕的事了。

"总比变成这个鬼样子好，"朱仙妮却不为所动，冲着风畔伸出手，"快把叶子给我。"

陈小妖傻住。她看着朱仙妮拼了命的样子，不知怎的忽然好想哭，师父说做人多好啊，可以吃得下，睡得着，不用担心被道士和尚之类的收了，生在繁华之地，不用躲在山林苦修，还可以嫁人生子，多精彩。但朱仙妮为什么不珍惜呢？

美貌？美貌有什么好，妖是可以变美变丑，但不过是个皮囊，她从没觉得有任何用啊。

呜……好想哭。

临走时，风畔把那片叶子留给了朱仙妮，叹了口气，转身而去。

那天风畔买了冰糖葫芦给陈小妖，一颗都没有跟她抢，但陈小妖吸着鼻子，一颗也没有吃。

两人当夜离去，经过朱府时看到几个公差站在门口，朱仙妮从容地走出来，一身粉衣，倾国倾城，她脸上带笑，很满足的样子。

陈小妖侧头看身旁的风畔，他已是之前的一派从容，再不见白天见朱仙妮时的冷然，伸手拍拍陈小妖的头，道："小妖儿，我们走了。"说着率先往前走。

陈小妖忙跟上去，没有回头。

第三章

四周好静，什么声音都听不到，睁开眼，眼前一片白。

啊，他怎么又到了这里？

动了动身体，身体似被什么东西束缚着，动弹不得，

怎么回事？这是哪里？

江南的三月，正是好时光，桑冉刚绣了一对并蒂莲，那是陈家的老夫人为孙女的婚礼订的，他看了眼那对莲，似乎想起什么，轻轻叹了口气，细长的眉微皱起来。

有人敲门进来，是桑家老大桑明。桑明长得五大三粗，与桑家老二桑冉的清秀文雅完全不一样，任谁见了都不相信他们是亲兄弟。

"大哥，"桑冉唤了一声，"有客人来吗？"

桑家在城里经营一家小小的绣品店，桑冉虽是男子，一双巧手却胜过女子，他只在绸子上绣花，绣出的绸子像是被赋予了生命，让人感觉这段绸子天生就应该被绣上这样的花纹，所以桑家的绣品店在城中也算小有名气。

"不是来客人了，大哥只是来看看你。"桑明看了眼绣架上的并蒂莲，道，"这几天湿气重，你的腿可有什么不妥？"

桑冉自小有腿疾，若是阴雨天气几乎不能走路。

桑冉看了眼自己的腿，刚才坐了这么长时间现在已酸痛不堪，却摇头道："没事的，大哥，老毛病了。"

桑明看着秀气俊雅的弟弟，不由得叹了口气，本该出外到处闯荡的青年，因为腿不好，只能像个女人一样在家绣花，虽是养活了一家老小，但也太委屈自家兄弟了。

"那个，"他抓抓头，"你嫂子替你找人说了城东的一位姑娘，家世清白，父亲是教书的，听说那姑娘也心灵手巧，今天刚十六，你可要见见？"老婆一早就叫他来说，说是自己已经说不动这个小叔子，让做大哥的来说说看。桑明平时粗惯了，说这种事情还真有些别扭。

桑冉本来在看窗外的细雨，听到大哥这么一说，怔了怔，摇头道："还是不用了，我腿不好，耽误了人家。"

桑明一听这话有些生气："你已经老大不小了，二弟，再说你也不是不能走，只是下雨天的时候走路有些瘸，人家瞎子都能讨老婆，你一表人才，哪里耽误人家了？"

桑冉轻笑了下，不与桑明争辩，只是看着窗外。

窗外细雨蒙蒙，典型江南三月天气，对面的酥饼铺半关着门，怕潮气进了屋，潮坏了刚做好的酥饼。

一个红衣的小姑娘，撑了把油纸伞停在酥饼铺门口，对着门里嚷："老板，我来买酥饼哟。"声音清脆如黄鹂。

"快快进来吧。"门马上全开，是老板开的门。

小姑娘欢欢喜喜地走进去。

小姑娘是城中首富赵家小姐的丫头，赵家小姐最喜欢吃这家的酥饼，常常差丫头来买。

桑冉的眼睛盯着对面门的饼铺，眼神现出淡淡的愁。桑明全部看在眼中，做兄长的哪会不知道自家兄弟的心事，轻叹了口气道："二弟啊，这种事情，我们穷人家是想不起的，我看还是考虑一下城东的那家姑娘吧。"

自己的心思被兄长看透，桑冉的脸红了红，收回视线，眼睛又看向绣架上的并蒂莲，沉吟了半晌道："大哥，你还是让大嫂替我回了吧。"

大哥失望地出去了，门关上，屋里徒留一屋湿意惆怅。桑冉抬起头，正好看到赵家小姐的丫头提着一大盒的饼自饼辅出来，撑着油纸伞高高兴兴地走了。

他又叹了口气，心口沉积的郁气让那股恶心感又冒上来，他捂住嘴轻轻地咳。咳了许久，松开手时，手心里已多了一团东西，像一团银色的丝，透亮，竟然是被他从胸腹中咳出来的。

他蹙眉看着，然后随手扔出窗外。

是什么时候开始的呢？这样的异状，算起来应该是一个月前吧。

琼花自小姐的房中出来，看到桑冉仍是呆呆地站着，放在几上的茶水根本没有动过，都说桑家绣品店的老二长得俊，可为什么傻乎乎的呢？

她捂嘴轻笑了下道："小姐马上就出来，桑先生，你先坐着喝会儿茶。"

桑冉有些失神了，听到这小丫头说话才回过神，应了一声，却仍是站着。

今天一早，大哥跑来说赵家要请他去教小姐绣花，问他要不要答应下来，他当即就应了，到此时还仍觉得就像在梦中。

赵家小姐他只见过一次，还是一年前的庙会上，他带着自家侄儿买风车，人群骚动间看到一个女子穿着鹅黄色的绸衫子被几个丫头簇拥着从轿上下来，去前方不远的城隍庙烧香。他还是第一次见到这么美丽的女子，痴痴地跟了她许久，差点儿把自家侄儿给弄丢了，事后大哥还怪罪他，他却一直痴想着这位赵家小姐直到现在。

"桑先生，桑先生！"一只肉肉的手在他眼前挥啊挥，他吓了一跳，才听到有人叫他。

"是，姑娘叫我？"桑冉朝后退了一步。

琼花气鼓鼓地叉着腰，这人怎么呆到这种程度呢？到底能不能教好小姐？她指指那边门口的人道："我家小姐来了，你发什么呆啊？"

桑冉这才看到门口站着个人，一身碎花衫子，整个人雍容华贵，看着桑冉正微微地笑。

"啊！"桑冉轻叫了声，自觉失礼，忙作揖行礼，唤了声，"小姐。"

赵秀儿方才还听琼花说那绣花师傅俊得紧，一见果不其然，小女儿的心一阵窃喜，吩咐琼花将半凉的茶水换了，琼花吐吐舌头出去。

屋里只剩下桑冉和赵小姐，孤男寡女，这本是于礼不合的，所以桑冉既高兴又紧张，向外张望着希望那小丫头快些回来。

"先生坐吧。"赵秀儿倒是大方，平时跟着父亲做生意没少见过大世面，她看桑冉局促地坐下，笑了笑道，"这段时间要麻烦先生了，也怪我平时只知道跟着父亲学做生意，女儿家的活却被落下了，所以还得请先生多费心。"

桑冉忙点头称是，出来时就听大嫂说，赵家小姐不擅女红，眼看已经到适婚年龄，所以赵家老爷才张罗了一些人来教赵小姐琴棋书画，教到凑活着过得去，也好许人家。

却是要许人家啊。桑冉有些失落，却还是将刺绣的一些基本要求一样样讲给赵小姐听，还将随身带着的一些图样也拿出来。

他讲到绣花时就如换了个人般，眉宇间满是神采飞扬，赵秀儿初时是听他讲刺绣，渐渐地被他的风姿迷惑，竟然红了脸。

不觉天渐黑，桑冉这才告辞，拒绝了赵家的留饭，借天色还有一线光明，往自家方向走。

今天风大，大街上摆摊的各自早散了，风卷着尘土，桑冉用袖子捂住口鼻往前，虽是二月的寒风刺骨，但想到赵小姐的温柔聪慧，心里竟是暖洋洋的。

瞧见前面的馄饨摊还没收，桑冉心想着自家嫂子一定认为他在赵家用过饭了，不一定替他留饭，不如就在外面吃碗馄饨算数，想着就往前去。

馄饨铺因为风大，只在摊边留了一张桌子，此时桌上还有一个人在吃着馄饨。老板见没生意，正准备收摊，看到桑冉跑进来，自家儿子的虎头鞋样曾托桑冉绣过，当时也没收钱，所以看到桑冉格外亲热，叫道：

"桑二当家，吃馄饨啊？"

桑冉掏出几个铜板递给他，道："麻烦老板给我上碗馄饨。"

老板哪里肯收钱，两人一来我往客气了半天，馄饨都熟了，桑冉才收回钱，端着馄饨在那张桌子旁坐下。

同桌那个人前面已堆了五个空碗，正在吃的那碗也快见底，桑冉坐上来时，那个人扬手让老板再上一碗。

自家兄长已经算食量大的了，此人却更惊人，桑冉不由得打量了一眼，这不看还好，一看却是倒抽了口冷气。

是个极英俊的青年，这么俊美的人桑冉还从没见过，只是这张脸似乎哪里不太对劲，满脸有股邪气，只要看一眼，那股邪气就似要直扑过来，让你不敢再看第二眼。

所以他忙低下头，安心吃他的馄饨。

"哼，原来妖力被封了，怪不得让我找这么久。"桑冉正吃着，却听有人说道。

桑冉一怔，抬起头，正好对上青年的眼，他冷笑着看着桑冉。

桑冉心里一跳，忙放下碗筷，虽然害怕却还是有礼道："这位兄台是跟我说话？"

墨幽拿起碗，一口将碗中的汤汤水水喝掉，抹了抹嘴，站起来，忽然毫无预兆地一把拎起桑冉的衣领："跟我走。"

此人力大无穷，桑冉差点儿被他拎离了地面，而此举又来得突然，桑冉回过神正待求救还哪里发得出声音，只能被他拎着出了馄饨摊。

老板见桑冉被带走，本想上前阻止，被墨幽一瞪，顿时吓得软在地上。

魔鬼！老板心里不由得叫了一声。

桑冉被拖进一个巷子，这时天已黑，巷子里黑漆漆的，见不到一个人。

"你、你想做什么？"桑冉靠在冰冷的墙上，不知是不是错觉，他觉得眼前这个青年的眼睛在黑暗中竟是发着诡异的光。

墨幽不作声，揪住桑冉衣领的手松开。桑冉刚想动一下，一股力量朝他扑面而来，死死地将他钉在墙上，动弹不得。

耳边传来奇怪的声音，似古老的咒语一遍遍地吟诵着，让他胸口的某一处越来越热，怎么回事？他难受地想伸手撕开衣服，但手脚被那股力量固定，完全动不了。

　　"天蚕快把你的内丹吐出来，速速交出。"恍惚中，桑冉听到那青年的声音，带着诱惑的口吻，他不由自主地张开嘴，胸口的热源竟似受了指引向他口腔处移去，但同时身体里又有另一股力量拉扯着那个热源不让它移动半分，两股力量抗衡着，胸口跟着越来越热，直至发烫。

　　"啊！"他终于承受不住，大叫一声，同时带出一股强大的气流，身上衣衫尽数被这股气流撕裂，连同将那青年推出几步。

　　困住他的力量顿失，他跌在地上，拼命地喘气。

　　"没想到封住你妖力的力量这么强大，看来只能用这一招了。"墨幽又往前几步，单手结印一团紫色的妖火在他指间燃起，"且将你燃成灰烬，内丹自会到我手中。"说着向桑冉头顶拍下去。

　　紫色妖火在桑冉全身燃起，黑暗中竟然无法照亮周围的事物，火光闪动处似夹杂着厉鬼的惨叫声，恐怖异常。那是魔界的妖火，遇妖而燃，定要将妖焚烧成灰不会熄灭。

　　墨幽站在一边看着妖火越烧越旺，只等桑冉被烧成灰烬，半晌，他忽然"咦"了一声，怎么回事？

　　正要看个究竟，巷外有人声传来。

　　"桑大当家，就是这里，我看到桑二被拖进去的。"是那馄饨店的老板，他叫来了桑家老大桑明。

　　麻烦！敢坏他好事，墨幽眼中金光一闪，正待出手杀人，忽然胸口一阵绞痛，他拉开衣襟，胸口那处空洞又大了几分，该死！是因为刚才动用了妖火吗？正想着，一口血从他口中喷出来，他捂住胸口，跌在地上。

　　人声越来越近。

　　他再看被妖火困住的桑冉，一咬牙手一翻撤去妖火，一转身闪进旁边的巷子里。

"咳！咳！"桑冉看着手中的那团银丝。

似乎就是从那夜被大哥救回开始的，大哥说他当时昏倒在巷子里，全身没有穿衣服，却被裹在一团丝中，大哥还留了一团给他看，那丝就如从他口中吐出来的一模一样。

他拼命回想那晚的事，但除了记得被拖进小巷，其他便什么也记不起来了。

此后每晚他都做着同样的梦，自己被困在一个白色的空间中，全身动弹不得，那地方他似乎很熟悉又完全陌生，醒来就开始咳嗽，吐出一团团的丝。

他不敢把这事情告诉大哥和大嫂，怕他们担心害怕，更不敢找大夫，这个城里的人笃信鬼神，如果让人知道，定会将他当怪物看。

想到这里，他叹了口气，随手将那丝扔在地上，拿起手边新绣的绣样将它们挂在墙上。

"哇，好漂亮啊！"身后有人叫了一声。

他一惊，回头。

一张巴掌大的小脸，眼睛却大得出奇，正贴在门框上往店里瞧，嘴角有一条银丝，呃，好像是口水正慢慢地往下滴。

"这位姑娘，要买东西吗？"他笑着迎上去。

陈小妖从没有见过这么漂亮的衣服，比花妖姐姐的衣服漂亮好几倍啊，她一时看得入迷，口水就习惯性地流下来。

"这位姑娘？"桑冉又喊了一声。

"咳咳！"陈小妖被口水呛了一下，回过神，"啊？什么？"她张大嘴巴。

"我问你要买什么？"这小姑娘真可爱，桑冉随手从货架上拿了一条绣了粉蝶的绸绢递给她，"来，擦一下。"

陈小妖见是位俊雅的男子递手绢给她，顿时愣了愣，看看桑冉又看看他手中的绸绢，脸红了红，忙用袖子擦了擦嘴，把绸绢推还给他："这手绢这么漂亮，我买不起。"跟着风畔一段时间，她已经知道一些人间的人情世故，知道东西是要用钱买的，钱都在那该死的风畔手中，她只是只小妖，哪儿来的钱？

"送你的。"桑冉一笑，把绸绢塞给她。

陈小妖受宠若惊，张大嘴："真的？"

"真的。"

"你不反悔？"她想到风畔，那人通常也是这么温柔地笑，做的事情却完全不是这样，所以她嘴上还在求证，手上已将那绸绢小心地叠好塞进怀中。"谢谢！"她说。

桑冉只觉得这小姑娘有趣，伸手想拍拍她的头，但看她年纪也有十四五岁，觉得不妥，便缩回手去。

"就你一个人吗？"他往她身后瞧了瞧，看她的样子是从外乡来的，该不会是走丢了？

"还有一个，他最近肉吃得太多，上个茅厕要很长的时间，我在等他。"其实风畔是去捉一只蛇妖了，但陈小妖还是暗自推测，肉吃太多的某人，上茅厕一定非常困难，所以也不算骗人啦。

呃……这小姑娘说话可真直接。

"那你进来等吧。"他尽量忽略她的话，让她进店来。

陈小妖走进店里，东瞧瞧西看看，欢喜得不得了。原来店里还有这么多漂亮衣服啊，件件都比花妖姐姐的漂亮，花妖姐姐看到一定忌妒死。她摸摸那件，又碰碰这件，虽然是只妖，却也算是个女孩子，也有爱美之心，她完全陶醉其中。

桑冉见她这么欢喜，也不打扰她，任她看，自己将余下的绣品放好、归类。

陈小妖正看得起劲，忽然觉得颈间一痛，她一下子蹦起来："坏了，坏了。"说着就往店门外走。

"去哪里？"桑冉吓了一跳，看她已蹦出店外。

"他找我了，再不走就变烤猪了。"陈小妖边跑，边往一个方向去。

本来风畔是让她在城门那边等的，她贪玩竟然一边看一边走就来到这里了。

　　风畔在城门口找不到陈小妖，不用猜就知道她跑去瞎逛了，当即就使用了七色石，不消半盏茶的工夫，陈小妖便气喘吁吁地跑过来。

　　"你真过……真过分，用……用这一招。"陈小妖觉得自己快断气了，街上人多又不好使用妖力，只能靠双腿跑，累死了，真的累死了，她瘫坐在地上。

　　风畔一点儿同情她的意思也没有，微微一笑，自己往前去。

　　雨一直未停过，风畔透过雨幕看着街对面的绣品店里的那抹温润身影，就算轮回转世，他的容貌始终没有变过，只是记忆封存，前世繁花已不复记忆了吧？

　　看他悠然模样应该是快乐的，所以自己此来，到底是应不应该？

　　风畔手无意识地把玩腰间葫芦上的流苏，转头看蹲在一边、手捧酥饼、吃得正欢的那只小妖，扬唇一笑："小妖儿，我们看绣品去。"

　　"哦。"陈小妖站起来，把好不容易得来的半个酥饼全部塞进嘴里，以免某人忽然后悔问她要了回去，吃到肚里，看他怎么要回。

　　正想着，看风畔已走到路中，陈小妖忙跟上去。

　　"是你啊。"桑冉一眼就认出那个小人儿，嘴巴鼓鼓在吃着什么东西，跟她打招呼她只是"呜呜"摇着手。

　　"要不要水？"桑冉笑着问。

　　也不等她答应，桑冉从柜间的小几上倒了杯茶给她，是他刚泡的碧螺春。

　　桑冉这才看到一直微笑着站在一边的风畔，不由得暗叹自己怎么没发现还有人在，便客气道："兄台是与这位姑娘一起的吗？要不要也来一杯茶？"

　　还没等风畔答话，却听旁边陈小妖大叫一声："好苦！"便把刚吞下去的茶水全吐出来，"什么东西嘛？饼是甜的，这个是苦的，好怪好怪。"她只顾自己说，也不管这厢桑冉正因她的话尴尬着，倒是忽然发现手中的茶杯极漂亮，莹白如玉，上面不知谁的妙手点上了几笔青花，当即就忘了茶水的事，放在手中把玩。

风畔笑着接过桑冉递来的茶，放在唇间喝了一口，赞道："好茶，唇齿留香，却是给她糟践了。"

"她"自然是指陈小妖，但桑冉却摇头道："茶水本来就是解渴之物，谁喝都一样，谈不上糟践。"

风畔笑容不改："你倒是一点儿也未变。"

"什么未变？"桑冉一怔。

"没什么，我只是想到一位故友。"桑冉放下手中的茶杯，看了眼店内的摆设，又道，"说到故友，我倒有一问，敢问此间是不是姓桑？"

"是，鄙姓桑，单名一个冉字。"桑冉马上答道。

"那么这里可有一个姓沈的老妇人，算起来也该五十多岁？"

"姓沈？五十多岁？"桑冉想了想，莫非是自己的母亲？便又问道，"敢问兄台这姓沈妇人与兄台是什么关系？"

风畔道："是我姨母，失去联系多年，我正好做生意经过此处，听家母说姨母应该就住在此城中，所以问一下。"

那不是自家的表亲嘛？城中只有自己一家姓桑，且自家母亲正好姓沈，如果尚在人世，应该是五十多岁，都对得上，母亲也曾说过有个姐妹，各自嫁后就失了联络。桑冉本性淳良，也不疑有他，越想越觉得眼前此人真是自家表亲，不由得又惊又喜。

只有陈小妖一脸鄙夷地瞪着风畔，这个坏人又在说谎，什么姨母？什么做生意？根本就是想找个免费吃住的地方，一路走来，这招不知用了多少次，也不知他是怎么知道人家底细，每次都能蒙住对方。大骗子，大骗子啦，她为什么一定要和这种大骗子在一起？

她心里在骂，嘴上却不敢漏半点儿风声，毕竟风畔吃好喝好她也好过，所以只能嫌弃地看着风畔，反正不是自己骗人，她不过沾光而已。

绣品店的后面就是桑家的小院，桑家兄长也是老实人，看自家兄弟带了个表亲回来，也不怀疑，亲亲热热地就引到屋去，倒是桑家媳妇并不十分相信，明里暗里地问了一些问题，风畔个个都对答如流，这才相信起来，语气也变客气了很多。

桑家虽是开店的，却也只能算小康人家，所以一顿晚饭也并非是山珍海味，但看得出已经是尽了力。陈小妖也不挑食，除了猪肉，好坏都吃，菜一上来就埋头吃，风畔与这家人讲些什么全不在意。

桑家媳妇就坐在陈小妖旁边，似极喜欢她，替她夹了好几次菜，笑着问风畔："这妹子长得俊，可是表弟的媳妇？"不过为什么没有像一般妇人一样盘髻？

风畔看着陈小妖狼吞虎咽，笑了笑，点头道："是啊，今年刚过门的。"

陈小妖正好喝汤，听风畔这么说，一口汤就全喷了出来，抹了下嘴，冲风畔道："谁是……呜……"

"谁是"两字刚出口，风畔就夹了一个肉丸塞进她嘴里，仍是笑着道："你也真是，喝汤的时候还想着肉丸，哪有不呛到的，来，为夫夹给你。"

肉丸是猪肉做的啊，陈小妖顿时脸煞白，直接将肉丸吐了出来，抓着水杯就冲到外面去漱口。

只听里面风畔的声音："内子是害羞了。"

"呸！"陈小妖一口吐掉口中的茶水，刚想骂人，却看到前面院中竟然站着一个人，长身而立，背对着她，看不清长相，只看见一头血红的发随风而舞。

"魔？"她想到她常去的寺庙里有幅壁画，画着佛组降魔的情景，画中的魔一头红发就与眼前此人一样，她心里一跳，不由得脱口而出。

同时，那人回过头来，一双金色眸子，带着阵阵寒意瞪向她。陈小妖本就胆小，被他一瞪，便直接坐在地上，她也并不尖叫，只是掩耳盗铃般捂住眼，口中叫道："什么也没看到，什么也没看到。"

在很小的时候，总是有各式的妖来师父的洞中聚会，奇形怪状的，应有尽有，她看着害怕就会以这一招自欺欺人，此时却是条件反射。

身后有人拍她一下，她一跳，犹自不敢松开遮住眼的手，带着哭腔道："别杀我，别杀我。"

风畔只觉好笑，伸出两指在她额上弹了一下，道："小妖儿，快起来。"

话音刚落，风畔忽然感觉到有股异样的气息，他猛然抬头，院中除了满地月光，却空无一人，他的眉只是一皱又舒展开，看来有不速之客来过，怪不得小妖吓成这样。

他低头看陈小妖，陈小妖一手抚着额，一手仍是捂住眼，便也蹲下身，凑近她道："小妖儿，方才看见什么了？"

"他走了吗？"她还是不敢松手。

"谁走了？"

"魔，红发金眸的魔。"她叫道，人抖了抖，那魔的眼神真可怕。

"魔？"红发金眸？他再次抬起头，想寻找方才那股异样的气息，不想气息淡去，已不复踪影。

魔吗？

他笑了，站起身，对陈小妖道："再不进去，可就没东西吃了。"说着也不顾她，进了屋去。

陈小妖这头正害怕着，听到风畔说吃的东西快没了，一时之间有些发急，也顾不得什么魔不魔，站起身也跟着冲进屋去。

桑冉把自己的房间让给风畔和陈小妖，自己跑去店里睡，陈小妖看着他抱着被子出去，忽然想到方才院中遇魔的事。

他一个人，那魔会不会将他吃了啊？瞧他细皮嫩肉看起来很可口的样子，不是太危险了？

风畔看陈小妖咬着手指看着桑冉离去的背影，一副若有所思的样子，不觉好笑。

"如果担心他被魔吃掉，不如你先将他吃了。"他走近，凑近她道。

"是啊，"陈小妖还在想桑冉的事情，听风畔这么说便直接应道，却忽然反应过来，瞪着风畔，结巴道，"你、你怎么知道我在想什么？"

风畔哈哈大笑，拍拍陈小妖的头道："睡了。"

还是只有一张床，风畔霸了大半张，陈小妖又不想吃亏睡地上，便缩在床角将就睡了。

不多时，风畔似已睡着，陈小妖脑中却全是那魔的事，她本来是好吃好睡的小妖啊，现在却有了心事，那红发金眸一直在她眼前晃，她闭眼努力睡了半天，仍是没有半点儿睡意，便只好放弃。

睁开眼，窗外月色明亮，偶尔有几声犬吠传来，四周一片宁静，本来这顿晚饭就吃的时间长了些，再加上又聊了点儿家常，所以此时应该已经不早了，大多数人都已睡去。

陈小妖翻了个身，正好看到风畔的睡颜，有月光照在他脸上，整个人犹如神祇，也只有这时候像个神的样子。陈小妖伸出两指，对着他鼻孔用力插下去，却又在快碰到他时停住，不甘心地缩回手，瞪了他一眼，又背过身去。

还是睡不着啊，她抓抓头，干脆坐起来。

却在坐起来的一瞬似听到一声极轻的开门声，她是妖，听力本就异于常人。

好像是从前面店铺里传来的，她立即想到那魔，顿觉头皮一麻。

又听了半晌的动静，四周安静如常。

也许是错听，就算没错听也少管闲事。陈小妖又躺下来，心想，要真是那魔又出现去吃桑冉，自己也救不了啊。

翻了个身，手下意识地伸到怀间，因为心跳得飞快，却无意触到一样丝滑的物什，她扯出来一看，却是白天桑冉送她的绸绢。

还是第一次有人送她东西，桑冉是个好人啊。她这样想着，却又在同时听到前院的店中有声音。

不行，她又坐起来，得去救他，回身想叫上风畔，却见他睡得正沉，像他这种人一定不会管，算了。她轻嗤一声，一副舍生取义的样子往外走去。

店里却没有魔，只是多了个女人，与桑冉拥着，嘴对着嘴。

陈小妖从门外往里看，这是在干什么？不知怎的，她看得脸微微红，怔了半天也没反应过来。

好半晌，才终于理出头绪，糟了，会不会是那魔幻化成女人的样子，嘴对嘴地吸桑冉的生气？可恶啊！她即刻卷起袖子，准备冲进去。

"哼哼！"猛然间却听到身后有人在冷冷地笑。

那是种冰冷刺骨的声音，如冬日里划过脸侧的寒风，刀割一样难受。

陈小妖全身寒毛都竖起来，转过身去。

红发金眸的男人，一身黑袍，站在月下。

陈小妖发不出声音。

墨幽一眼就看出那是只妖，不过百年的道行，只是为什么她身上没有一丝妖气，扑面而来的是淡淡的檀香和若有似无的诵经之声，让他觉得微微心烦。

"丫头，过来。"他冲陈小妖冷冷道，想让她站近点儿，好看清她身上的玄机。

只是。

陈小妖好像对他完全无视，嘴里念念有词，人僵硬地往方才出来的厢房而去，像是起夜的孩童，半梦半醒。

墨幽眉轻皱，眼看着陈小妖就要进房去，心念一动之间，手臂一伸，分明是很远的地方，却已将陈小妖拉近到身前。

"看不到我吗，嗯？"他全身的邪气直冲陈小妖。

陈小妖眼睛用力眨了眨，已是泛着水光，只一会儿工夫，好几颗眼泪已经掉下来。

好可怕！

看到她的泪，墨幽有瞬间的疑惑，妖居然会流泪？他伸手接住了一滴，凑到鼻端，仍是没有妖气，如同凡人的眼泪一般。

但她分明是妖。

那魔为什么这样盯着她，还吃她的眼泪，好可怕！他会不会想把她也吃下去，所以先尝尝眼泪的味道怎么样？

不好吃，不好吃啦，陈小妖忙不迭地去擦眼泪，却仍是止不住地流泪。

"我不好吃啦。"她哭叫道。

"原来你会说话，"看她吓得发抖的样子，不知怎的，墨幽心情极好，

"不过百年道行，你还不配给我吃。"

"啊？"陈小妖张大嘴。

"我要吃的是屋里上万年道行的人。"他眼睛看向店铺内，手却似无意地握住陈小妖的手腕，手指点上她腕上的妖脉，看到的却是一片白雾。

这妖看不到前世今生。

他缩回手，眼睛落在陈小妖颈间的那串七色石上，金眸一凝，手伸过去。

一股巨大的力量自那七色石飞速射向他伸来的手，他手顿时一滞，竟然无法触到那串石头，而胸口的空洞同时疼痛起来，他慌忙缩回手。

可恶！他咬牙，却见陈小妖往店铺望着："上万年道行？你是指那个女人吗？"竟似忘了要害怕他这件事。

他看着她大眼忽闪忽闪盯着屋里，看来是那串石头的古怪，所以感觉不到她的妖力，这院中若有似无的烦人气息他先前以为是来自天蚕的身上，现在看来跟这串石头有关。

罢了，且慢点儿考虑那石头的事，先得到天蚕的内丹再说，只要自己的伤一好，那串破石头又算得了什么？

屋里，桑冉拥着赵家小姐，心中幸福又凄凉。

幸福的是，所爱的女人就在他怀间；凄凉的是，他桑冉一向是正人君子，何时开始竟也干这种偷鸡摸狗的事？

还好，他们总算仍是清白，不然若被人发现，赵家自是名誉扫地，自己又如何面对大哥大嫂？

"秀儿，明天，明天我就向你爹提亲，就算他瞧不起我这个穷绣花的，我也要试一试。"心中苦涩，他不想再这样下去，语气坚定地看着赵秀儿道。

赵秀儿神情一黯，摇头自他怀间坐起："晚了，桑冉，前几日李家来提亲，我爹已答应下来，今日聘礼也到了。"

"什么？"桑冉如遭晴天霹雳，"什么提亲？你再说一次？"人已站起来，脸色死一样苍白。

赵秀儿看他这般神情心中一酸，含泪道："是我不对，不该一直阻止你去提亲，现在，却是晚了。"

桑冉向后退了一步，眉头锁起时一滴泪滴下来："就算你让我去，你爹也不会同意，我知道你是为我着想，你爹，"他停了停，"却是为你定了几时成亲？"声音凄冷，听着让人无比心痛。

"一月之后。"赵秀儿走近他，头靠在他的背上，"我今日来见你也是为了告诉你此事。"

她的手自身后抱住他，感觉他单薄的身体轻轻地颤，心中更痛，哑声道："桑冉，我们私奔如何？"

桑冉身体一僵，回头看赵秀儿，赵秀儿已是满脸泪水。

从何时开始的呢？自己还记得庙会初见她的样子，记得被赵家请去教她绣花的狂喜，如今却已是难舍难分了。

私奔？为什么听到这两个字心里会同时凄凉如冰。他伸手抹去她的泪："这样不是太委屈你？"

赵秀儿摇头："不委屈，只要能和你在一起。"

看她说得坚定，桑冉心中疼痛，他何德何能竟让一个千金大小姐随他私奔？

"秀儿……"

正要说话，守在外面的丫头琼花敲门进来催促："小姐，时候不早，该走了。"

屋里两人心里同时一紧，却是难舍难分。

"我等你消息。"最后赵秀儿踮起脚在桑冉的唇上亲吻了下，才转身离去。

"走了啊，"不知怎的，外面的陈小妖看着赵秀儿离去，心里一阵惋惜，"她好像不是妖嘛。"

墨幽冷冷地看着赵家轿子离开，该是进去取内丹的时候了。

虽然墨幽与那日的样子有很大差别，但桑冉还是一眼认出那双眼，如地狱的魔火，只一眼就似能要人性命。桑冉下意识地向后退了一步，却看到墨幽身后的陈小妖，不由得大吃一惊。

"表嫂，此人非善类，快快离开。"自己安危不要紧，怎可连累自家表嫂？

"不是表嫂啦。"陈小妖一听到这么叫她就想发火，气得直跺脚，桑冉的提醒根本没有听进去。

正想纠正，却见身旁的墨幽手臂忽然伸长数尺，已掐住桑冉的脖子。

她"啊"的一声惊叫，顷刻间就见桑冉的脸已发青，也顾不上害怕，伸手就去拉墨幽的手臂："放开，快放开，你会掐死他的！"

此时墨幽身上的邪气转浓，陈小妖一接近他，一股寒意便劈头盖脸而来，她马上缩回手，退到一旁，却见墨幽全身连同桑冉一起被墨紫色的淡雾罩住。不知是不是错觉，陈小妖觉得桑冉的身影渐渐转淡，整个人若隐若现，然而差不多在他腹部的地方却有一点极亮的东西，似被两股力互扯着上下移动着。

"内丹？"陈小妖睁大眼，她是识得这个东西的，自己的师父也有，只是远没有这么大这么亮，至于自己的那更不值一提。

这么大而亮的内丹那可是上万年的修行啊，她吃惊地瞪着身形越来越淡的桑冉，妖才有内丹，难道眼前的这个羸弱书生是妖不成？

在妖界，抢其他妖的内丹是最不齿的事情，师父说这种妖应该被打入畜生道，永世不得超生。陈小妖虽然胆小，看墨幽抢桑冉的内丹不觉也咬牙切齿，何况桑冉是对自己好的人啊。她眼看那内丹从桑冉体内点点拔出，也忘了眼前的魔有多可怕，扑到墨幽身上张嘴就咬，也不知咬住什么，只是死命咬住。

取内丹正在关键时刻，墨幽忽觉右耳一痛，全身的力量忽然受滞，再也发不出力。他反射性伸手一推，将缠在自己身上的小妖一掌推开，同时抚上自己的右耳，已有点点血迹。

"找死！"他大喝一声，脸莫名地变得通红。

陈小妖来不及使用妖力护住自己，重重地跌在地上，刚想爬起，就见一把玄色的大刀向自己狠劈过来。

她只是只小小的妖，除了有点儿小妖力，其实一点儿用也没有，哪里挡得住那大刀砍来的力量，只有闭眼受死。耳边有雷鸣之声，带着几乎让人作呕的腥臭，破风而来，陈小妖命悬一线。

　　墨幽几乎是恼羞成怒，那一刀砍过去已用了全力，是非要取陈小妖的命不可。这只小妖竟敢咬自己的耳朵，简直不要命了！

　　他的羁云刀带着魔界的无边魔性，刀过之处任何生灵魂飞魄散，他誓要让这不自量力的妖在这世间彻底消失。

　　然而却猛然被一道力将刀锋打偏，刀刃险险擦过陈小妖的脸，砍在她身后的柜台上。

　　与此同时，屋中弥漫起一股让人极不舒服的气息。

　　是神。

　　墨幽猛地转身，却见一人腰间别着一只葫芦，背着月光站在门口，全身笼着层淡淡的白光。他扬头轻嗅了一下，轻嗤道：“原来只是个半神。”

　　风畔轻笑，慢吞吞地进屋：“与你一样，你早出生了一个月，至多也只算半个魔。”

　　“住口！”墨幽最讨厌被人提到他的出生，不过是投错了胎，进了个未婚女人腹中，不然怎会早出生一个月？还被她刺中了心口要害，让他魔力受制，必须找天蚕内丹疗伤，不然他早就快意杀人，让这世间生灵涂炭了。

　　想着，羁云刀再次挥出，虎虎生风。

　　风畔不敢大意，虽是半个魔，自己也不过是半神，两人力量相差不远，而那羁云刀又是件十足十的魔物，若被砍中自己也难逃生天。他心中默念，腰间葫芦上的流苏忽然金光流动，他轻叫一声“起”，那流苏顿时伸长数尺，竟似生了眼睛，缠住墨幽砍来的羁云刀。

　　刀锋顿滞，墨幽一加力，竟斩不断那流苏。

　　“天蚕丝？”墨幽瞪着那流苏，叫了一声，同时刀上魔火燃起，那流苏力道一弱，他趁机挣开，一刀又砍向风畔。

　　风畔早已有准备，指间龙火射出向着墨幽面门，墨幽只得收刀闪躲。

而风畔借机拎起蹲在一旁吓得发抖的小妖："小妖儿，快点儿咬破自己手指，随便说句话。"

小妖早被刚才那一刀吓蒙，听风畔叫她咬破手指，便真的一口咬在自己手指上，却想不到要说什么，正在发愣，见墨幽举刀又来，她忙捂住眼睛，脑中也不知怎么想的，就反射性地叫了一句："我要吃饭啦。"

以为这刀再也躲不过，却许久没有动静，直到听见有人学她叫了一句："我要吃饭啦。"

她"咦"了一声，拿开捂住眼的手，顿时愣住。

那墨幽一头红发瞬间转成黑色，双眼如墨，羁云刀已经不见，一身邪气消失，俨然只是个英俊的青年。

"我要吃饭啦，"他又冲陈小妖道了一句，"饿了，哪里有饭？"

"嘎？"陈小妖张大嘴。

看墨幽狼吞虎咽地吃着白饭，陈小妖有些嫌弃地白了他好几眼。

真是的，半夜三更还要从桑家厨房里偷饭给他吃，自己是欠他的啊？

不过，分明是要砍她的，怎么就？

风畔笑着看陈小妖边啃着一块冷掉的饼，边低咒着厨房里的魔，伸手拍了下她的头。

"小妖儿，以后你就是那魔的主人。"

"啊？"陈小妖以为自己听错，斜着眼看着风畔。

"魔本无耳，但魔王爱美，便求佛祖赐一对耳，佛却说，魔有耳便可听风声，与神无异，不合天规。所以赐了一对凡人的耳，那凡人的耳自此便成了魔的弱点，只要一揪住魔的耳朵，魔力顿时受制，如同时咬破自己手指歃血为令，说的第一句话就是以后控制该魔的命令。"风畔轻声解释，看陈小妖完全傻住，笑道，"以后你只需一说'我要吃饭啦'，无论他在做什么，他都停下来先去吃饭。"

陈小妖的嘴巴都合不起来，她才不要做这魔的主人，又吓人，现在食量比她还大，都把人家剩下的半桶饭都吃掉了，明天要怎么交代啊？

"他要吃到什么时候啊？"那些是白米饭啊，好可惜哦，自己刚才为什么要说那句话？

风畔一笑，抬头看着头顶的月色："你说停，他就停了。"

"那你不早说。"陈小妖跳起来，冲进厨房对着墨幽喊了三声"停"。墨幽果然应声停住，却颓然倒地睡去。

看墨幽停下，陈小妖松了口气，拍着胸口道："吓死我了。"说着脚在墨幽身上踢了一下，又快速闪到风畔身后。

见半天没有动静，她才又伸出头，道："他会一直这样睡着吗？"

"第二天醒了就会恢复。"风畔淡淡地看了地上的墨幽一眼。此魔尚未动过杀戮，神魔两界也有规矩，自己还不可诛他，不然此时正是好机会，转身拍拍陈小妖道，"就任他去，我们去看一下桑冉。"

桑冉三日未醒，风畔说那是因为魔火入了体，凡人的话早就死了，妖如果道行低的也挨不过一日。

桑家从未发生过这种怪事，风畔他们一住进来，桑家老二就不省人事，桑家当家的老实，没说什么，但他的婆娘却对两人提防起来，说话间也没有那么客气了，隐隐有送客之意。

陈小妖自认为不是个聪明人，因为师父老说她笨得像猪，她都看出桑家人不喜欢他们，但风畔那家伙却一点儿也没有要走的意思，整天赖在桑家混吃混喝，害得自己也不得不厚起脸皮。

"唉！"她叹了口气，撑着小脸，看着脸色苍白的桑冉。风畔的两根手指抵在桑冉额间，替他把墨幽的魔火引出来，然后桑冉的眼皮动了动。"嗯？"她马上坐直身体，肉乎乎的手轻拍桑冉的脸。

"快点儿醒啊，快点儿，不然我就把你吃了。"她作势磨着牙。

桑冉果然动了动，然后如还了魂般用力吸了口气，同时眼睛睁开了，木然地盯着陈小妖的脸。

"啊呜，"见他真醒了，陈小妖一下子跳起来，"醒了，真醒了。"

"表嫂。"好一会儿，桑冉才缓过神，轻轻叫了一声，听到自己的声音沙哑得吓人，他挣扎着想起来。

旁边的风畔扶了桑冉一把，一只手抵在桑冉的背上，度了点力过去，他不敢将神力度过去，毕竟是妖，这样反而会害了桑冉。

"我是怎么了？"桑冉捧住头，觉得脑中空空的。

"是魔……"陈小妖想也不想地就答。

"小妖儿，"风畔打断她的话，对着桑冉道，"表弟什么都记不得了？"

桑冉手轻轻地敲着头，微微皱眉，然后一双金色的眸子猛然在他脑中闪过，他一惊，回身看着四周，他已在自己的房中，不是那晚的店铺之内。

还是那个人吗？虽然记不太清楚具体发生什么，但大体的记忆因为那双眸子瞬间恢复过来，他被那人掐住了脖子，表嫂想救他。

"大体是记得的，"他点点头，看着身旁的陈小妖道，"表嫂，你没事吧？"

又叫她表嫂，陈小妖老大不乐意地摇头："没事，我好得很。"

"那人呢？"想到那双眼，他又往四周看了一眼。

"已经走了，"风畔答道，"表弟可认识他？"

"不认识，这已经是他第二次想取我性命，却不知为何。"桑冉眉轻皱，带着淡淡的忧愁，"我自问没有与谁结怨，让人非要取我性命不可。"

陈小妖看着桑冉的眼神，觉得桑冉好可怜哦，伸手拉拉风畔，他是半神，他一定有办法。

风畔却并不理会，看了眼桑冉道："万事皆有因果，表弟不必忧愁。"转眼看看窗外，"表哥和表嫂都不知你醒了，我去叫他们过来。"说着出门去。

什么因果？又在胡说八道，不想帮忙才是真的。看风畔出去，陈小妖"呸"了一口，拿了块桌上的糕点就冲出去。

"喂！你！"她指着风畔，"你这坏蛋，小气鬼，小心眼，为什么不肯帮他？"

风畔立在院中，并不理会她，闭眼掐指轻算，半晌才轻叹了一句："问世间情为何物啊？"说着转身看着陈小妖道，"时候未到，我们得再等等。"

陈小妖愣了愣，马上又回过神："什么什么？你又在故弄玄虚。"

"故弄玄虚？"听她说出这四个字，风畔终于轻笑，道，"小妖儿这可是成语，终于会用了。"

"我当然会用，我本来就会用，我一百多岁了，我见多识广，我……"敢小看她，陈小妖跳起来，急着想证明自己有多博学，却见房中桑冉跌跌撞撞地冲出来。

"表哥，我昏迷了多久？"他的脸色比方才更苍白。

"三天啊。"陈小妖先答，眼睛眨啊眨地看着他。

"三天？"桑冉瞪大眼，人猛地后退了一步，"三天？不！"说着人要往外去，没走几步却跌在地上。

"呀！"陈小妖看他的样子被吓了一跳，忙冲上去扶他，"你这是要去哪里？刚醒怎么可以乱走？"

"城隍庙，她在等我。"桑冉挣扎着爬起，他与秀儿说好的，第二天在城隍庙相见，决定要不要私奔，怎么自己一醒来就已经是三天之后呢？秀儿，等我。

三天未动的身体尤其虚弱，再加上他腿脚不便，人刚站起来，没走几步又跌下来。陈小妖看得心惊，她还没见过哪个人急迫成这样子，似乎不往外去人就会马上死去一般。她扶住桑冉道："城隍庙是吗？我背你去。"说着真的想背起桑冉的身体。

风畔冷淡地看着两人，并不帮忙也不阻止，腰间葫芦上用天蚕丝制成的流苏因为桑冉激动的情绪而不断抖动着，他伸手压住葫芦，眉轻皱了下，忽然道："赵秀儿明日就要成亲，晚了，桑冉。"

如晴天霹雳，桑冉顿时怔在当场，好一会儿才转过头来盯着风畔："你说什么？不是一个月后？"其实已经听清，因为泪已滚下来，却不想相信。

"她坚持要让你绣嫁衣，嫁衣就在店中放着，"风畔压着葫芦的手猛地握紧，又松开，看着桑冉道，"晚了。"

桑家的灯彻夜亮着，嫁衣鲜红，桑冉在灯下一针针地绣着。

晚了，真的晚了。

他的眼没有焦距，似失了魂一样，一针又一针，然后有泪滴下来，滴在嫁衣上一滴又一滴。

陈小妖在屋外偷看着，不住地叹着气。她转头看向站在院中的风畔，他抬头望着月光，一副事不关己的样子。

轻嗤一声，她又向屋内看去，屋里烛光闪了闪，暗了下来又迅速亮起。陈小妖看着，不觉瞪大眼睛，桑冉的影子竟然不再是人的影子，而是一条巨大的虫的影子，一根东西从他的嘴里吐出来。她用力揉了揉眼，再看桑冉，他仍是专心绣着，只是针上没有绣线，嫁衣上的花样原本是五彩之色此时却是鲜红胜血，绣在同样也是红色的嫁衣上竟是触目惊心。

陈小妖张大嘴，难道桑冉是只蚕妖不成？蚕妖吐血色的丝不是要命了吗？

要知无论是一般的蚕还是蚕妖，吐的丝总是白色呈透明状的，以前师父就收过蚕妖姐姐的一件蚕丝小袄，但血色的丝却是内元之气吐出来，蚕妖姐姐说妖力不济者会道行尽失的。

"桑冉，快停住。"她叫桑冉的名字，然而桑冉却似没有听到，手上动作没有停。

"桑冉……"

"行了，这点儿血丝伤不到他的。"风畔不知何时走过来，看了眼屋里的桑冉，淡淡说道。

"都是你！"陈小妖却转身一把推开他，"你分明可以救他，为什么要任他睡三日？"眼睛已红，竟是要哭了。

风畔看着她，眉头轻皱，也不解释，低头看着葫芦上颜色也转成血红的流苏，轻道："你可想看他的前世？"

"前世？"陈小妖怔住。

他将流苏从葫芦上取下："他修成正果之时我正好飞升成神，这流苏就是他当时送给我的宝物，我与他可算是挚友。"

"那你还看他受苦？"

"我说过万事有因果，小妖儿，"他眼神流转，看着她，"这是他选的因，至于会是什么样的果，该是他自己承受。"

陈小妖摇着头："我不懂。"

风畔一笑："他本修成正果，却在前世动了情念才入了轮回，你看。"他执着那流苏轻轻在空中划圈，圈中桑冉前世的情景赫然在眼前：小院，满院的桑叶，忙碌的蚕娘，桑叶中众多蚕中有一条蚕偶尔闪着金光。

"那就是桑冉，爱上了那个蚕娘，所以甘心恢复原形，只为每日看她在院里忙碌。"他流苏再次挥过，又是另一番景象：大红喜字，正是婚礼场景，一对新人正在拜堂，"新娘是那蚕娘，新郎却并不是桑冉。"

"为什么？"陈小妖万分不解。

"因为新娘知道桑冉是妖，人妖殊途。"风畔的声音很轻，淡淡的语气中夹着无奈，"所以桑冉许了来世，他求我封了他的妖力，甘愿入轮回，喝了孟婆汤后转世，只为以凡人之身再与蚕娘续前缘。"

"可是，"陈小妖猛地哭出来，"可是，仍是与前世一样的结果啊。"

"一样的结果吗？"风畔若有所思，"或许吧。"他转头再看向屋里。

屋中，桑冉已不见踪影，连同那件嫁衣。

他看着，轻叹一声："桑冉，你信不信，其实一切早已注定。"

大红灯笼，大红喜字，赵家一片红色喜气。

桑冉拿着血红的嫁衣站在赵家大门口，一脸凄然。

秀儿，真的要嫁了。

赵秀儿的丫鬟琼花从里面走出来，看到桑冉，不由得叹了口气。

"回去吧桑公子，现在再怎么样也晚了，小姐天一亮就要嫁了。"

"我来送嫁衣。"桑冉的声音如死了一般。

琼花看了眼他手中的嫁衣微微怔了怔，好红的颜色，像是刺痛了她的眼，她快速地别开脸，道："要送也要等天亮，哪有半夜送嫁衣的，要不是赵家筹备婚礼彻夜筹备，平时情况我们这些人早睡了，哪还会见你。"正说着，却见桑冉脸色更加苍白，她不由得又放软了口气，"我知道你想见小姐一面，实话告诉你，小姐现在还被老爷关着呢，你想见，我也没办法。"

"关着？"桑冉抬起头。

"还不是因为你，小姐不肯嫁到李家，还想着要逃走，所以老爷就把她关起来了。"

"因为我？"桑冉喃喃地重复着这三个字，人忽然向琼花跪下来，"琼花妹妹我求求你，我知道你一定有办法，让我见她一面，见一面我就死心，以后再不烦她。"说着眼泪已下来。

琼花看着他瘦弱的身体跪在自己面前，在清冷的夜风中微微发着抖，看他泪如雨下，就算再硬的心肠此时也不忍心起来。

"快起来，快起来啊，你这是干什么？"她的眼泪不知怎的也跟着下来，哭道，"你起来，我想想办法就是。"

桑冉这才肯起来，琼花转头看着身后的张灯结彩，想了想道："这样吧，我看老爷并不知道小姐想嫁的是你，我现在就去见老爷说嫁衣绣好，怕有什么不满意的，等到明天改就来不及，所以现在送来让老爷小姐过目，我再让小姐看了嫁衣后尽量挑些毛病出来，这样兴许你们能见上一面。"

桑冉一听连连点头，琼花看他方才还面色如死，此时又带着惊喜，却仍是一副失魂落魄的模样，不由得又叹了口气。

"你等着，我进去通报。"琼花说着往府内走，走了几步又回过头来看着桑冉道，"仅此一次了，桑公子，明天之后小姐就是他人妇，你务必想开些。"

桑冉怔了怔，看着琼花进去。他人妇吗？他只觉心里一阵凄楚，感慨万千。

桑冉果然被允许见赵家小姐，只因赵秀儿说，自己的嫁衣，要当面对绣匠提些意见。

入了府，桑冉呆呆地站在客厅里，不一会儿赵秀儿就出来了。

桑冉看过去，赵秀儿竟穿着那身嫁衣，鲜红异常，脸色却十分苍白，远远望去虽是风华绝代，却透着几分说不出的诡异之气。

赵秀儿只是看了桑冉一眼，眼泪已流下来，桑冉亦是，两人相顾流泪，竟谁也不作声。

直到琼花催促时间不多，赵秀儿才惨惨一笑，道："桑冉，此生我恐怕再也不能做你的妻子了。"

"是我的错，秀儿，"想起自己竟昏睡了三天，桑冉肠子悔青也无法弥补，只是用力地拍打着自己的胸口，"是我的错，是我错了啊。"

赵秀儿的心纠成一团，急着阻止道："桑冉，你莫要这样子，这是天意，天意如此啊。"

"天意？"桑冉停下来，一双泪眼看着赵秀儿，"天意为何如此对我？竟连喜欢的女人都保不住。"

"桑冉……"赵秀儿只是哭，泪水滚落嫁衣，被嫁衣上的天蚕丝吸附化作点点惨白，而她同时似做了什么决定般，人站起来，看着窗外当空的明月道，"桑冉，我们此时此地以明月为证，结为夫妇如何？"说着也不等桑冉回答，对着窗外的明月跪下来。

桑冉一怔，看着一脸坚决的赵秀儿，忽然觉得此时这一幕似曾发生过，只是记不得是在何时何地。他抬头看着窗外的月光，一丝越发凄凉的感觉涌上来，他心中一痛，人同时跪了下来。

"我桑冉愿以明月为证，与赵秀儿结为夫妻。"他双手成揖，对着明月道。

"我赵秀儿愿以明月为证，与桑冉结为夫妻。"赵秀儿跟着说了一遍。

两人都没有说"相敬相爱，白头到老"，因为绝不会到白头，所以听来竟是万分悲哀。

琼花在旁边看得不住地抹泪，此时的情景，还不如不要安排他们相见，相见又如何呢？

"琼花，把我泡的茶拿来。"那边赵秀儿轻轻地唤。

琼花反应过来，说了声"是"，把方才小姐亲手泡的茶端过去。

"我们以茶代酒，桑冉，"赵秀儿说，"喝完这杯交杯酒我们到地府永远做夫妻。"后面半句她说得极轻，只有桑冉才能听到，说这句话时脸上竟是带着无比美丽的笑容，而说话同时，她已先钩起桑冉的手臂一口饮下。

一切发生得极快，桑冉还没反应过来，等反应过来，赵秀儿已将整杯茶喝干，人靠在桑冉身上，笑着轻声道："相公，我先走一步。"说着一口鲜血喷在血红的嫁衣上。

"不！"一切不过眨眼之间，桑冉根本来不及阻止，他只觉得自己的头就要炸开，瞪大眼看着怀中的赵秀儿，嘴巴张合了很久，好一会儿才总算找到自己的声音大叫一声，"秀儿！"

声音已不似人发出的声音，像野兽的嘶吼，绝望而让人无比心惊。

"怎么回事？"琼花看赵秀儿倒下，冲上去看究竟，赵秀儿双目紧闭，已没了人色，再凑上去探鼻息，已没了气。她大惊失色，拼命地摇着赵秀儿的身体，尖叫着，"小姐，小姐！"

门外，有人听到尖叫，冲进来，看到房间内的情景全都愣在那里。赵家老爷也赶来，看到自家女儿满脸是血，倒在桑冉怀中，人冲上去，却发现赵秀儿竟已死了，人如疯了般，揪住桑冉的衣服叫道："怎么了？你把我女儿怎么了？"

桑冉任他抓摇着自己，眼神慢慢地看向桌上那杯应该给自己的茶。

"喝完这杯交杯酒我们到地府永远做夫妻，"赵秀儿临死前的话仍在耳边，如此清晰，"相公，我先走一步。"

"我现在就来找你，"他忽然凄然一笑，伸手拿过那杯茶，"我马上就来。"说着就要喝下去。

"叮！"忽然有破风之声，没看清是什么，桑冉手中的杯子却被打飞在地上，粉碎。

"天蚕，你的内丹还没给我，可不能现在就死了。"有人忽然出现，一头红发，一双金眸，冲着桑冉冷冷地笑。

如果说前两次桑冉对此人还有惧意，此时万念俱焚，何事都不在意，看到墨幽，惨笑道："我既想死，生前之物便无足轻重，要什么，随你吧。"

"好，这可是你说的。"说着，墨幽手一伸，竟直直地伸进桑冉的口中，"这次我就直接伸进去取。"分明是一只大手，哪可能轻易伸进人的口中，墨幽的手却像没了骨头般一寸寸地进了桑冉的口里。

这样的场面虽没有血腥，却在任何人看来要多恐怖就有多恐怖，屋里一干人已忘了赵小姐的事情，只把墨幽当怪物，一会儿工夫已闪得不见人影，只留下腿软的赵老爷和琼花。

风畔坐在屋顶，看着屋里的一切，一只手抓住身旁的陈小妖，另一只手捂住她的嘴，眼见陈小妖眼泪汪汪，却丝毫不为所动。

掌心又被咬了一下，他轻皱了下眉，道："乖，我们再看一会儿就下去。"

陈小妖狠命地瞪他，这个人真冷血，看着人家新娘子死掉也不出手，幸亏后面桑冉的杯子被那个魔拍掉，不然不是又多了条人命？

她是妖，并不怜惜人命，但却是初看到何为情动，虽不是太懂，但觉得两个人实在可怜得紧，想救下两人，都被身旁的这个人阻止。

这哪里是神？分明比那个魔还可恶。她心里骂着，抬脚就想去踢风畔，风畔本来抓着她手臂的手，一把接住她踢来的脚，笑道："不乖啊，那把你扔下去。"

说着，风畔竟真的直接把陈小妖扔进下面的屋里。

"哎呀！"屁股着地，陈小妖惨叫一声，爬起来正想破口大骂，却听屋里的桑冉忽然大叫一声。她吓了一跳，看过去，只见桑冉双眼赤红，有几条红色的细长花纹自他头顶漫延而下，集中在墨幽伸进去的嘴四周，然后从口中吐出好几条红色的丝，将墨幽的手臂包住，而那丝似乎是滚烫的，只一会儿工夫，墨幽便受不住，用力地抽回手，手臂变成血红色。

"妖怪！"旁边的赵老爷看得真切，大叫一声后，晕了过去。而琼花死盯着桑冉，人不住地发抖。

那边墨幽见一次不成，抬手又要冲上去。

只听头顶上风畔忽然叫了一声："小妖儿，吃饭了。"

几乎是条件反射，陈小妖想也没想便回了一句："我要吃饭啦！"然后马上反应过来，指着还在屋顶上的风畔道，"我呸！呸！呸！现在什么时候，还吃什么饭？"

话音刚落，陈小妖只觉袖子被人抓着轻轻地摇。"我要吃饭。"有人冲她道。

她一怔。

正是墨幽，已是常人的样子，表情分明是一脸怒意，却似乎很饿的样子。"我要吃饭。"他又重复了一遍。

"嘎？"陈小妖瞪大眼，傻住。

风畔看也不看那两个活宝，自屋顶飞身而下，如脚踩莲花，轻盈落在桑冉面前。

此时的桑冉竟已是一头白发，方才脸上的红色花纹全都聚在眉心一点，他抱着赵秀儿的尸身，面无表情地看着眼前的风畔。

风畔只是一笑道："天蚕，好久不见，我封在你体内的印已破，你应该彻底醒了吧？"

桑冉放开赵秀儿，站起身，又看了眼一直瞪着他的琼花，脸上有瞬间的疑惑，看着风畔道："风兄，我不懂。"

风畔道："不懂什么呢？不懂你前世喜欢的分明是蚕娘，今生，蚕娘的转世——琼花一直就在你面前，你却喜欢上了赵秀儿？"他停了停，转头也看了眼琼花，对桑冉继续道，"不惜做凡人，喝下孟婆汤，坠入轮回，只为与蚕娘再继前缘，结果却是这样的？"

"风兄……"一切被说中，桑冉脸色苍白，前世的心痛已尽数回忆起来，今生的死别还在眼前，心里似乎被什么东西拉扯着，极痛又极茫然。

"凡人不过一世情，天蚕，到此时你还看不透吗？"风畔脸上的笑意淡去，轻声道，"世间男女喜欢相许来世，却不知一碗孟婆汤下肚一切皆忘，来世姻缘又是另一番情景，世人问，情爱是什么？其实不过是那一碗水而已。"

他淡淡地说着，在人听来却带着凄凉之意。

"不过是一碗水？"桑冉一滴泪流下来，"原来是这样，原来是这样。"他喃喃地重复着这句话，忽然痛哭起来，前世今生的一幕幕全都出现在眼前，像尖锐的利器在他心口凿了一下又一下，若说前世他哭着对风畔说自己不甘心，那这一世却是绝望与无奈。

看不看透不过一念之间，而花费了两世，他还能说看不透吗？

只是看透为何要这么痛？

又是前世的重复，桑冉亲手抹去了所有人的记忆，他至亲的人，他所爱的人，他生存过的所有痕迹，几句咒语间全部飞灰烟灭。

前世他看着已经不记得他的蚕娘嫁人，今生亦是。

他折了自己五百年的道行送了赵秀儿七十年的阳寿，然后眼看着她欢欢喜喜地嫁人。

欢欢喜喜，对，因为再不记得他，包括那段刻骨铭心的情。

这样也好，这样最好。

一世情，凡人的情爱不过一世而已，反正来世也不会记得他，就如今世的琼花一样，倒不如让她现在就忘了，欢欢喜喜活下去。

"天蚕你有什么打算？"风畔站在桑冉身后，两人站在赵家门前，看着眼前的一派喜气热闹。

"回妖界去，妖界的功课落下百年，一定有很多事要处理。"桑冉回身，眉心一点血红，全然是一派仙风道骨，他伸手将袖中一段流苏递给风畔，"断了的天蚕丝已经修好，几百年之内不会再断。"

风畔接过："多谢。"

桑冉一笑，眼睛望向前面一群正在哄抢红花生的孩童中，陈小妖正一边吃着花生一边抢，染红花生的颜料全都沾在了脸上，显得可笑。

"这只妖我很是喜欢，风兄让她随我回妖界可好？"

风畔也望过去，视线定在陈小妖身上。

"不好。"他笑着拒绝。

　　桑冉扬眉，伸手拍拍风畔的肩，意味深长："你说的，一世记忆全在那一碗水中，所以即使你选择不忘又如何？前世你收妖半途而废，难道今生也要如此？"

　　风畔一怔，随即又笑："她是我的劫，我会自己想办法破。"

　　"希望如此。"桑冉又看向陈小妖，她正被那群小孩儿欺负，抱头躲着，却仍不忘去捡花生，真的是很可爱的妖。

第四章

　　很小的时候，有人叫他作"怪物"，

　　因为他徒手杀死了一只大老虎。那时不过五岁。

很多年后，他听有人说起某某地方一位打虎英雄的事迹，便想，别人被称为英雄，

　　自己怎么就成了怪物？只因为当时他杀了老虎，又喝了老虎的血吗？

　　扬州。

　　碧波镇。

　　因镇中的碧波湖得名。

　　碧波镇离县城远，位置偏，在扬州却极有名气，原因无他，只因为碧波镇中有一座清虚观，已有些年头，传说是张天师修行的地方。明朝重道，观中众道据说又能捉妖、炼丹，所以一传十，十传百，这几年清虚观成了扬州数一数二的大道观，连很多外地百姓也慕名而来，一时间香火旺盛。

　　明了不过是清虚观中一个扫地的小道。

　　十来岁时为了讨生活，他做过一阵子和尚，但因为长得太俊，被师父说成是身上业障太重，后来又害得一个女香客为他得了相思病，大病而死。师父认定他这是犯了色戒，自那以后他就被逐出了师门。

　　后来，明了辗转到了扬州碧波镇，那里的清虚观正好要收打扫的小道，

他便被收进了观，做起了道士。

因为身份低，也没人愿意替他花心思取名字。师父说，道中没有这么多讲究，明了这个名字不错，就用着吧。

一用就是五年。

明了坐在石阶上，扫帚放在一旁，抬头看从密实的树枝间射进来的光，眼睛微微眯起来，空气中有淡淡的柴檀香的味道。他嗅了几下，自言自语道："明天要下雨了。"

已经连续三天的大晴天，现在的天气又哪里会要下雨的样子，若有其他人在，定会认为他在说胡话，还好此时并没有其他人，他也不过是说给自己听。

吸吸鼻子站起来，他不是个会偷懒的人，想着前院的落叶还没扫，便舒展了下身子往前院去，前院其实应该是他师兄打扫的地方，但因为排行比他靠前就老是倚老卖老地压着他，把活儿推给他干，自己不知道跑哪里逍遥去了。

后院往前院，如果走正路的话要绕一个很大的圈子，但西厢和正厅之间有个极窄的小巷，只容一人侧着身子过，穿过去就是前院了，以前推着杂物并没有人注意，但明了因为经常打扫，这里便成了他往来前后两院的专用通道。

明了不紧不慢地侧着身在小巷里走，小巷因为窄所以有风吹过时风尤其大，他穿着灰色的道袍，袍子的下摆被风一吹，扬了起来，他干脆撩起袍子，把一个角塞进袍内的腰带里，才又往前行。

耳边似听到了什么怪异的声音，他停了停，却并不四处查看，又往前走，竹枝做的扫帚被握在右手中，一路扫过巷子的地面，而就在快出巷子时，一团黑色的东西自他头顶窜过。说时迟那时快，明了空着的手忽然一扬，人也同时出了巷子。

没有回头，他直接往前院去，而巷子的墙上一只硕大的黑鼠被不知哪儿来的细小竹枝钉死在石头砌成的墙上，黑鼠双眼暴张，似带着难以置信的表情。

风吹过，前院的明了已开始扫起地来，一切无声无息。

陈小妖往那花布店看了好几眼，终于还是不舍地跟上走在前面的风畔，又不住地回头看。

风畔兀自好笑，初时只知吃喝，这小妖，现在却已在乎起美丑了，一路走来，现在会注意其他女子的穿着，会学她们走路，模仿她们说话的口气，却多半是东施效颦，根本不像样子。不过还是一如既往地贪吃，这点倒是没变过。

碧波镇比他想象中繁华，百废俱兴，一路上热闹非凡，而人多的地方必定混迹着妖，或许此来会大有收获。

正想着，忽听身旁人"嘶"的一声，不用猜也知道是什么。他侧着头看向路边，一个年轻的书生在卖胭脂，一身好皮相，引来一众妇人争相购买。

不过陈小妖的注意力却全不在那人身上，而是盯着一个妇人手中拎着的那篮桃子上，桃子个个硕大，透着粉红色，让人看着眼馋。

"桃子啊。"陈小妖吸着口水，把手指咬在嘴里，她好想吃哦。

以前在山里时，大个的桃子都给师父吃了，她只能吃些小的，不过小的也很好吃呢。

陈小妖想着便再也走不动了，眼中就只有那一篮桃子。

风畔轻轻一笑，拍了下陈小妖道："走，去看看。"

说着，他往那胭脂摊而去。

风畔似乎是要看那些胭脂的，而靠近那拎着桃子的妇人时手似不经意地往那篮子里一探，迅速地抓起一个，然后回头看看张大嘴的陈小妖，手一扬把手中的桃子扔给她。

陈小妖接也不好，不接也不好，眼看那桃子飞过来，也算是条件反射，张嘴就是一咬，又马上松口，呸呸呸，什么东西嘛，都是桃毛。

她瞪着手中的桃子，再看人群中的风畔不知何时又拿了一个，竟就在那妇人旁边堂而皇之地吃起来。

陈小妖完全傻眼，她觉得好丢人哦，怎么就跟这种恶棍混在一起？陈小妖捧着那桃子万分忐忑，眼看着风畔将整个桃子吃完，拍拍手将桃核随手扔在地上。她鼻中似同时嗅到桃子的香甜，终于经不住诱惑，心想管他呢，先吃了再说，说着张大嘴就着那刚才接桃子时咬过的地方准备大口咬下去，同时心里想，那恶棍其实也算不错，至少偷人家东西时也想到她了。

期盼着桃子的甜美，她还没咬下去就觉得心也甜了，只是这股甜美并未来得及变为真实，只听一声暴喝："小偷！"

陈小妖头皮一麻，啥？哪里有小偷？她东张西望。

"就是你，偷我桃子的小偷。"眼前一妇人怒目相向，细长的手指指着她。

陈小妖顺着妇人的手往下看，一篮鲜美的桃子，她又忍不住用力地吸了口口水，然后才意识到什么，猛然看着那妇人："咦？"

那妇人说的小偷是指她吗？她用手指着自己，然后看到自己手中的桃子，吓了一跳。

一般常人的反应是马上把桃子扔掉或是还给那妇人，而陈小妖的反应是直接往嘴里塞，这么大的桃子，她甚至想一口把它吞下去藏在肚子里。

妇人本来看陈小妖不过是个小姑娘，而且桃子也不值几个钱，吓吓她算了，可没想到，那小姑娘居然不知悔改地当着她的面吃起来，一时也怒了，冲上去就想抓住陈小妖。

陈小妖看那妇人来势汹汹，桃子还在嘴里，人却转身就跑，一边跑嘴里还咕哝着什么，但谁也听不清。

众人本来都挤着买胭脂，见发生这样的情景都转过头来看，一大一小两人，在大街上追赶起来。

风畔双手环胸，漫不经心地看着，这小妖真是笨得紧，扔给她，还真接了，这可是别人的东西。他似早忘了自己刚吃完一个别人的桃子。

手指抓了下额头，风畔任众人看着那场追打游戏，自己转身看向摊上的一堆胭脂，随手拿起一盒，打开嗅了嗅，然后眉猛地一皱又松开，

相思骨
XIANG SI GU

下意识地抬头看向摊主——那个年轻的秀才。

"这盒怎么卖？"他又迅速地笑起来，冲那秀才扬了扬手中的胭脂。

"这是上好的波斯胭脂，要一两银子。"秀才看是个男人来买胭脂，有些奇怪，不过转念一想，应该是送给自家妻子的，便报了价。

"一两银子？买了。"风畔扔了一两银子在摊上，不再看那秀才一眼，转身往街上去。

街上的追逐已停了，只有那妇人将篮子放在地上正猛喘着气，哪里还有陈小妖的影子？

风畔一笑，手似无意识地触了下另一只手的手腕，人独自走在街上。走了一段，他在一个巷子口停下，冲着巷子里道："小妖儿，走了。"

只一会儿，陈小妖从巷子里出来，嘴里还咬着个桃核，她边摸着脖子边含糊道："你又烫我。"

果然下雨了。

一下就是三天。

这三天里镇上连续有三个女人死了。

先奸后杀。

平安安定的碧波镇顿时笼罩在恐怖中，繁闹的大街冷清起来，天还没黑每家每户都早早关门闭户，而像风畔这样的外来人更是招人侧目，幸亏他把陈小妖拎出来做挡箭牌，说是自家老婆，不然也要像那个卖胭脂的小白脸一样，被镇长抓起来询问。

"是妖吗？"陈小妖对着镜子往脸上抹胭脂，那是风畔随手扔给她的。胭脂血红，她往脸上涂一块，又在唇上抹一点儿，咂咂嘴，苦的，她呸呸呸地吐掉，忙不迭地拿起桌上的茶水喝，却把唇上的胭脂带进口中，她一口吐掉，苦不堪言。

风畔看她忙作一团，脸上胭脂太红，唇上的水又糊花了胭脂，实在有些骇人，却只是一笑，喝了口茶，望向窗外。

死去的女人都被挖了心，难怪这小妖也觉得是妖怪所为，妖噬心，不只是陈小妖，这碧波镇的百姓也是这样猜测着。

是什么妖呢？

他想着，眼睛看着茶楼下，一个扛着米的青年道士正好也抬头看着楼上，两人眼神对上。风畔觉得有股气流闪过，怔了怔，再看，那青年道士已扛着米走远了。

风畔若有所思，收回视线时看到桌边的陈小妖闭眼靠在桌上，似已睡去，脸上绯红，并不像涂了胭脂的缘故，更像是喝醉了酒，居然异常美丽，嘴里咕哝着什么，却是不知所云。

他眼神一沉，伸手抚上她的额，滚烫。

"小妖儿？"他轻拍她的脸，柔嫩的触感让他无意识地停了瞬间才松开。

陈小妖被他一叫睁开眼，大眼水润润的，用力地眨了一下，叫道："好热。"声音竟不同她平日的样子，说不出的妖媚，手下意识地去扯衣领，露出美好的颈，颈肩处的一颗梅红血痣，甚是诱人。

风畔不动声色，眼睛停在她的那颗痣上，眼神更沉。

陈小妖还在扯衣服，衣领被扯得越来越开，旁边的客人都偷偷地看过来。风畔一只手伸过去压住陈小妖的手，另一只伸出一指点在她的眉心，陈小妖顿时昏睡过去。

"结账。"风畔往桌上扔下几个铜板，抱起陈小妖便往楼下去。

楼下仍是下着细雨，他低头看了眼怀中的陈小妖，她整张脸窝在他怀中，睡得很沉。

"你可不要现在现原形，不然我把你扔到猪肉铺去。"他低声说着。

陈小妖似乎听到，脸在他怀间蹭了蹭便再也没动静。他一笑，抱着她往他们落脚的旅店里去。

"小二替我烧桶水送上来。"回到旅店，风畔边说边往楼上走。

小二说了声是，看那年轻客人怀间不知抱着什么，用袖子盖着就上楼去，他好奇地跟了几步，停在楼梯口看他进了房间。

他的老婆呢？两人不是一起出去的？

等水送到时，小二还往房间张望了几眼，下意识地问道："客官，怎么不见令夫人啊？"

风畔指指床上道："不舒服先睡了。"

"啊？"小二啊了声，自己一直在店里，怎么不见有人回来？眼睛盯着那边的床，床帐被放下来，根本看不清里面有没有人。

"还有事吗？我要洗澡。"风畔挡在他面前，微微地笑。

"没有。"小二只好出去，走到门口时又回头看了一眼，脸上尽是不安。

看来是被那些凶杀案吓到了，风畔听到外面再无动静才拉开床账。

一只粉色的小猪在床上睡得正沉，他一笑，拎起小猪的一只耳朵，对着旁边热气腾腾的浴桶扔进去。

不过半盏茶不到的工夫，浴桶里忽然泛起水泡，然后恢复人形的陈小妖整个人冒出来，溅了一屋子水。

"好烫！好烫！"她整个人从浴桶里跳出来，丝毫没在意自己一丝不挂。

风畔背过身去，也不顾身后陈小妖吵闹，低头自怀间拿出刚才陈小妖用的那盒胭脂。

怪不得觉得香味不对，果然有蹊跷。

他手指沾了一点儿凑近鼻间再嗅。

"应该是妖界的淫鱼。"他喃喃自语，人同时往屋外去，"乖乖洗个澡，不然还有更烫的。"说着也不回头，直接关上门出去。

吃了晚饭，陈小妖觉得极倦，也许是现了一次原形的缘故，全身好像被人打过一般

"你说是那胭脂？"她看着那盒胭脂，再也不敢伸手过去拿。

"里面混有淫鱼鳞磨成的粉，"风畔喝了口杯中的上好女儿红，看着身下一览无遗的碧波镇，"此鱼最淫，误食者本性全失，只贪淫欲，无论妖魔神怪皆是如此。"

"淫欲？"那是什么东西？陈小妖眨眨眼，以前在庙中听方丈教化

僧众或香客时说过几次,虽然不懂,却觉得那一定不是什么好东西,吐了吐舌头,趁风畔不注意,抬脚就把那盒胭脂从塔顶踢了下去。

他们现在在碧波镇最高的建筑碧波塔顶上,从塔顶可以看到整个碧波镇。

陈小妖不懂,这么个阴雨天跑来这里淋雨干什么?她刚洗的澡呢,难道"淫欲"其实是"淋雨"吗?不过风畔也中了胭脂的毒吗?硬要跑来"淋雨"?她越想觉得越有可能,想到风畔这种坏蛋居然也会中招,不由得自顾自地嘻嘻笑起来。

搞不懂这小妖为何忽然傻笑,风畔也不细究,眼睛看着远方,觉得雨中在这么高的地方喝酒实在是很快意的事,他把酒杯递给陈小妖:"这次不许再洒了。"

陈小妖本来还在笑,听又来差遣她,马上一脸不情愿,却还是拿起酒壶替他倒满,什么嘛,自己又不是他的丫头。

几滴酒滴在指上,她伸到嘴边添了一下,好涩,忙吐掉。

不多时,雨渐渐停了,远处的巷子里传来打更的声音,"当当当"响了三下。

三更天了啊,陈小妖打了个哈欠,看看风畔,什么时候才能回去睡觉?他药性发作想"淋雨",自己却没毒可发。

看他仍是一派悠然,她咬咬牙道:"我回去了。"说着要站起来。

"来了。"身旁风畔忽然道。

"什么来了?"她下意识地回头,然后看到不远处的屋顶上有个人影,现在是雨夜,可视度并不高,就算她是妖,也看不真切那人的脸。

她愣了愣,指着那人的方向问道:"那是谁?"难道也中了毒来淋雨?

"去看看。"风畔也站起来。

那人行得极快,陈小妖用足了妖力也追赶不及,渐渐地落在风畔身后,见风畔往前去,她干脆偷懒停下来,落在一处居民的檐下。

让他去追好了,她不过是只法力低微的小妖,追到了又怎样?最多看热闹。

她想着便心安理得起来，觉得风畔也一定能理解她，绝不会用那破石头烫她。

三更天的碧波镇街道上空无一人，陈小妖四处张望着，刚才想也没想地就落到这里，也不知是镇中的哪个地方？是不是离住的旅店很近？但看了半天也没看出明堂来，便拍拍身上的湿气靠在墙上。

先待会儿吧，等她恢复点儿力气再跃到屋顶上看看。

而同时，耳边似听到一声冷冷的轻笑，陈小妖耳朵动了动，然后全身的寒毛竖起来，该不会是那个魔？

哪里？哪里？她惊恐地左看看右看看。

又是一声笑。

陈小妖吓得差点儿跳起来，然后看到前方街上，一个道士打扮的人站在那里。

不是那魔啊？陈小妖拍着胸口，人软下来。

"你是妖吧。"那道士看了她一会儿，向她走近。

"嘎？"陈小妖张大嘴，马上又摇头，结巴道，"谁、谁是妖了？"

"你。"道士举高右手握着的剑，那剑不知为何在剑鞘里振颤着，似马上就要破鞘而出，"看我的剑没？那是把可以伏魔斩妖的冲灵宝剑，虽然你全身的妖气被伪装得极好，几乎一点儿也感觉不到，但你方才使用了妖力，妖气外泄，哪怕只有一点，这剑也会振颤不已，今天就由我来斩了你这只妖。"说着手指一点剑柄，那剑便飞了出来，他一把抓住，向陈小妖劈过来。

"妈啊！"陈小妖抱头就逃。

"妖怪，哪里逃？"道士持剑追过去，一晃已到了陈小妖面前。

陈小妖差点儿自己撞到剑上，猛地顿住身形，吓得只敢看着那把剑发怔。

"无量寿佛，拿命来吧。"道士手指结印，口中念念有词，提剑向陈小妖刺去。

而陈小妖忽然全身无法动弹，眼看着剑就要刺向她。

"剑下留人。"千钧一发间，有人一把拉过陈小妖，同时手指对着那剑一弹，剑锋打偏，与陈小妖擦身而过。

"哇！"身体总算能动弹，陈小妖大叫一声。

然后看到拉他的人是风畔，她便反射性地死命抱住他，哭道："你这坏蛋，我死了你要赔，都是你害的，都是你。"

风畔很没同情心地将陈小妖从自己身上拎开，把她扔在一旁哭去，然后看向那道士，虽是半夜，光线并不好，但还是一眼认出是白天时茶楼下的青年道士，只是为何与白天时看到的不太一样？

"这位小师父也是妖吧，这剑就是你的元神，妖妖相残，何必呢？"他一语点破。

虽然看不到对方表情，但风畔还是能感觉到那道士似乎在发怒。

"谁是妖？我是仙，剑仙！"道士冲风畔挥着剑，然后一剑砍断旁边的墙角，"倒是你，你是谁？"没有一丝妖气，反而是全身祥瑞之气。

"我是路过的。"风畔轻笑，看着那把剑，道行不过几千年，轻易可以收了他，只是抛开那把剑不谈，那道士本身似乎并不简单，"小师父是这镇上清虚观的道士？"

"与你有关吗？"道士不把风畔放在眼里，剑指着旁边的陈小妖，道，"镇上的血案是不是她做的。"

风畔一笑："她是女的，"何来先奸后杀，"小师父也是为那些杀人案而来？"

道士一怔："难道你也是？"

风畔仍是笑："我方才确实在追，不过算到这只小妖有难，所以又辙回来了。"

"哪个方向？"

"西方而去。"

"好，那就后会有期。"道士冲风畔抱拳，然后又把剑对准陈小妖，"妖怪，这次看在这位施主分上，下次再取你小命。"

说着再不多话，向西而去。

与在庙中时一样，陈小妖走进清虚观也没觉得什么异样，观中到处是八卦和写着咒语的符纸，一般的妖进不了第一道门就会被大门上的八卦震碎心魂。

风畔一路看着陈小妖是否有异样，而陈小妖只是东看看西摸摸如往常一般。

"原来道观就跟庙差不多啊？"陈小妖张大嘴，不过庙里的佛大都是光头，这里的佛却是有头发的，看到前面正殿里张天师的金身，陈小妖也不知那是谁，反正就是法力无边的大神，便毕恭毕敬地跪下来磕了几个响头。

风畔没有下跪，只是在一旁行了个礼。

庙堂道观总是比浊世清静许多，陈小妖熟悉这种氛围，虽不是之前所在的那座庙，却有回到家的感觉，哼着在茶楼听来的小曲，快乐得不得了。

风畔却不是带她来玩的。

他不过是对那个青年道士很好奇。

只是道观道士众多，却并不好找。

观中紫檀香的香气浓烈，冲破鼻腔占据了整个大脑，陈小妖趁人不注意时从供桌上拿了个苹果，边吃边跟在风畔身后。

经过某条路时她停了下来，瞪着墙与墙之间的一个小巷，不肯走了。

"怎么？"风畔回过身。

陈小妖咬着苹果指指巷子里。

那是一个不容易发现的巷子，很窄，只容一人侧身而过，似早废弃不用，堆着些杂物，而里面不远处的墙上竟不知被谁用竹枝钉死了一只硕大的黑老鼠，竹枝插进了墙内，那黑鼠就挂在上面。这本是不容易发现的，但陈小妖就喜欢东摸西凑，所以才被她在众多杂物中看到。

风畔盯着看了许久，这似乎不是人力可以办到的。

正想着却听巷内有动静，风畔抬眼一看，竟是个道士侧着身从巷子里往这头来。道士也同时发现了风畔与陈小妖，人僵了一下，似不知道是直接走出来还是退回去，一时就站住不动了。

"啊！"忽然陈小妖大叫一声，指着那道士道，"后会有期？"人同时迅速地往风畔身后躲。

风畔看过去，果然，那人就是昨天拿着剑要杀陈小妖，并且留下一句"后会有期"便离开的道士。

真是巧。

"小师父，我们又见面了，不如出来说话。"风畔一笑，冲那道士道。

道士迟疑了一下，这才慢吞吞地走出来，看着眼前的风畔，一脸疑惑。

"小师父不认识我了？"风畔看着他，虽然是与昨天一模一样的脸，却感觉像是另一个人。

道士摇头，眼睛同时瞥了眼风畔身后的陈小妖，怔了怔，不知怎的，白净的脸上瞬间染上了层红晕。

"敢问师父如何称呼？"风畔看在眼里，却仍是笑着问道。

"我叫明了。"明了行了个礼，眼睛又看了眼陈小妖，转身离开。

看他走开，陈小妖才敢从风畔身后出来，瞪着明了的背影"咦"了一声。

"你也觉得怪吗？"风畔在她身旁道。

陈小妖点头："昨天那个分明是他啊，难道是兄弟？"

"那你用妖力打他一掌试试看，看他什么反应。"

"我？"陈小妖指着自己鼻子，马上拼命摇头，"不，不去，会被杀掉。"

"试一下。"

"不。"

"去不去？"

"不，哎呀，"正想拒绝得彻底，却见风畔伸手去摸那串破石头，陈小妖马上没那么坚定，很不甘愿地瞪风畔一眼，"我去就是。"

说着，陈小妖认命地将妖力聚到掌中，追上几步，向明了后背上拍去。

明了走得极慢，陈小妖追上来似也没有觉察，但就在陈小妖的掌力快要粘到他的道袍时，他却猛然回身，一手接住陈小妖的掌力，另一手结印向陈小妖额上拍去。陈小妖只觉眼前蓝光一闪，便有种被掐住喉咙的感觉，动弹不得。

而那种感觉不过一瞬间，喉咙的挤压感随即消失，她整个人又可以动了。

"啊，对不住，我不知道是你，"明了这才看清是刚才那个女孩儿，脸不由得又是一红。真是个美丽的女孩儿，她是妖吧？他其实一眼就看出来，但妖也分好坏，何况是这么美的妖。他手忙脚乱地想查看陈小妖有什么异样，却猛然看到眼前的女孩子竟已眼泪汪汪，他一阵慌乱，手忙脚乱地想伸手替陈小妖擦泪，"哎呀，别哭。"

陈小妖却别过脸，一脸警惕："你又要掐我？"

"不、不是。"明了脸更红，拼命地摇头。

"那你脸红什么，我师父说人想干坏事时就会兴奋，兴奋就会脸红。"陈小妖更警惕。

明了百口莫辩："我没有，我只是……"

"小妖儿，过来。"风畔站在一旁看了一会儿，终于出声唤回陈小妖。

方才的那一招，并不是一般人能使得出的，风畔看得真切，那人似与生俱来就有股神力，与昨晚在那道士身上感觉到的无异，应该是同一个人没错，只是为何性格大变？完全不认识他们两人？

"我们回去了。"风畔伸手轻拍陈小妖的头，往前走了几步，忽然想到什么回身对身后的道士道，"明了师父，你对镇上挖心案怎么看？"

明了一怔，本来有些慌乱的眼，恢复了几许清明，回答道："我只是个小道，不问这些事。"

"这样啊，"风畔一笑，"我倒是查出问题可能出在那卖胭脂的小贩身上，因为卖的胭脂里混杂着淫鱼鳞的粉末。"

"淫鱼？"明了眉峰一皱，又马上恢复常态，"我不知那是何物，我还要打扫，两位失主请便。"说着转身离去。

风畔笑着看他离去，自言自语："这个镇还真是藏龙卧虎。"

卖胭脂的那个小贩死了，第二天风畔和陈小妖下楼吃饭时听到客人们议论。

"听说是女扮男装方便讨生活，没想招了毒手，不知道是谁这么丧心病狂哦。"有人叹息着。

陈小妖吃了一个甜甜的豆沙包，伸手还想再拿一个，就听见同桌的一个老者对着她和风畔道："年轻人啊，那妖怪下手的都是些女子，我看你们是外乡人，还是速速离开这里吧，以免让你夫人担惊受怕。"

只是陈小妖却没有一点儿担惊受怕的样子，她此时心思全放在她面前的豆沙包上，根本不予理会，正要伸手去拿时，却被风畔抢先拿走，放在嘴里咬了一口。

"多谢老人家，我们这几天办完事就会马上离开。"风畔边吃边应着那老人的话。

这是她的豆沙包，那两个肉包才是他的。陈小妖瞪着风畔，眼睛几乎喷出火来，他们讲什么根本没听到，真过分，总是跟她抢，总是虐待她，她好可怜哦。

陈小妖却没有办法，只能眼巴巴地看风畔把整个豆沙包吃完，然后低头再看看早已喝完的粥，拿起空碗，在上面舔两下，还饿啊。

吃完饭，陈小妖又被风畔硬拖出来。

"我哪儿也不去，我还没吃饱啦。"陈小妖一路叫着，却不敢真的不跟去，叫了一会儿也就乖乖跟在风畔后面。

离他们住的旅店不远，还有一家小旅店，平时招待一些做小买卖的小商贩，那死去的胭脂小贩便住在这家旅店中。

旅店门口围了一群人，议论纷纷，不一会儿有几个官差一样的人，从旅店里出来，凶神恶煞地让人群让开路，然后一具盖着白布的尸体就被抬出来。

风畔眯着眼看了一会儿，伸出食指放在唇间，轻轻念了几句，然后忽然之间刮过一阵风，将那尸体上的白布吹开，露出骇人的尸体。

人群包括陈小妖都尖叫起来，风畔却目不转睛地盯着那尸体，直到尸体又被一个官差迅速地盖上。

人群在尸体搬走后再无热闹可看，逐渐散去。

陈小妖侧过头，看到那个道士也在人群中，她"咦"了一声，那头风畔却进了那旅店，回头叫她。

她"哦"了一声，走了进去，然后看风畔扔给掌柜一锭碎银。

"我要租一间房。"

那间小贩住过的房间被贴上了官府的封条，闲人莫入。

旅店的老板为了让住在店里的客人放心，也为了让自己放心，专门请来了清虚观的道士来作法。

陈小妖挤在人群中看那道士挥着剑，一会儿吞火，一会儿喷水，甚是精彩，然后又念念有词，摇头晃脑。她看得兴奋，便也学那道士摇了会儿头，又捂嘴笑起来。

怪不得师父说人是最笨的生灵，作法？她怎么连一点儿法力都没感觉到？

他们就住在小贩房间的隔壁，因为本来住隔壁的人不敢再住了，店主见风畔他们并不在意这个，就以很便宜的价让两人住下。

谁说不在意？本来的旅馆住得好好的偏要跑到这个死过人的地方住，陈小妖心里一千一万个不愿意，但她也只是心里骂骂风畔，绝不敢真的违背，除非不要命了想变成烤乳猪。

还好有热闹看，也算不是太无聊。

风畔看到那个叫明了的道士也在，是专门替那个作法的道士拿法器的，他站在供桌旁，低垂着眼，对在别人看来虔诚不过的仪式有些心不在焉，只是看了好几眼贴着封条的门。

是巧合吗？这清虚观道士众多，却总能在这些地方看到他，除非他也是对着这几起凶杀案留着心的。

法事很晚才结束，走道里充斥着烟灰和香的味道，住客们送走道士才纷纷进房去，而这么一折腾大家心里似乎放心不少，不久前还紧绷的气氛，缓合起来。

　　吃了晚饭，陈小妖就准备睡觉，风畔却倚在窗边没有睡的意思。

　　不睡拉倒，正好把床全让给她，虽然到现在为止只睡床角那么一小块地方，陈小妖已经很习惯了，但一个人能全身腿脚放松地睡去，那更是件舒服不过的事。

　　像是怕风畔来抢，她急急脱了鞋，然后扒着床的两边，闭眼就睡。

　　睡到半梦半醒间，似听到有人在说话，陈小妖懒得动一下，脑里缓慢地想着，是不是那家伙要来抢自己的床了？

　　"不让，不让，别处睡去。"她咕哝了一句，翻了个身，正待继续睡，却听耳边有风声划过，她下意识地睁了下眼，一道白光向她劈过来，同时听到有人喊："妖怪，看剑。"

　　就算陈小妖反应再慢，她也是妖啊，妖总是比人反应快得多，所以几乎是条件反射，人还未醒透，整个身体却已极快地往床内一滚避开了那道白光。同时眼睛睁开，却不想正看到那白光又劈，她人已靠在墙上无处可躲，眼看白光劈来，随手抓起旁边的枕头一档，枕头顿时被劈成两半，她傻眼，人已彻底醒了。

　　"是你？"她瞪着眼前的人。

　　"不是我还能是谁？"明了轻哼了一声，举剑又来，"受死吧。"

　　"你白天不是这样子的。"陈小妖已没处可躲，只能眼泪汪汪地抱住头。

　　"够了吧，剑妖，她已经被吓哭了。"耳边传来风畔凉凉的声音。

　　而那声"剑妖"显然强烈刺激到明了，他竟然一剑刺偏在床柱上，然后猛地转身对着风畔大声纠正道："是剑仙，不是剑妖，剑仙！"怒极的样子。

　　风畔不由得轻笑："原来是剑仙啊，对不住。"

　　听他说"对不住"，明了才稍稍有些解气，转身再想刺陈小妖，却发现床上哪里还有陈小妖的影子。

　　"人呢？"他回过身，却见陈小妖已不知何时躲在风畔身后，"妖怪！"

他几步冲上去。

风畔微微侧了侧身，挡住他的剑势，笑道："你来，不会专门为了杀她的吧？"

"只是顺便，快让开。"他冲风畔挥了挥剑。

风畔仍是笑，没有要让开的意思："那么主要呢？"

见他不让，明了只得先收回剑，瞪了一眼风畔身后的陈小妖道："你不是说那小贩的胭脂里有淫鱼鳞的粉末，我只是来看看。"

"看来你还是记得的，我还以为你和白天那个，完全是两个人。"

"是两个人没错，只是我没他那么虚伪，特别是看到这个妖怪时，连骨头都酥了，简直丢我的脸。"他嫌弃地冲陈小妖哼了一声。

陈小妖马上将脸缩回去。

两个人吗？分明是同一个身体，怎么可能是两个人？风畔微微有些疑惑，他看现在的这个道士，可以清楚地看清那只剑妖，元神就在那把剑上，而白天看他，只有一片迷蒙，看不透他是人还是妖。

风畔没再追问，转了话题道："昨晚那小贩被杀时，你可来过此处？"

明了眉一皱，道："来过，但我来时她便死了，本想看个仔细，但听到有人来，就走了。"明了说到这里似乎有些烦躁，"唉，不说了，去隔壁去看看那些胭脂还在不在。"

说着便从窗口跃出去。

隔壁的门封着封条，明了张口一吹，那封条便完好无损地掉在地上，然后手一弹，门便被打开，他"嘁"了声，抬脚走了进去。

风畔跟着他进了屋，屋里已经被清理过了，原本的血迹也被擦干净，小贩生前的东西被堆在一旁，那些胭脂也在其中。

明了走上去，拿起一盒，打开，放在鼻间嗅了嗅，"咦"了一声，然后又拿起另一盒再嗅，接着把其他几盒也拿起来，全部嗅了一遍。

"给他跑了。"他叹气，把手中的胭脂扔给风畔。

风畔拿过也嗅了一下，里面并没有淫鱼鳞的气味，他像明了那样又嗅了几盒，也不过是普通的胭脂。

"别闻了，他已经跑了。"明了在一旁道。

"谁跑了？"风畔似乎不明所以。

"那条淫鱼。"明了有些泄气，眼睛看到陈小妖在门口伸着头往里面看，便挥了挥手中的剑。陈小妖一惊，又缩了回去。

"你可知道那妖怪的来历？他本不该在人间出现的。"就像那冰花妖一样，风畔将手中的胭脂扔到一旁。

明了眼神闪了闪，却忽然凶巴巴地说道："这和你有什么关系？你不是半神吗？还看不透？"

风畔一怔，笑道："是白天的那个明了告诉你的？"千年的剑妖根本不可能看透他是半神。

明了脸一黑，不甘心地说道："是又怎样？"人往门口走了几步道，"反正这件事不用你管了，我会杀了那个妖怪。"说着跨了出去。

风畔看着他在门外停了停，然后一扭身往楼下去，转头又看了眼身后的那堆胭脂。

淫鱼吗？

妖界的淫鱼是极难杀死的妖怪，一旦杀妖者道行不够，不仅无法杀死他，他的元神更会混入片片鱼鳞中，随风而散，妖气转淡，极难捕捉。照现在的情况来看，那淫鱼杀人挖心，定是元神受了重创想以人心来补之，待有一天能恢复原形。

难道这一切，与那道士有关？

他正想着，忽听隔壁自己住的房中，陈小妖忽然尖叫一声。

他一惊，叫道："不好！"人迅速地冲回隔壁房中。

屋里空无一人，对着大街的窗被打开着。

他眉一拧，人跑到窗口，窗外飘着极淡的妖气，但陈小妖已不见踪影。

陈小妖被摔了个七荤八素，她没想到那个旅店的老板竟是个妖怪，此时他一脸的鱼鳞就这么盯着她。

好恶心哦。

虽然知道有很多妖怪都是天生丑陋，但至少可以用妖力美化一下吧。

"说，你们是什么来历？"老板盯着陈小妖。这小妮子还算美丽，等问完了话，再好好乐乐。心里打算好，人又靠近陈小妖几分。

"我们？哪个我们啊？"陈小妖向后退了一步，臭死了，都是鱼腥味。

"废话，当然是你和那个男人。"特别是那男人，虽然不知是什么来历，却一眼就能看出是个不简单的人物。

"男人？"陈小妖还是不明白，她一直和那个坏蛋在一起，哪有跟男人在一起？不对，那坏蛋不就是男人吗。

"你说那个老是欺负我的男人啊？"她终于明白过来。

老板的脸已经发青："小姑娘你可不要耍花招，小心我吃了你。"说着露出一口尖锐的牙。

陈小妖吓了一跳，结巴道："我、我不好吃，一点儿也不好吃。"

"那就快说你们是什么人？"

"说了你不吃我？"

"快说！"

陈小妖被他吼得抱住头："好啦，说就说。"

其实那股淡淡的妖气早就消失，根本无迹可循，但风畔还是一直找到清晨。

他站在碧波亭的顶上，眼看着太阳升起，眼看着街上逐渐有行人，然后热闹起来。

他闭起眼，到现在为止不管在这个镇的哪个角落，他都没有听到有新的凶杀发生，这是不是说明那只小妖还活着？

虽然是妖，却除了吃根本手无缚鸡之力，但愿……

他伸出手，腕间被七色石挡住的地方，他轻轻地拨开，那里有一点梅红的血痕。他盯着看了一会儿，然后抬起头，一纵身，朝清虚观的方向跃去。

不过片刻时间，他已到了清虚观，站在墙头，远远就看到那个道士在院中很认真地扫着落叶。

他无声无息地落下，但明了还是抬起了头，朝他的方向看过来。

"她被淫鱼抓去了。"风畔走上去，第一句话就道。

明了愣了愣，然后才道："前天，跟你一起来的小姑娘吗？"

"正是。"风畔走到他面前，道，"淫鱼并不是该在人间出现的东西，你现在可以告诉我他的来历。"

明了看了他一会儿，然后转头看着院中那棵有些年头的槐树，想了想，才道："是我带来的。"

"你？"

"我是上古时的一面古镜，最早的时候被挂在人间与妖界分界的大门上，后来妖神大战，大门一度被毁，而我也只剩下一块碎片，流落人间，被一个铸剑师捡到与千年的玄铁熔在一起铸成了一把举世无双的名剑。然而，这把剑所造的杀戮太多，最终被封印，而我因为和那剑中之妖已被熔为一体，脱离不得，所以只能一起坠入轮回。"说到这里，他停了停，看了眼若有所思的风畔才继续道，"不知从哪一世开始，我发现了一个不对劲的地方，只要我在某地待得久了，此处自然而然就会出现一道无形的门，直通妖界，那淫鱼就是从这道门而来。"

风畔的眉拧住，这样的事情他还是第一次听到。

"有多少妖从这道门出来过？"他问道。

"很多，大多都被那剑妖杀死，当然，也有杀不死的。"

"比如说平安镇的冰花，垣河的鲤鱼精，还有山西禅院的老树。"

明了一怔，然后点点头："没错，我当时被制成古镜挂在门上，责任就是守，再大的神力也只能封印妖怪却无法将他们杀死，所以只有通过剑妖，那剑妖杀不死的，我便用锁符将他锁住，百年内不得挣脱。不过你这样说，难道他们逃了，被你遇到？"

"他们在我的葫芦里，"风畔拍拍腰畔的葫芦，然后微微沉吟，"早知如此，你不该在一个地方久留，就算此处是道教圣地，也不会有多大帮助。"

明了苦笑："我先前已在佛堂待过一阵，无奈才又来做道士，这次是想杀了那妖就离开。"

他说这话时，眉间带着淡淡的愁，既已转世为人，却无法在一个地方久留，那就是注定漂泊，任谁都不会快乐。

"你可有办法找到他？"风畔道。

"没有。"

"那，你所说的那道门在哪儿？"风畔想了想，忽然问道。

明了一愣："问这个做什么？"

"送我去妖界。"他是半神，并没有能力随意进出妖界，"就算他是妖，也不过是尾鱼，鱼离不开水，我且去妖界的湖中取一瓢水来，到时他便会自投罗网。"

"用什么取？"妖界之水岂是人间的器物可以取回的。

"我的葫芦。"

"不行！"明了看了一眼，马上摇头，"那些被你收到葫芦里的妖，一旦到妖界，妖力便会增强，如果同时使力，这葫芦和这上面的天蚕丝未必能关得住它们。"

"所以需要你再在上面加个符。"风畔将腰间的葫芦取下递给他。

明了迟疑。

风畔看向他："晚一步，她就死了。""她"是指陈小妖。

明了一怔，脑中跃过陈小妖那张小小的脸，如果死了？

终于，他伸手接过。

那道门就在那个只容一人侧身而过的小巷里，明了举手轻轻地念了几句咒语，那条小巷就变得虚无缥缈起来。

"虽然你是半神，却仍是血肉之躯，这炷香燃烬前，你一定要回来，不然肉身毁去，你的元神便会被妖气控制，变为妖怪。"明了将贴满锁符的葫芦递给风畔，提醒道。

风畔点头，接过葫芦淡淡一笑，侧身往小巷里去。

妖界与人间无异，有山有水，各种妖怪生活其间，然而血肉之躯在妖界之中，漫天的妖气会不断地浸入，意图夺你魂魄，风畔施力护住自己的元神，寻找水的去处。

不过几十步远的地方便有一个湖，湖中各种妖怪嬉戏其间，风畔没有多看，蹲下身，拔开葫芦取水。

"风畔。"有人轻声唤他。

他一怔，却见湖中一女子在冲他招手，他看着那女子，愣住。

"你来找我的吗？我等了你好久，你终于来了。"那女子自水中浮上来，伸出手，"来吧，带我离开。"

风畔只是不动，看着她。

那女子却哭了："怎么？你不需要我了吗？难道你不想成神了？"

风畔往后退了几步："我会成为神，我所做的也不过是为了你。"

"那你带我走啊。"

"你？"风畔一笑，"你不过是个幻象而已。"说着指间的龙火喷出，那女人顿时变成丑陋的妖怪跃入水中。

风畔看着消失的幻象，有瞬间的怔忡，然后又蹲下身去湖中取水。

回到人间，那炷香正好燃烬。

明了看见风畔的脸色有些难看以为发生了什么事，走近几步却并没有发现他身上有何异样才放下心来。

"水呢？"明了问道。

"取来了，"风畔举了举葫芦，"不用多久，这水的气味就会弥漫全镇。"说着他拔开葫芦，自己盘腿坐在地上。

水无色无味，根本无迹可循，但对依仗水来生存的水族来说，那是生存的根本，有天生的感应力。

而那淫鱼离开妖界的水已有好多日，带着妖气的水的气味已弥漫全镇，他必定把持不住，顺着气味来寻找。

果然。

不出半个时辰，风畔睁开眼，叫了声："来了。"

明了点点头，一纵身从旁边的院墙跃出了道观外。

庙堂和道观都是有神庇护的所在，道行小的妖鬼根本进出不得，这也是明了选择住在庙堂和道观的原因，既然不幸开启了妖界的大门，就只能仰仗这些地方的神力让道行微小的妖怪不敢自妖界大门迈出一步。

淫鱼是道行较高的妖怪，那日从妖界逃出，却被观中的八卦差点儿打得魂飞魄散，侥幸逃走，此时虽然观中有水的气味在引诱他，却再不肯跃雷池半步。

"那姑娘呢？"明了看着被淫鱼附了身的旅店老板。

淫鱼一笑，道："这小姑娘的滋味不错，特别是皮肤嫩得很，不过你放心，我知道你们想杀我，所以我还留着她的命。"

他说得口气暧昧，意味不明，明了听得眉都拧起来，背在身后的手握紧，道："你要如何？"

"放了我，任我在人间逍遥，你走你的阳关道，我走我的独木桥。"

"我要先看看她没有事。"那老板话音刚落，风畔已自观中跃了出来，手中拿着装有妖界之水的葫芦。

老板看到那葫芦，只觉水的气味更浓，不觉咽了咽口水道："你放心，她很好，我没有动她分毫，你葫芦里的水能不能让我喝一口？"说着觉得越来越干渴，早失了理智，舔着嘴唇，向风畔伸出手。

风畔一笑，很大方地将葫芦扔给淫鱼，淫鱼拿起葫芦就往嘴里灌了几口。

明了发现，那葫芦上的天蚕丝已被取走，不然岂是那妖可以触碰的？

淫鱼大口大口喝了个痛快，然后将葫芦一扔，大声笑起来："痛快！"又看向明了道，"想想我的建议，你肯放过我，我就放了那个姑娘。"说着就要走。

明了想阻止，却被风畔拦住，眼看着那淫鱼走远才道："他的行踪已在我控制之中。"说着，右手一张，那葫芦从地上飞起，落回他手中，他自袖中拿出天蚕丝制成的流苏，快速套上。

陈小妖已经差不多有一天没吃东西了，已饿得头昏眼花，淫鱼回来时，她正抓着铺在地上的稻草用力地啃，却发现咽不下去，又一口吐掉。

淫鱼看着她，嘿嘿一笑，从怀中掏出一把梳子扔给她："梳一下，看你这样子，跟疯子一样，我最瞧不得好好的美女成这样子。"

陈小妖以为扔来的是吃的，正要欢喜，却见是把梳子，便一脚踢掉，冲着淫鱼嚷道："我要吃的，吃的！不要这东西。"

淫鱼见她居然不领情，吼道："住口！不然吃了你。"说着捡起地上的梳子，擦了擦，又放进怀中。

陈小妖吓了一跳，肚子更饿，忍了忍，忍不住，便张嘴大哭起来："你欺负我，不给我饭吃，你这个坏蛋，我要吃饭啦。"

某处，一只可怜的魔，正在恐吓几只小妖怪时，忽然刀一扔，大叫道："我要吃饭啦。"

淫鱼被她哭得心烦意乱，从地上捡起一把稻草，卷成团塞到陈小妖的嘴里。陈小妖顿时发不出声音，眼睛却瞪着那淫鱼，似要将他吃了般。

你等着，虽然你长得这么恶心，但我只要一获自由，第一个就将你吃掉，怎么说我也是只妖。陈小妖心里这样决定着，用力地咬了口口中的稻草，像在咬那只妖一样，却不想咬到自己的舌头，顿时眼泪汪汪。

风畔，你这个坏蛋，快来救我啦。

此时风畔与明了已在屋外，将屋里的吵闹尽数听在耳里。风畔一笑，暗自道，这小妖看来好得很。

想着，风畔将手指放在唇间轻轻地念起咒来。

屋里的淫鱼还没感觉到有客到访，却忽觉腹中疼痛难忍，他是妖，并不食人间烟火，怎会无端疼痛起来？立时觉得不对劲，正要运用妖力止痛，前面的木门忽然打开，明了和风畔就在他面前。

怎么会？淫鱼一惊，顾不得疼痛，回身抓起陈小妖就要逃跑，却听风畔道："你逃不了了，你喝下去的水放了我的符咒，无论你逃到哪里，我都能将你找出来。"

原来是中了圈套，淫鱼一咬牙，手中忽然多出一把如鱼骨般的匕首，顶住陈小妖的咽喉，冲风畔道："放我走，不然我杀了她。"

匕首有无数鱼刺般的倒钩已镶进陈小妖的肉中，陈小妖觉得疼痛，又喊不出声音，眼泪便吧嗒吧嗒地流下来，一副可怜相。

这副样子，风畔早就见惯，明了却看着不忍心，拉着风畔道："放了他吧，不然这姑娘会死。"

风畔眉一扬，笑道："放心，她皮厚着呢。"说着自顾自又念起咒来。

肚中翻江倒海，如无数细小的力量在其中冲撞，淫鱼痛得冷汗直冒，却咬牙坚持着，然而毕竟力不从心，握匕首的手轻轻颤起来，他一狠心，竟抱了鱼死网破的决心。

既然不让他活，那这个女人也得死。想着，淫鱼一抬匕首向陈小妖颈间砍去。

这本是能轻易得手的事，错就错在他竟然将匕首砍向陈小妖颈间的七色石，那七色石连那魔都触碰不得，更何况是不值一提的淫鱼？

说时迟，那时快，七色石忽然灵光一闪，那匕首便被弹飞在地，明了眼明手快，一张锁符随即从袖中飞出。

"锁！"他轻叫一声，却不想，那被淫鱼附身的旅店老板忽然瘫在地上，无数片鱼鳞一样的东西迅速从老板的肉身脱离开，往外逃去。

一张锁符根本不够，明了袖子一扬，几十张锁符同时飞出，却还是不及鱼鳞的数量。

这正是淫鱼的厉害所在，只要有一片鱼鳞逃脱，他便可卷土重来。

正在紧要关头，忽听身后风畔叫了声"收"，一股自他手里的葫芦中散出的牵制力，将那些鱼鳞片片吸住，顷刻间被吸进了葫芦内。

一切不过转眼之间，明了看得愣住，他确实一眼看出那葫芦是个宝物，却没想到有如此大的神力，如果方才要收的人是他而非那淫鱼，他也未必能逃得过，想到这里竟一时没了反应。

风畔任他愣在那里，盖紧葫芦，走向那边的陈小妖。

陈小妖仍是吓得闭紧双眼，这屋里发生了什么看来全然不知。风畔一笑拿掉陈小妖口中的稻草，然后拍着她的脸，道："小妖儿，醒来。"

陈小妖动也不动，闭眼装死。

风畔站起来，也不再理会她，转身往屋外走，口中却道："该是吃饭的时候了，吃饭去啰。"

几乎顷刻之间，陈小妖从地上弹坐起来："吃饭？我也去，我要吃饭啦。"

某处，一魔刚吃完一桶饭，刚想站起来走人，又马上坐下，凶狠地对早已吓软腿的店小二喊道："我要吃饭，再来一桶。"

"你确定要跟我们一起？"风畔看着只背着一个包袱的明了，并没有多少意外。

"是。"明了点头，"既然不能在一个地方久待，不如跟着你们流浪。"然后眼睛看向那边的陈小妖，脸又红了。

第五章

他生命中最大的乐趣是什么?

酿酒, 还有就是偷偷看着少爷。

绍兴。

空气中有酒的味道。

要问绍兴什么最出名? 那就是酒。

要问酒中什么才是极品? 那就是花雕。

江南吴家替皇家制花雕酒已有几代, 是绍兴最有名的酿酒世家。

"这几年没落啰, 皇帝越来越嫌花雕胭粉气重, 最近偏爱汾酒, 几乎忘了还有个江南吴家。"店家老头替店里的三人倒了酒, 叹着气说道, "这不, 吴家当家的为了保住吴家的地位, 去年将如花似玉的妹子嫁到了皇宫, 吴家小姐原本有相好的, 出嫁那天哭得跟泪人似的, 作孽哟。"

他自顾自地说着, 也不管别人是不是在听, 倒完酒就回到柜台中, 抓了把五香豆放在嘴里嚼。

陈小妖用筷子蘸了点儿酒, 放在嘴里尝了下。

甜的, 她咂咂嘴在碗里轻轻地喝了一口, 真是甜的。

好好喝哦。

于是，陈小妖兴高采烈地捧起来准备喝一大口，却被明了抢了过来。

"给我。"陈小妖凶巴巴地瞪着他。

明了脸一红，却并不把酒给她，而是道："这酒上口容易，后劲却足，会醉的。"

陈小妖才不信，这酒分明喝上去像糖水，一点儿酒的味道也没有，哪有什么后劲，肯定是他抢过来想自己喝，骗我？门儿都没有。

"快给我！"她凑近他，盯着他的眼。

最近她发现，只要自己一靠近他，盯着他的时候，这道士就像做了亏心事一般，连话都说不清楚。

果然，明了的脸更红，拿酒的手也有些抖，竟是一句话也说不出来，人就这么僵在那里。

陈小妖轻易地抢过酒，怕他再抢，一口就喝掉，心里想，这个道士一定有脸红的毛病，人家只有喝了酒才会脸红，他怎么动不动就红了？得找大夫看看，一定得看看。

不知怎的，想着想着，人"咯咯咯"地笑起来，然后打了个嗝。

咦？自己似乎也脸红了，她伸手摸摸自己的脸，笑得更开心。

风畔靠在窗边，看着陈小妖笑成一团，这妖该是醉了。

他捡了筷子敲敲陈小妖的头，本想逗逗她，陈小妖却转过头来，微张着眼看着他大声道："你打我干什么，又欺负我，瞧你长得细皮嫩肉的，我先吃了你。"说着真的扑上去，坐在风畔身上，张口就要咬。

风畔一把将她拎下来，看到店家张大了嘴瞧着他们，便笑道："我妻醉了，让老人家见笑。"说着在陈小妖额间轻点了下，陈小妖立时睡去，他直接将她推给明了。明了忙扶住，小心地让她趴在桌上睡去。

"好吃，好吃！"她不安分地又叫了两声。

风畔一笑，便转头不再看她。

此时正是中午，午饭时间，这里不算大街，所以行人并不算多，风畔看着街对面，那是一个大户人家的偏门，听店家说，正是酿酒世家，吴家。

他看了一会儿，拿着碗中的酒喝了一口，然后看到一个瘦小的身影

相思骨
XIANG SI GU

提着一篮子东西走到偏门，敲了几下，等开门。

他收回视线，转头看看对桌的明了，明了应该也看到了那个人。明了冲风畔点点头，便低头去看已经睡得在流口水的陈小妖，迟疑了下，伸手替她擦去。

风畔看着他的动作，似笑非笑，然后指着那个瘦小身影，冲店家问道："那人是吴家的人？"

店家看了一眼："哦，那是吴家当家的小厮，叫吴忧，不错的孩子，就是长得丑了些。"

他说着，吴家的偏门开了，风畔看到那个叫吴忧的小厮走了进去。

那人应该是妖吧。

吴忧走路习惯低着头，他其实是个很清秀的孩子，只是在下巴的地方长了块血红的胎记，几乎包住了他整个下巴，因此本来清秀的五官被人忽略，人们自然而然就把注意力放在他的胎记上。

他本来是抬着头走路的，但少爷说，这么丑的脸，最好不要让我总是看到。所以他就开始低着头，在少爷面前时头便更低，至少这样子，那块胎记就不那么明显了。

他今天出门买了些菜，因为少爷说厨房最近的菜做得不合口胃，他便亲自到市场上挑了些新鲜的，回来替少爷做。

"阿忧啊，少爷刚才找你呢，你跑哪里去了？"管家看到他，几步跑上来道。

吴忧一笑，本来大大的眼睛成一条缝，很可爱的样子："这就去。"说着就往少爷的居所跑。

"等等！"管家叫住他，"今天少爷的心情似乎不大好，你说话小心些，不要像上次那样再被打了。"

吴忧"哦"了一声，把菜篮放在管家手里，飞快地跑了。

管家摇摇头，这孩子是他看着长大的，人伶俐，做事又利索，从小跟着少爷一起长大，以前亲如兄弟般，可为什么现在反而不讨少爷欢心呢？再摇摇头，拎着篮子走了。

吴家少爷吴玥看着池中的鲤鱼，眉头紧锁，本来俊秀的脸上带着冷意，让他整个人看上去不易接近。

今天听宫里的妹妹捎信来，皇帝一口也没有尝过他们吴家用心酿好的花雕酒。

又失败了吗？难道吴家的家业就要在他手中断送了？

想到这里，浓烈的愁郁涌上心头，吴玥将本来放着鱼食的盆子整个扔到池中，惊得池鱼四散开。

吴忧走进亭子时正好看到吴玥的举动，他停了停，才轻轻唤了声："少爷。"

吴玥听声音也知道是谁，头也没回，冷声道："跑哪里去了？"

"出去了下，少爷。"吴忧小心地答。

"谁让你出去的？"

"……没人。"

吴玥轻哼了一声，回过头来，正好看到吴忧的那块胎记，即使他低着头也能看得清楚，真是讨厌。他厌恶地移开眼，心里想着要不是看在他会酿酒的分上，早将他赶出府去了，因为是随身的小厮，平时带着出去都觉得丢脸。

他深吸了口气，平息了下心中的不快，道："上次送去的酒，皇帝一口都没喝，你是怎么酿的？"

吴忧心里"咯噔"一下，又失败了吗？看来今年皇家也不会向吴家订酒了，已经是第三年了。

"少爷……"他轻叫了一声，是因为不知道该说什么好，他已经尽心酿了，几个月里专心取材用料，精心照看着，已经是最好的了。

"都是你的错。"吴玥最讨厌他这副模样，不争辩，就这么静静地等着被骂，好像自己多可怕一样，真该死！他拿起桌上的杯子，向吴忧的头上砸去，"第三年了，吴家有几个三年可以损失，吴家没了我第一个先打死你。"

杯子重重地砸在吴忧的头上，弹在地上，碎了，然后有一滴滴血自吴忧的额头滴下，吴忧仍是不吭声。

吴玥盯着那血，怔了怔，觉得那鲜红就和他下巴上的胎记一样，丑陋。

为什么自己身为吴家子孙竟然不会酿酒呢？为什么所有酿酒的工人中数这个丑陋的家伙酿得最好呢？吴家要靠他吗？真的毁了。

"滚！"他吼了一声，甩袖别过身去。

吴忧没有动，虽然头被砸得有点儿晕，但还是努力笑着，微微抬起头，道："少爷胃口不好，我买了最新鲜的鱼，少爷是想清蒸还是红烧？"

吴玥一怔，随即一拳打在亭柱上，回身道："我让你滚，你没听到吗？"

吴忧下意识地往后缩了缩，然后看到吴玥因为刚才打在柱子上而泛着血光的手背，一惊，叫道："少爷你受伤了。"手反射性地抓住吴玥的手。

更厌恶的感觉涌上来，吴玥一脚往吴忧身上踢过去，指着他骂道："你这脏手别碰我，恶心的家伙，滚，快滚！"

说着，他也不管吴忧被他踢了一脚已动弹不得，一甩袖便绕过吴忧走了。

吴忧挣扎了好久才爬起来，伸手擦去嘴角和脸上的血连同眼中闪动的东西。

刚才差一点儿就笑不出来了呢，吴忧坐在石凳上，真没用，吴忧，说好要一直笑的，怎么刚才差点儿就要哭了呢？

是被打得太痛了吗？还是，他瘦削的手抚住胸口，还是这个地方太痛了。他抬头看着亭外的湖，眼中的晶亮又闪动起来，他迅速地擦去，然后站起来。

"做鱼去吧，既然没说喜欢吃什么，不如一半红烧一半清蒸，"他自言自语，"嗯，就这样。"说着一瘸一拐地往亭外去。

是从何时开始的呢？

应该是那个夏日的午后吧，厨房里煮了吴玥最爱的桂花绿豆汤，用冰镇了，甚是爽口。

吴忧自己也顾不上先喝一口，就端了一大碗，拿去给吴玥。

知了在树头拼命地叫着，吴忧端着大碗跑得飞快，却一滴也没有洒出来。

走到鲤鱼池的凉亭时，吴玥靠在柱子上已经睡着了，那本《太史公书》就盖在他的身上。吴玥爱看史，自小看到大的书，依然爱不释手。

吴玥的皮肤偏白，长得又俊，见过他的人无不赞他"面如冠玉"，此时就这么轻轻地靠着柱子，双目紧闭，睫毛纤长，表情似带着笑意，俊雅非凡。

吴忧并不是第一次知道少爷长得美，而此时却仍是看呆了，手中放绿豆汤的瓷碗不停地滴着水，他毫无感觉，只是痴看着吴玥的脸，人渐渐凑近吴玥。

他自小与吴玥一起长大，吴家人待他不错，吴玥吃什么，总有他的份，吴玥去哪里，他也跟前跟后，吴玥笑，他也笑，吴玥怒，他也跟着生气。有人说他是吴玥的影子，而他确实与吴玥亲如兄弟般。

只是他从不敢逾越，下人就是下人，他总是仰视着吴玥，如此虔诚。

吴玥就是他的天。

而现在，他忽然有了想触碰天的想法，也许是天气太热，也许是那蝉鸣太恼人，更也许他看到吴玥的睡颜早已心神不宁，反正就是鬼使神差。

只一下就好，少爷睡沉了，应该不会发现，年少的心甚至没来得及想过这样做是意味着什么，唇已贴上了吴玥一边的脸颊，贴上去，心跳不已。

谁会想到吴玥在同时睁开了眼，从迷蒙，到疑惑，最后是愤怒。

"你这是干什么？"吴玥一把推开吴忧，脸因为暴怒而变得通红。

吴忧被推在地上，大大的眼看着吴玥没有说话。

"说，这是在干什么？"吴玥站起来，暴怒的样子几乎要将吴忧一把捏死。

这是干什么呢？吴忧看着已翻倒在地的绿豆汤，自己也说不清楚。

知了还在叫着，化成空洞的鸣音，让他的心也空洞起来。

后来发生了什么？他也记不太清了，只记得从那件事后少爷有三个月没有再见他，再见时，已经像变了个人一样。

吴忧看着碗中琥珀色的液体轻轻地晃动了一下，思绪才终于被拉回来，叹了口气，将碗凑到唇边轻轻地喝了一口，顿时觉得唇齿间都是酒的香气，这应该是绝顶的好酒了，吴忧却一口吐掉，然后放下碗，又叹了口气。

碗里的酒与之前送进皇宫的酒出自同一坛，怪不得皇帝会不满意，这酒总觉得少了些什么，却是少了什么呢？

他看着那酒，想着做酒时的道道工序，竟然有些出神了。

他很清楚吴家为什么待他这么好，因为谁会想到当年被皇帝誉为"第一酒"的那坛花雕其实出自他的手。

都是陈年往事了，之后他再也没有酿出这么好的酒，皇帝与其说嫌弃花雕，倒不如说是对吴家一次次送去的酒已经失望了。

该怎么做呢？吴忧又拿起碗，然后闭眼一口喝干。

好苦涩的味道。

陈小妖眼观鼻，鼻观心，拿起杯子喝了口茶。

跟她无关，跟她没有关系，她是被逼的，她是好人。

她心里念着，尽量不去听屋里的对话。

可是她耳朵很尖啊。

"这是我爹留给我的遗物，说让我来找江南吴家。"风畔说着拿出一块碧绿的玉佩放在桌上。

陈小妖瞄了一眼，什么遗物？这分明是她方才只咬了一口的饼，被那家伙抢过来不知怎的，一挥手就变成一块玉佩。

她的饼啊！

那厢吴玥哪会知道陈小妖的想法，看了眼那块玉佩，竟从怀中掏出一块一模一样的玉佩来，放在风畔的玉佩旁边。

"听家父说他生前有一个亲如兄弟的同窗好友，后来因事失散，只各自留了块玉佩作为他日相认的信物，没想到，"他叹了口气，"没想到两块玉佩相遇时已是他们百年以后。"

陈小妖看得有些傻眼，原来那家伙也有块饼啊。

她瞅瞅明了，明了只是面无表情地听着，与风畔一样没有半点儿做骗子的自知，倒是发现陈小妖盯着他看，脸立刻就红了，手忙脚乱地从旁边的盘里拿了块糕点给陈小妖。陈小妖恨恨地吞掉，差点儿咬到他的手指。

哼，两个骗子。

经过一番求证，双方终于彻底相认，却毕竟从未见过，聊了几句总有些生疏。吴玥看看天色也不早，便吩咐旁边的管家道："摆宴，今日要与林家三兄妹一醉方休。"风畔自称姓林，又说陈小妖是小妹随母姓，所以与明了三人就成了林家三兄妹了。

什么林家？陈小妖还在骂，分明姓疯，疯子的疯，却听到要摆宴，看来有东西吃，便又消了不少气，反正骗人的是风畔，她是被逼的，骗人家东西吃也是被逼的。

她好可怜哦。

她想着，脸上却已在笑了。

大家正要起身时，吴家的管家却低头在吴玥耳边说了几句话，吴玥脸色变了变，然后眼睛就看着陈小妖。

陈小妖本来一心想着吃饭的事，一见那个漂亮的男人盯着她看，马上有种做贼心虚的感觉，是不是被发现了？她微微侧过脸去看风畔，风畔却只是笑，同时低头喝了口茶。

还好吴玥没说什么，只对管家说了句知道了，便站起来引在座的人到客厅去。

吴家备了好大的一桌菜，陈小妖乐得嘴都合不上来，管他呢，骗人就骗人吧，她看着桌上的菜，心里盘算着，待会儿先吃哪个，再吃哪个。

"快擦下你的口水。"风畔不动声色地凑到她耳边道。

陈小妖一惊，马上捂住嘴，差点儿就淌下来了啊，还好，还好，她

相思骨
XIANG SI GU

另一只手拍着胸口。

大大的桌子只坐着四个人，在风畔与吴玥谈话时，陈小妖只顾低头猛吃，而明了不停地替她夹着菜，四周侍候的下人们看到陈小妖的吃相，有几个忍不住，捂嘴轻笑起来。

风畔似乎不动声色，拿杯子的手不经意地把杯子放下，然后碰了下另外一只手的手腕。

陈小妖正在啃鸡腿，却眼尖地瞥到风畔的这个动作，她立刻放下鸡腿，毕恭毕敬地坐好。

"怎么了？小妖？"明了把另一只鸡腿也夹了过来。

陈小妖吸了口口水，又看看风畔的手还没放下，便微微咬着牙道："饱了。"

明了抬头看看风畔，已明白了几分，又看了眼自己夹着的鸡腿，手腕一颤，也不知怎么做到的，那鸡腿就从筷子上凭空消失，而桌下，他空着的一只手已把一样用手绢包着的东西放入怀中。

动作太快，谁也没有发现，只有陈小妖张大了嘴。

酒过三巡，吴家管家亲自端了一壶酒上来，替每人用小杯倒满。陈小妖自上次醉酒后，风畔就不让她再碰酒，见管家也替她倒了酒，她拿起闻了下，又看看风畔，见他没说什么，便放在嘴边抿了一小口。

"这是与送到宫里的御酒同批制成的，林兄喝喝看。"吴玥冲风畔三人举了举杯子。

而这时陈小妖早就将那杯酒喝完，表情有些疑惑，眼睛看着吴玥道："这酒喝了让人怪伤心的。"

吴家不愧是大户人家，给风畔他们安排的也是三人各自一间房，房间干净宽敞绝不吝啬。

陈小妖本来还在为没有吃尽兴而生气，看到这么漂亮的房间顿时就忘了要生气的事，东瞧瞧东摸摸，很兴奋的样子。明了看吴家人散去，将陈小妖拉到一旁，红着脸把一样帕子包着的东西递给陈小妖。

"给我的？"陈小妖指着自己鼻子。

明了点点头，同时将帕子打开，竟是只鸡腿。

"吃的？"陈小妖眼睛一下子直了，口水也来不及咽就扑过去。

只是，还未碰到那鸡腿，明了却忽地缩回手，将帕子一扔，直接就把鸡腿塞进嘴里。

"哇！"陈小妖瞪大眼，眼看着他两口就把鸡腿解决掉，不由得怒火中烧，"你还我鸡腿来。"说着抓住明了的手臂，就算只剩骨头她也要抢过来。

明了却将她推开："妖怪，小心我杀了你。"说着扔掉鸡骨，拔出不知何时已在腰侧的剑，向陈小妖比画了下。

陈小妖立即收声，看着地上的鸡骨眼泪汪汪。

呜……你们都欺负我。

风畔漫不经心地看着两人，忍不住打了个哈欠，也不理他们，走出屋去道："我去睡觉。"

明了见风畔离开，也不想多待，放下剑，瞪了陈小妖一眼，跟着走了出去。

屋里只剩下陈小妖，她欲哭无泪，谁让她是只妖力低微的小妖呢，连一把剑也欺负她。她站起来，看着那块鸡骨，气不打一处来，抬脚就往骨头上用力踩去。

"让你不给我吃，我踩死你，踩！踩！踩！"

她奋力踩着，没完没了。

吴忧躲在门外偷看着陈小妖。

是个漂亮的女孩子啊。他大眼眨了眨，就是她在吃饭的时候说那酒喝起来让人伤心吧？

当时他就在外面的屋里，听到这句话时心里动了下，然后客厅里有一段时间没了声音，少爷的表情一定不好看吧，让人喝了伤心的酒，怪不得皇帝不爱喝。

他叹了口气，拎起一旁的食盒往陈小妖的房间走了进去。

陈小妖还在生那块鸡骨头的气，看到吴忧拎着食盒进来，眼睛就只盯着那食盒，里面有好香的味道飘出来。

"吃的啊？"她有些兴奋地搓着手。

吴忧看到她的样子，不自觉地笑起来，无论谁一见到他都是先注意他下巴上的胎记，只有她是盯着手中的食盒。

"这是少爷让我送来的，说怕小姐半夜里会饿，都是些糕点。"他掀开食盒，果真全是些精致小点心。

其实是自作主张，如果要送吃的话，怎么可能只送一人，吴忧只是好奇，为何那酒喝起来是伤心的？他想知道。

陈小妖本来就是只单纯的妖，一看到吃的就全不疑有他，注意力全在那盒吃食上。

这样子，真像那只护院的狼狗小黄，不管平时怎么凶狠，有人喂食时就与现在这位姑娘的表情一般无二。吴忧想着，便把一碟碟的糕点放在桌上。

"小姐请用吧。"

他话音刚落，陈小妖已抓了一块桂花糕送到嘴里，毫无吃相可言。

吴忧微微惊讶着，却又笑了，大大的眼眸成了一条缝。

他替陈小妖倒了水，然后看了眼屋外的夜，迟疑了下，才低头看着自己的脚道："小姐觉得今天的酒不好喝吗？"

他说话时人是站在门边的，也不敢看着陈小妖说话，毕竟现在天已黑了，而且男女有别，一个男子就算是下人也不该在女眷的屋里久留。

"什么酒？"陈小妖却全没他那些计较，拼命吞咽了口桂花糕，总算有空当说话。

"就是，你说喝了让你伤心的酒。"

"那个啊，"陈小妖又抓了块点心，想了想，"也不是不好喝，就是……"她抓了抓头想不出用什么话来形容，手中的糕屑粘在头发上，她毫无感觉。

"就是什么？"吴忧有些急切，终于抬头看着她。

陈小妖这才看到他下巴上的胎记，血红，像凝的血块，她手中的糕掉下来，又马上捡起塞进嘴里。她想到花妖姐姐被黄风怪打了一巴掌，血从口中吐出来，整个下巴上都是血，就像眼前这个人一样。

"就是……"她嚼着桂花糕，忽然觉得桂花糕没有方才那么甜了，她放下手中的半块，轻轻拍去手心的糕屑道，"花姐姐被她的丈夫打了，好伤心呢，却还要装出很快乐的样子，晚上跳舞给我师父和她的姐妹们看时，我师父说她的舞姿好哀伤啊，可我看她分明是跳着快乐的舞。"陈小妖说到这里有些苦恼地摇摇头，自己也不知自己说了什么，真的很难说清楚啊。

吴忧却听懂了，眼用力地眨了下，一滴泪就毫无预兆地掉下来，他吓了一跳，迅速地别过脸去。陈小妖也吓了一跳，为什么这个人就跟那时花妖姐姐的表情一样呢？这分明是个男人啊。

"这个，给你。"她急急地挑了桌上最好的一块糕点有些讨好地递给吴忧，"吃这个，很好吃哦。"

"不用了。"吴忧知道自己失态，人忙向后退了步，向陈小妖行了个礼，"多谢小姐，小人先退下了。"说着转身出了屋。

陈小妖看看手中的糕点，又看看吴忧远去的背影，完全搞不清状况。

一大早。

风畔早就醒了，人却躺着没有动，眼睛看着缩在床角的陈小妖，表情有一丝困惑。

应该是昨天半夜吧，那只妖爬上了他的床，找平时习惯睡的床角，安然睡去。

也许是习惯吧，两人一直假称夫妻，住一间房，睡一张床，不想竟成了那只妖的习惯。

他终于轻轻一笑，坐起来，看了陈小妖半晌，伸出手去，极轻柔地抚过陈小妖的头发，然后在她额头的地方停住，手指慢慢地曲起，用力一弹。

陈小妖正梦到吃一只超大的鸡腿，忽然觉得额头上一阵剧痛，整个人弹坐起来。

"哪里？哪里？"眼睛还没睁开便到处乱抓，她抓到一样东西就下意识地咬下去，"鸡腿。"

风畔啼笑皆非，任她咬住。

陈小妖咬下去，却怎么也咬不动，这才睁开眼，先入眼帘的是一串七彩的石头，有点儿眼熟啊，她眼睛眨了眨，又用力咬了一下，牙被震得生疼。算了，她不得不放弃，有些可惜地松开嘴，却在同时看到风畔似笑非笑的脸。

"啥？"她张大嘴。

"小妖儿，想吃烤猪了？"风畔凑近她。

"不想。"陈小妖拼命摇头，身子向后缩了缩。

"可我想吃。"说着，风畔就要去碰那七色石。

"不要！"陈小妖大叫。

而正在此时，只听门外有人喊："少爷已在客厅等着客人用早膳。"

"吃饭？"陈小妖愣了愣，人同时被风畔从床上踢了下去。

早饭比之昨晚的大鱼大肉要清淡很多，却依然摆了一桌子，都是江南特色的糕点。

陈小妖眼尖地看到吴忧也在，他替吴玥倒好了茶，便静静地站在吴玥身后。

四人一桌，依然局促，有一句没一句地聊。

陈小妖因为碍着风畔，所以吃相有所收敛，明了再夹东西给她的时候，她一并挡回去，因为还在生气。

明了一脸无辜，却也只好作罢。

吃到一半，吴玥亲自替风畔倒上茶："昨天听林兄说是做茶叶生意的，我知道安徽有一个做茶叶很有名的林家，林兄可否知晓？"

风畔一笑并没有马上回答，明了看到他在桌下捯动的手指，心知肚明。

"那是我的叔父。"不过片刻，风畔答道。

"原来是这样，我也是随口问问，没想到真与林家有渊源。"吴玥有些兴奋的样子，抬头又看了眼陈小妖，表情若有所思。

陈小妖总觉得吴玥眼神怪怪的，本来要拿着筷子夹东西吃，看到他的眼神便咬着筷子发怔。

他是看什么呢？好像要把自己吃掉的样子，应该是反过来，她吃他啊。

她转头看看风畔，又看看吴玥，心里比较了下，还是觉得风畔更可口些，对，先把风畔吃掉，没吃饱的话再把这个男人吃掉。

她下了决定，一下子高兴起来，却不知她想的问题本就莫名其妙。

陈小妖觉得这种该吃饭时就吃饭，两顿饭当中还时常有点心伺候的日子真是过得愉快。这不，刚吃过饭，就有一个中年的女人一路笑着朝她这边过来。

陈小妖正坐在鲤鱼池的旁边，挑着哪条鱼是当中最大的，等晚上没人注意的时候可以抓来烤着吃，此时池旁就只有她和明了，风畔不知去向。因为陈小妖还在生气的缘故，明了只敢坐在一旁看着她，看着看着脸就红起来。

吴忧跟在媒婆身后，手里端着个盒子，里面是少爷特意挑选的一对碧玉镯。

少爷让他跟着媒婆一起，他原本以为少爷是因为不放心让媒婆拿着这东西，可现在看到陈小妖又疑惑起来，又是媒婆又是玉镯，是为了什么？

心中隐隐不安，他看媒婆几步走到陈小妖的跟前，心里更加不安起来。

不会，少爷绝不会这样对他，他在心里轻轻地念。

"这位就是林家小姐吗？"媒婆毕竟是媒婆，一见到陈小妖就自来熟地握住她的手，"看看长得真是花容月貌的。"

陈小妖很是疑惑，莫名地有个女人来握住自己的手，还又是花又是月的，什么意思？她不太喜欢这个女人，手轻轻一缩，藏到身后。

"这可是天大的福气，林小姐，"媒婆也不介意，"今天吴当家的请我来是给你说门亲，说是两家父母这一辈就定好的亲，现在只要我这个媒婆说一下就成事了。看看，聘礼也送来了。"说着推推一旁的吴忧。

吴忧觉得手中的首饰有千斤重，什么意思？少爷要向这位林小姐提亲吗？媒婆在推他，他却下意识地往后退了一步，自己真傻，明摆着的事情，却还一定要听到媒婆如此说了才甘心。

少爷是故意的吧？这么一对玉镯，管家可以送，其他人也可以送，偏要让他送。他大眼眨了眨，人不动，只是看着陈小妖。

陈小妖还是不太明白是什么意思，看到前面的吴忧一副快哭的样子，那盒子里是什么？是不是不舍得送给她？吃的？可这盒子也太小了，装不了多少吃的吧？

她又看看吴忧，只见他表情中满是恳求，恳求什么呢？想到他昨晚在她面前哭了，本来要伸向盒子的手迟疑了下，又缩回来，凑近吴忧小心地问道："我要不要拿？"得问清楚，不然他又要哭了。

吴忧一愣，疑惑地看着陈小妖，她在问他要不要拿？为什么要问他？还是自己的表情太明显，让她误会了吗？

他微微低下头，心中有万般滋味在拉扯，他很想说不要拿，少爷是他的，谁都不可以抢，可他有资格说这样的话吗？凭什么？

他不过是一个身份卑微的下人而已。

"我家少爷是难得的人中龙凤，能与小姐结为连理，那一定是天作之合，小姐，请收下吧。"他挣扎很久，终于将那盒子送上前，努力地笑，轻声地说着，声音却微微地颤着。

什么连理？什么天作之合，陈小妖一脸狐疑，但听到吴忧让她收下，便放心不少，既然是可以收下，呵呵，那她不客气了。

只是手还没有碰到那盒子，却被忽然插进来的明了挡住。

"吴大哥的心意我们已经知道了，但长兄为父，小妹的婚事还是得问下我们的大哥。"他淡笑着对那媒婆道，"这样吧，东西就先托你这个媒人保管着，等大哥回来由他决定吧。"

媒婆一怔，她已经收了吴家的钱，哪有无功而返的，便笑道："林大公子只是暂时走开了吧？我等他就是。"说着就在旁边的石凳上坐下了。

明了看她是打定主意不走了，也没办法，心想，待会儿风畔出现可一定要拒绝才好，转头去看吴忧。吴忧眉锁着，万分忧愁的样子，他们三人全都因他而来，但这妖身上感觉不到任何恶的气息，应该是只与人无害的妖，这样是不是可以放过他离去了？免得惹上是非。

吴忧觉得自己再多拿一会儿这个盒子，就会不堪重负了，眼泪就要被逼出来，而他此时又怎么能当着这几个人掉泪呢？于是放下那盒子，他强笑道："我去找找林大公子，他应该就在府中。"说着逃也似的离开了。

一路的琼花，与他擦身而过，花瓣纷纷落下，他拼命奔着，也不知是什么方向，然后终于跑不动，蹲在地上喘气。

还是半大的少年时，隔壁家嫁女儿，两个孩子哄在人群中抢花生，然后躲在墙角开心地吃，吴玥吃得一脸的红，还剥了给吴忧，吴忧举着袖子替少爷轻轻地擦脸，嘴里甜甜地嚼着少爷送到他嘴里的花生。

"阿忧，以后我成亲，就把花生都扔给你。"吴玥豪爽地对吴忧道。

吴忧愣了愣，道："少爷成了亲是不是就不能和我一起了？"

"那当然，我会有老婆陪着，还会生很多孩子，到时就没有空理你了。"

"那少爷能不能也把我也娶了，这样我就可以一直陪着少爷。"

"你？"吴玥看看他，推了他一把，"你是男的怎么娶？别开玩笑。"说着笑了，往嘴里扔了两颗花生，用力地嚼。

所以，吴忧自那时的愿望就是少爷永远不要成亲，那是很自私的想法他知道，但如果真有那么一天，只剩下孤零零的他又该何去何从呢？

"我不是开玩笑的，我是当真的。"他回身看着被他一路打落的琼花花瓣，"但是……但是……"但是这是绝不可能的。

他说不出这句话，也不想听到这句话，只是不住地说着"但是"，然后泪流满面。

为什么自己是男儿身？为什么自己是下人？为什么自己让少爷讨厌了？

太多的为什么，他捧住脸，轻轻地哭出声音。

"吴忧，你在这里做什么？"冷冷的声音自他身后响起。

吴忧一惊，听出那是少爷的声音，慌忙擦去泪，也不敢回头，低着头道："我在找林大公子。"

"他？"吴玥听出吴忧的声音带着鼻音，却并没兴趣问他出了什么事，心里关心着求亲的事，便道，"要你和媒婆办的事怎么样了？"

吴忧擦着泪的手停住，手握紧又松开，应该是不敢的，却不知哪儿来的勇气，脱口问道："少爷喜欢那位林家小姐吗？"

吴玥一怔："你问这干吗？"口气明显的不悦。

吴忧一惊，慌忙道："我只是……"

"这不是你该问的问题，"吴玥打断他，"下人而已，你也学会没大没小了？"

吴忧身体猛地一颤，叫道："不敢。"心里同时有苦涩漫延开。

下人而已，这就是自己在少爷心里的位置了吧？

下人而已。

他终于回过头，发红的眼让吴玥怔了怔。

"我知道我的身份了，下次不敢了。"他用力地向吴玥行了个礼，放在身侧的手却握得死紧，"林二公子说这桩婚事要林大公子决定，我这就去找林大公子。"想快点儿离开，不然胸口的疼痛会逼死了自己，他说完快速地转过身去，急急地想离开。

"吴忧。"身后的吴玥却叫住他。

吴忧停住，死了的心因为这声呼唤又有了点儿希望。

"吴忧？"吴玥依然是冷漠着脸，"你要快些酿出新的酒来，你知道这对吴家的意义，吴家养你可不是白养的。"

心又一次沉到谷底，却是希望什么？吴忧轻轻地笑，不过是又一次失望而已。

"是，我明白了。"他点头，这才转身，离开。

这样也好，断了奢望也好，就这样安心做个下人，安心酿酒，还吴家的恩情。也许等少爷娶了那位小姐，自己就真的死心了吧。

吴家的酒窖，已有上百年的历史，不用走进去，便可以闻到浓浓的酒香，让人沉迷其中，翩然欲醉。

风畔已在酒窖里许久，也喝过好几个坛子里的酒，一副悠然自得的样子。

吴忧进来时正好看到他靠在酒架上，看着窖中的一方墙上的酒神画像。

"林公子，这里是不能随便进来的。"吴忧客气地叫了声风畔。

风畔似有些醉了，眯着眼回头，看到吴忧，笑了笑，没着没落地说了一句："这里可是风水宝地。"

吴忧只当是句醉话，继续道："外面正找你呢，请林公子随我出去吧。"

风畔没动，依然笑着道："百年的酒窖，汇聚了百年的酒气，吸取了百年的日月之精，再加上这酒神的画像，这百年酒气足可修炼成妖了啊。"他像是胡言乱语的酒话，轻轻地叹着，然后眯起眼看吴忧。

吴忧表情一凝，没有答话。

"可惜呀，可惜！"风畔看着吴忧，微微站直身体，道了两声"可惜"，然后倚着吴忧道，"谁找我，带我去吧。"

"这个，"风畔看着那对玉镯，又看看一脸笑的媒婆，最后又看看陈小妖，凑近她道，"你可愿意？"

陈小妖闻到他一身酒气，向后退了一步道："愿意什么？"

"嫁给我们吴当家啊。"旁边的媒婆抢着答道。

"嫁？"陈小妖张大嘴，"嫁谁？谁要嫁？"

"我的姑奶奶，当然是您啊，嫁给我们吴大当家的。"媒婆有些急了。

"哦，"陈小妖终于听懂，点点头表示明白，却又猛地反应过来，指着自己道，"我？嫁人？"

没有人回答，几个人全都盯着她，然后一起点头，是不是太迟钝了？

"不，不行。"陈小妖拼命摇头。她是妖，怎么能够嫁给凡人？那什么吴大当家的是用来吃的，万一嫁给他后哪天忍不住将他吃了，自己不是成了寡妇，不行，绝对不行。

几个人全不知道陈小妖的脑袋里在想什么，倒是媒婆急了，看林家小姐拒绝得彻底，正想上去说，却被风畔拦下，道："先由我劝劝我家小妹吧，今天就麻烦白跑一次了。"

媒婆哪肯走，急道："这婚姻大事，就是父母之言，既然是父母辈定下的亲，长兄为父，大哥答应一声便可定了，问女孩子家，当然是害羞不肯答应。"说着就要把那镯子替陈小妖戴上。

陈小妖忙躲到风畔身后，抓着他的袖子，扯了扯道："不嫁，不嫁。"

风畔一笑，回头摸摸她的头，道："好，我们不嫁。"另一只手却接过那对手镯，"我先收着就是，你的任务算完成，接下来的事我自会找吴兄弟谈。"

媒婆听他这么说了，自然不好再说什么，仍有些不甘，却也没办法，悻悻道："这可是好事啊。"说着，终于转身走了。

吴忧跟着媒婆离开，走了几步回头看看风畔，正好与风畔的眼神对上。风畔的眼神似乎将他整个人看透，他心里颤了一下，转过头去，快步走了。

"看出他是什么妖了吗？"明了站在风畔身后道。

风畔收回视线，回头看看还在别扭的小妖，一笑道："你不觉得这个吴府酒气太浓了些？"

明了怔了怔，转头看了眼吴忧离开的背影，嗅着空气中无处不在的酒气，果真，是太浓了。

风畔不再理会那股酒气，把玩着手中的镯子，走到陈小妖跟前，两个镯子相碰发出清脆的声音："小妖儿，嫁了他可是天天有好吃的。"

陈小妖被那清脆的声音吸引，看着那对镯子，听到风畔说有得吃，微微动摇了一下，又马上摇头道："不嫁。"

"为何？"连吃的也无法引诱她吗？

陈小妖想了想，半天才道："因为他看上去没有你可口。"

一旁的明了手一抖，茶杯掉在地上。

风畔哑然失笑："这和你嫁不嫁有什么关系？"

陈小妖道："我师父说妖怪就只能嫁给妖怪，像我狐狸姑姑那样一直嫁给凡人，是因为想把那个凡人吃了。我还没吃过人，所以第一个一定要吃最好的。"她说得理直气壮，其实完全不理解嫁人是怎么一回事。

风畔认真地听她说完，这么离谱的原因，本该笑的，却并未笑，眼神忽然转为幽深，盯着陈小妖。

陈小妖看到风畔的眼神怔了怔，忽然觉得那眼神似有热度，让她不自在起来，一定是他使用了法力，不用那破石头，想用眼神将她变成烤猪吗？想也别想，她一转身，躲到明了的身后，让风畔看不到她。

陈小妖什么都不懂，明了却心如明镜，见陈小妖躲在自己身后，他伸手下意识地护住，抬首看向风畔，眼神带着极淡的冷意。

风畔却已在笑了，两个镯子在手指间转着，眼睛看着不远处的琼花林，轻道："这花开得还真是不错。"

"没有答应吗？"看媒婆将经过说了一遍后离去，吴玥若有所思。

吴林两家有婚约是真的，但若说他多想取林家的女儿却也不尽然。林家，宫中御用的茶叶就是出自林家，那是多大的一番家业，比起吴家何止大过一倍。

去年他将妹子嫁到宫中是为了吴家，现在，说要娶亲，也不过是为了吴家而已。

吴家，不能在他手中垮了。

吴忧将冷掉的茶拿去准备换成热的，抬头看到吴玥就这么皱着眉，来回地踱着步，想说什么，嘴巴动了动，却没有开口，低头看看手中的茶，往外去。

"小姐出嫁的时候，你哭了吧。"身后吴玥忽然道。

吴忧人一僵，回过身，低头道："是。"

"你是不是觉得我很无情？"

相思骨
XIANG SI GU

"不是。"他头更往下低。

"把头抬起来。"吴玥看着他，向他走近几步。

吴忧没有动。

"把头抬起来！"吴玥一字一句。

吴忧身体抖了一下，才缓缓抬起头。

洁白的额头，清秀的眉目，一寸寸地抬起，最后是丑陋的胎记。

吴玥盯着，视线没有离开。

忽然之间，他伸手抓住吴忧的下巴，用力地擒住。

吴忧睁大眼，眼中有水光流动。

吴玥看了他一会儿，然后幽幽道："那年我说，阿忧，为何我要生那块胎记，真的太难看，不如死了算了，然后忽然有一天，那块胎记从我脸上消失了，同一天你的下巴上长出了这块东西。我父母说你不凡，我也相信，"吴玥淡淡地说着，提起这段往事，他的表情仍是冷冷的，擒着吴忧下巴的手没有放下，"今天听到宫中的消息，皇帝结了新欢，妹妹已经失宠多日，再过一段时间皇家可能对吴家再也不管不问了，所以，你能不能再不凡一次呢？"他后面半句带着浓浓的忧愁，还有几乎无法分辨的恳求。

吴忧听得揪心，求？少爷何曾是求人的人？他人没有动，也不敢说话，该说什么，他只是个口拙的人，可能说出来只会让少爷生气。

吴玥看他握紧了手中的茶杯，促局又难受的样子，想起很多年前自己生病不肯吃东西，他就在门口端着饭菜，也是现在的样子，一直站到半夜，那时正是腊月的天气。

吴玥忽然扯动嘴角，终于松开擒住吴忧的手："你怨我吧？所以我现在这副样子你很开心是不是？"

吴忧心里一慌，手中的茶泼了出来，溅在吴玥的身上，他忙抓了袖子去擦，却在就要碰到吴玥衣摆的时候停住，少爷说过不要靠近他的。

他几乎可以想象吴玥暴怒的脸，人下意识地向后退了几步，躬着身道："对不起少爷，对不起！"

吴玥盯着他，看他小小的身子不住地向他鞠着躬，不知为何，觉得分外刺眼，点点头："你果然是怨我的。"说着忽然伸手抓过吴忧手中的茶杯狠狠地扔在地上，然后一把揪住吴忧的衣领，"我知道你要什么？不管你怎么怨我，再为吴家酿一次天下第一酒，你想要的我就给你。"他说话间脸与吴忧凑近，本是恨恨的，眼睛却无意与吴忧对视，顿时如黏住一般，深深看进对方眼里。

然而迅速松开，厌恶似的，他看也不看吴忧一眼，转身出去。

屋里只剩下吴忧，他还没缓过神，只是看着已碎了一地的茶盏，觉得自己的心也成了这个样子。

少爷这是不相信他吗？

已经尽了全力酿了，为了少爷的家业绞尽脑汁，无论怎么对他，好也罢，坏也罢，一直很努力地酿，但方才的话是什么意思？

我知道你想要什么。耳边响起吴玥的话。

不，你不知道。

吴忧跪在酒窖里，任一窖的酒香转浓，酒窖里没有风，酒神供桌上的蜡烛却不住闪动着。

而与此同时，风畔腰间葫芦上的流苏轻轻地颤了一下，他低头看了看，好浓的妖气。

"林兄弟。"吴玥唤了一声风畔。

风畔回过神，看向吴玥："吴兄想说什么不妨直说。"

刚吃完晚饭，吴玥说有事要谈，所以两人现在才坐在花园的凉亭里，泡了壶茶，闲聊。

只是一杯茶喝过了，吴玥还没说到正题。

吴玥看了眼旁边的香炉，里面点了干花，是后山上开的无名小花，小时候和吴忧一起去玩，说喜欢这种香味，以后吴忧便每年在花开时亲自跑去山上采，晒干了存起来，在他看书或者品茶时在旁边点上。

似乎是太熟悉的香味了，如同这府中终年不散的酒香，渐渐忘了它

相思骨
XIANG SI GU

的存在，因何而来，又是何人的真心。

吴玥看着，眼光闪了闪，渐渐有些入神。

"吴兄？"这回轮到风畔叫他。

吴玥回过神，抓了桌上的茶一口喝下，微微清了清喉咙，才道："今日媒婆将求亲的事告诉我了，是林兄觉得吴家配不上你们林家，还是其他原因？"

风畔早猜到他会提这件事，笑了笑道："其实也没什么，只是从小我这妹子就被惯坏了，什么事都依着她，所以这次连婚姻大事也执拗得很。吴兄给我点儿时间，我再劝劝她，她自会同意。"风畔三两句把责任全部推给陈小妖，又看吴玥道，"倒是吴兄，我这小妹长相一般，脾气并不可人，吴兄是看上她哪一点了？"

吴玥怔了怔，天下竟然有这样说自家小妹的兄长，答道："令妹率真可爱，而且吴林两家确有婚约，再加上林兄正好在此时拜访，我想，这本是一段良缘。"

风畔一笑："确实有道理。"只是好像急了些，就算长兄如父，也还有林家的叔父在，这吴玥看来是冲着林家这个靠山而来，怕夜长梦多，所以才这么急迫，可惜，这一切不过是随口说的谎言而已。

正想着，一阵夜风吹过，将亭中的花香吹散，带来浓烈的酒气，风畔嗅了下，道："今夜酒气尤其浓烈，是在酿酒吗？"

吴玥也发现今夜的酒气比往常都来得浓烈，其实也不清楚，却点头道："是啊。"如果没错，吴忧应该连夜在酿酒了。

"我知道你要什么，不管你怎么怨我，再为吴家酿一次天下第一酒，你想要的我就给你。"

他忽然想到这句话，握茶杯的手紧了紧，吴忧，他心里无端叫了声，已有了恼意，是不是我这样说了你才肯为吴家尽力？竟是连夜酿酒？

葫芦上的流苏还在颤着，亭中两人各怀心事，所以聊不到几句，便匆匆告别。

流苏的波动很是异常，风畔想着往酒窖去，却见吴玥却也是直接朝着酒窖的方向，便跟在他身后。

酒窖门口，酒气已冲天，也亏得吴玥自小闻着酒香长大，早已习惯，不然早被那股酒气熏醉，他用力地嗅了几口，想起那坛被皇帝赞为"第一酒"的花雕酿成时，香气也不过如此，难道真的有好酒现世？之前那吴忧果然对吴家未用真心，他心里有怒意，便去推酒窖的门。

"少爷。"忽然，身后有人叫他。

他吓了一跳，回头，却正是吴忧。

"你？"他盯着吴忧，口气不善，"不是酿酒，怎么在外面？"

吴忧低着头，答道："少爷要的酒明天就可以给你。"

"明天？"吴玥一愣。

"是，"吴忧的声音听起来有些单薄，"那酒皇帝定会满意。"

看他说得肯定，吴玥虽然狐疑，但想到这鼻端的酒气，多半是信了，道："那是最好。"本来想怒斥他没对吴家用真心，现在才将好酒交出来，想想且等了明天再说，就要走。

"少爷。"吴忧却唤住他。

"还有何事？"吴玥微恼。

"少爷能不能再给我吹一次笛子？"吴忧还是低着头，说这话时，声音很轻。

吴玥心里本有怒意，听他这么说，眼睛眯起来，冷冷一笑："我说过会给你想要的，但不是现在，你的酒还未交到我手。"

"我不想问少爷要什么东西，就算明天酿成了酒也不需要，只要吹一次笛子给我听就行了。"声音带着恳求。

吴玥看着他。吴忧一直离他有一段距离，好像靠近他有多可怕一样，只要听一曲笛子就可以吗？

"你说的当真？"吴玥问。

"当真。"说着吴忧竟然从身后拿出支笛子来，伸出手递向他。

吴玥一怔，抬手接过，手指在同时碰到吴忧的手，冰冷异常，他下意识地又看向吴忧，吴忧低着头看不清眉目。

吴玥握紧笛子，将笛子凑到唇间，心里想着吹就吹吧，可不知要吹什么，那不过是儿时学来玩的，现在早已生疏，他手指在笛子的各孔间调着位置，然后指间就触到了笛尾的某处。

　　那里有粗糙的划痕，有点有横，不用拿到眼前看是什么，吴玥也知道那其实是两个字，因为那是当年他用刀刻上去的。

　　"玥忧"。

　　还是很小的时候，那时的吴忧还没有胎记，长得极漂亮，当时的吴玥脸上有块大大的胎记，是个丑娃子，却整天跟着吴忧。

　　"阿忧，你以后要做我老婆，说定了。"他拉着吴忧的手，认真地说。

　　吴忧大大的眼睛眯起来，笑了，用力地点头："好，除了阿玥，谁也不嫁。"

　　"玥忧"两字也是那时候刻在笛子上的，他刚学字，用刀子歪歪扭扭地在上面刻了这两个字，作为"定情信物"送给吴忧了。

　　几乎是忘了的记忆，却在摸到那两个字时一股脑儿想起来。

　　吴忧竟然还藏着它？

　　他抬起头看吴忧，吴忧隐在黑暗中，整个人看上去模糊起来。

　　"那不过是儿时的玩笑，你早该扔了。"他冲吴忧冷冷地说，同时将笛子凑到唇间轻轻地吹起来。

　　他只是儿时学过一段时间，早就生疏，所以挑了首唯一记得的，心不在焉地吹。当笛声响起时，他想起，那是他当时经常吹给吴忧听的儿歌，每次他吹响这首曲时，便要吴忧和着笛音唱那首儿歌：

　　　当年还是孩童样
　　　我扮新娘你是郎
　　　大树下，成亲忙
　　　南柯一梦已天亮

　　当时并不懂这首儿歌是什么意思，此时听到吴忧又跟着那曲轻轻地唱，吴玥的心里莫名一跳，然后猛然停下来。

"够了！"他把笛子扔在地上，心烦意乱地看着吴忧，"到此为止，笛子我也吹了，记得明天把酿好的酒给我。"说着踢了那笛子一脚，转身走了。

吴忧看着那支被踢到一边的笛子，很久，蹲下身捡起来。

"再见，阿玥。"他说。

一阵夜风吹过，他的身形如沙子般猛地淡去，淡去，然后再也不见了。

角落里的风畔看着一切，葫芦上的流苏已经不颤了，他看着夜风，长长地叹了口气。

明了从他身后出来，手中的剑与那流苏一样停止了振动。

"没见过这么笨的妖，比那只猪还笨。"明了双臂环胸，"用尽自己的元神酿这些酒，为这个男人，值得吗？"

风畔不语，走上前去，捡起那支笛子，手指抚过上面的两个字，轻声道："你是酒气凝结的妖，酒气无尘，本是最易修成仙的。"他回神看着紧闭的酒窖，似无可奈何，又叹了口气，将笛子藏于怀间。

那一夜，吴忧从吴家消失了。

消失得无影无踪，似乎吴家从没有过这个人。

一月后，宫中向吴家送了御笔亲提"江南第一酒"的匾额，成了宫中第一御酒。

外面鞭炮声不断，吴玥却一个人来到吴家酒窖，自吴忧失踪后，他再也没有进过酒窖。

他是吴家的异数，吴家人都会酿酒、品酒，唯独他不会，酒经过他手都是苦酒，酒经过他口都是满口酸涩，所以酿酒、品酒其实都由吴忧一人而已。

那日吴忧留下一窖新酿的酒便失了行踪，连同吴家百年不散的酒气一并消失了。

似乎忽然之间，整个吴家变得空荡荡的。

分明只是个又丑又小的人，吴家下人这么多，怎么会空荡荡？但是……

他看着满窖的酒，发怔，想起了一些不为他人所知的事情……

吴忧是在吴家的酒窖边被捡到的，当时不过是个刚出生的婴儿，而且是女婴——这么多年，吴忧一直是女扮男装。

吴忧被捡到后，本来她的命运也应该是被某个下人收养，带大，长大后做个平庸的下人，却因为那时是婴儿的她竟不吃奶水，只爱喝酒，这引起了吴家人的注意。吴家人认定吴忧与酒有缘，但吴家的酒只能男人酿，所以一直把吴忧当男孩子养。吴家少爷不懂品酒、酿酒，吴家人的希望都寄托在吴忧身上，而吴忧也一直感恩于吴家，一直女扮男装，认认真真地学酿酒……

从小到大，他也和她以兄弟相称，这么多年了，他竟然早已忘记了其实她也只是一个小小的女孩子。

可是她真的走了吗？陪了他二十多年，小小的，丑丑的，一直低着头，一直笑，从未想过她会离开他，以为可以一直这样下去，就算打她，骂她，他一直是这么笃定地认为。

现在，她却消失得无影无踪。

"喝一口吴忧酿的酒吧，这不是替皇帝酿的，而是为你。"林家兄弟向他告辞时，林家的大哥对他这么说。

他一直没有喝，因为忽然恨起吴忧来，以前只是讨厌，现在却是恨，不说一声就离他而去，再也不管他了，所以只任管家在喝了一口后大呼好酒，便送去了宫中。

他恨了一个月，以为她会回来，然后连同那熟悉的酒气也消失了，他忽然恐慌起来，今天皇帝派人来送匾，他却顾不得接，失魂落魄地冲到酒窖里。

眼前都是吴忧酿的酒，那日林家小姐喝了口酒，说那是哀伤，自己为何只品到酸涩呢？

　　手抚过那些酒坛，终于，他忍不住，伸手扯开身边一坛酒的纸封，一股酒香飘出来，如同靠近吴忧时，她身上的味道。他有些贪婪地吸了一口，拿起旁边的碗，舀了一碗，凑到唇间。

　　冰冷的酒贴在他的唇上，他怔了怔，然后张嘴喝了一口。

　　小小的一口，带着酒香滚到他的舌尖，然后冲到喉咙，他喉结动了动，便咽了下去，淡淡的暖意一路往下，直到他的肚腹间。

　　他的眼蓦地睁大，又张嘴喝了一口，咽下。

　　慢慢地，眼角有泪忽然涌出。

　　那是吴忧替你酿的酒，她要对你说的，她的恨、她的怨全在那酒中，你品出来了吗？

第六章

【媚狐】

他的手滑过眉心，点在双唇，只微微一笑，谁不为他倾倒呢？

正午的太阳火辣辣的，正是一年中最热的天气。

大街上行人稀少，三个人坐在路边的茶楼里，要了一壶茶，准备等天稍晚一点儿再赶路。

几张桌子的最前面，两个女子，大约十几岁的年纪，大的那个在弹琵琶，小的在唱着曲儿。这样的曲儿在这个地方不是随便编的几句词儿，而是像唱戏一样，唱的内容是有情节的，所在几桌喝茶的人边喝着茶边聚精会神地听。

陈小妖边剥着花生边很认真地听着曲儿，以至于刚剥开的花生被风畔拿去都没发现，直接将花生壳扔嘴里了，这才反应过来，也不知是风畔拿了花生，吐了嘴里的壳，眼都没转一下，拿了另一颗花生继续剥。

听到高潮的地方，陈小妖不由得皱起了眉，嘴里"咦"了一声。

明了将存了一大摊的花生仁递给陈小妖，陈小妖直接从他掌心拿着吃，手指与他的掌心触到，他就红了脸。他很小声地问陈小妖："小妖，这故事有什么不对吗？"何至于她满脸的疑惑。

陈小妖边听边道："人真是奇怪，有吃有喝的有钱人不嫁，偏要跟个没东西给她吃的穷人住在窑洞里，还为那个人等了十八年，不值，不值，错过了多少好吃的东西。"

那曲儿唱的是王宝钏苦守寒窑的故事，在陈小妖听来是很难理解的，在她看来没得吃，一切都不对。

"那是因为他们夫妻情深，人就是这样，若有情，任何东西都是可以舍弃的。"明了红着脸给陈小妖解释着。

"情？能当饭吃吗？"陈小妖很是不能理解。

"情嘛，"提到这个，明了也有些局促，搓着手道，"情嘛，就像你喜欢吃的东西，会时时惦着，想着，连睡觉也会梦到。"

"唔……"陈小妖想着明了的话，脑中忽然想到桑冉，想到吴忧，眉头皱了皱，吃花生的动作不自觉地停下来。

相思骨

XIANG SI GU

看那妖若有所思，风畔的眼自窗外移回来，眼里有极深沉的东西闪了闪，这妖开始在了解一些人情世故了，理解了一些东西，当然有些东西还是她无法了解的，比如现在所说的情，她是不会懂得情字的，也不需要她花时间去想。

垂下眼，他又轻轻地笑了，冲陈小妖道："小妖儿，对街好像有家烤鸭店，要不要吃？"

一听到烤鸭，陈小妖耳朵马上竖起来，原本心中的疑惑一扫而空，拼命点头："要的，要的。"

风畔随意扔给她一锭碎银："去买吧。"

似乎是怕风畔反悔，陈小妖极快地拿过碎银，一溜烟就往店外跑，直冲对街的烤鸭店。

前面的女子还在唱，风畔看了一眼，以后，应该让那妖少听这些东西。

"让她了解情字有什么不对吗？"看陈小妖兴高采烈地奔到对面，明了忽然说，面对陈小妖时的羞涩已经荡然无存。

风畔似笑非笑："为何要了解？"

明了温润的眼失了几分笑意："这妖对你是什么？"

又是那样的问题。

风畔眉轻皱，答道："只是妖而已。"

"更像是你的宠物，最好她什么都不懂，什么都不知，任你这样玩弄，只是风畔，你不像是会养宠物的人。"

风畔拿起碗喝了口凉茶，道："我看你也不像是多话之人。"

"如果这妖对你没用，你可否让我带她走？"明了忽然又红了脸。

风畔定定地看他："那晚上呢？你确定不会杀了她？"

明了眼一黯，没了声音。

陈小妖抱着烤鸭，用力地闻了一下，撕了个鸭腿咬了一口，盘算着要不要在店里吃完再回去，免得对面凉茶铺的两人与她抢。

她慢慢地转身，却不小心撞到一人，鸭腿被撞在地上不说，手中油腻腻的烤鸭沾了那人一身。

她蹲下来就去捡鸭腿，捡起来才想到要对那人说声抱歉。

一般这种情况下，被撞的人早骂她不长眼了，只是那人却不声不响，站着没动。

"对不住啊。"陈小妖说了一声，下意识地抬头看向那人。

这一看，整个人愣了愣。

是个一身白衣的男人，那被撞到的地方正是他的胸口处，此时留了一大片的油渍，陈小妖倒不是因为那块油渍发愣，而是那人的相貌。

她来这世间也有些年头了，不管是以前来庙里进香的香客，还是现在走街串巷，看到的各色人等，都没有像眼前这个人那般美，对，是美。

只是，她咬了口鸭腿，虽然俊美，却怎么妖里妖气的啊？她以前随着师父时，妖里妖气的妖怪见得多了，此时反而不怎么侍见这样的人。

胡旋低头看着这个只顾啃鸭腿的女孩子，有趣，她是第一个见到他，没有脸红的女子。

"不碍事，一件衣服而已。"他伸手轻轻拍了拍那块油迹，声音如冬日里微温的酒，让人浑身微醺而舒服。

陈小妖脑中却只有怀中的这只鸭，想着，不碍事就好，她得找个地方吃鸭子去。

"那、那我走了。"口水已在嘴里泛滥了。

胡旋微怔了怔,看着陈小妖不为所动地转身要离开,细长的眼带着微微的不甘,叫道:"姑娘留步。"说着露出自认为最美的笑。

陈小妖有些不情愿地停住,看着他。他这一笑,妖气更重了,真不知道是人是妖。陈小妖想,如果是妖最好快些逃走,免得那半神的葫芦收了你。

"你还是要我赔你衣服吗?我已经没钱了。"本想说分只鸭腿给他,但终是舍不得,便道,"不如你脱下来我替你洗干净。"什么男人,真小气。

胡旋又是一怔,难道天下真有不为他容貌所惑的人?伸手在陈小妖眼前晃了晃,莫不是瞎子?

陈小妖拍开他的手,这是干什么?难道是想抢她的鸭子,门儿都没有。她向后退了几步,准备不跟这种怪人客气,瞪他一眼道:"不用洗算了,我走了。"说着一转身,奔出门外去。

胡旋没有拦,刚才手与她相触间,他微微觉得异样。

那是只妖吧?只是她的情念呢?似被谁生生掐断了。

墨幽靠在墙上用力地喘气,胸口的空洞在加深,而这样的空洞竟然让他的魔力大打折扣,小小一只螃蟹精居然用大钳刺伤了他,伤口整整有一天了还没有愈合,不住地往外淌着血。

该死!他低咒了一声,抬眼看到一个小小的身影窜进这条小巷来。

他嘴角往上扯了一下,既然是自己送上门的,那就别怪他了,就算只是个凡人吃下去对伤多少也是有好处的。

陈小妖抱着烤鸭躲在小巷里,她准备一个人偷偷吃完了再回去。她才没这么笨,整只拿回去,那风畔一定会跟她抢,到时她可能只有啃骨头的份了。

丝毫没有感觉有只魔正靠近她,她张口对着那烤鸭咬下去。

差不多一顿饭的工夫，以那妖的速度整只鸭都该吃完了，怎么还没回来？风畔眼睛看着窗外，似乎漫不经心，然而旁边的明了已经坐不住了，站起来道："我去找她。"

风畔将茶钱放在桌上，也站起身："一起吧。"

墨幽不懂为什么没有吃掉那只妖，就算之前很不屑这种只有上百年妖力的小妖，但此时至少能缓解一下他身上的伤。也许是那妖身上隐隐传来的诵经之声让他心烦不想靠近，反正他当时气血一下子翻涌上来，还没动手吃她，已经咳了一口血出来，让他没了胃口。

伤口还在隐隐作痛，如果只是凡间的刀，不过眨眼之间便可完全恢复，但那螃蟹精的钳子显然不是凡物，自己真是疏忽了。

"噗！"气血又往上涌，他喷出一口血，捂住胸口喘气。

陈小妖吓了一跳，那魔是怎么了，受伤了？魔也会受伤啊？

这只魔的可怕她以前是见识过的，她妖力低微，本来她是想转身就逃，但这魔说敢跑就吃了她，她便连跑的胆量也没了。

从身上找出一条小帕子，先自己擦了擦嘴，再看看那魔，犹豫了下递过去，也许讨好他一下，他便会放她走了。

墨幽正闭眼忍着痛，忽觉有东西在他眼前晃动，睁眼一看竟是一条素白的帕子。

"做什么？"他瞪她一眼。

陈小妖身体一缩，那眼神还是这样吓人哦，阿弥陀佛。她学着寺里的老和尚心里默念着，然后才道："擦嘴。"那魔嘴角上的血好骇人啊。

墨幽有些古怪地看着她，这丫头是不是想动什么歪脑筋？

"滚开。"他拍掉那条帕子，坐正身体，准备继续调息打坐。

帕子被拍到地上，陈小妖愣了一下才忙捡起来，拍掉灰尘，狠狠地瞪了那魔一眼。不要就不要呗，拍到地上算怎么回事？讨厌，吐血吐死你算了！

她看他闭着眼，想跑又不敢跑，纠结了半天，决定还是乖乖地待着。

约莫半炷香的工夫，墨幽的头顶渐渐冒出热气，脸色越发苍白，汗水顺着额头淌下，紧要关头他低吼一声，身上的衣服裂开，现出胸口拳头大的空洞。

陈小妖被他这么一吼，吓了一跳，转过头，正好看到那个空洞，不由得怔住。

那是什么？她瞪大眼，低头又看看自己的胸口，若自己的胸口也有这样一个洞该有多痛。

她双手撑着头，看着墨幽的脸越来越苍白，心想他会死吧？

调息在经过胸口空洞时停滞不前，再不能更进一步，墨幽觉得全身滚烫，然而空洞的地方却冰冷，几乎是难以忍受了，得找几只妖吃下去，来补充因那一掌而失去的真气。他睁开眼，正好看到那只好奇的妖。

管她那诵经之声烦不烦，马上找几只妖并非易事，何况自己又受了伤，先把这只妖吃了再说。

"过来。"他冲陈小妖招招手。

陈小妖指指自己的鼻子，看看四周也确实没有其他人，便抖着身子上去。

"再过来一点儿。"妖身上的那股檀香味让他极不舒服，他强忍着让她再靠近点儿。

陈小妖又上前几步，呃，他的胸虽然有个洞，却油光油光的，好像鸡胸肉啊。不对，鸡胸肉太白，没这么漂亮，不知咬一口会怎样？呸呸呸！这时候想这些干吗？

墨幽哪里知道她的想法，看她人在发抖，却一脸纠结，还狂甩了下头，竟然有些可爱，啊呸，自己一定伤得神志不清了。

"我吃了你可好？"墨幽冷冷地笑。

陈小妖本来就吓得不轻，听他这句话后一屁股坐在地上。

啥？

墨幽逼近，陈小妖忙用手遮住眼睛，故技重演：我没看到，什么也没看到。

墨幽也不管她为何要这样，要死的妖，本就没什么可在意的。

陈小妖就在嘴边，他张嘴就要吞下，然而喉间忽然一甜，体内失控的真气忽然再也压不住，他一口血喷出来，尽数喷在陈小妖脸上。

幸亏陈小妖捂着脸，却是一手紫血，她吓了一跳，下意识地松开手，想看个究竟，只是并未看清，拎着她衣领的手忽然一松，她整个人跌在地上，然后一个重物猛地压在她身上。

是什么？她手拼命地想将那重物往外推，却看到墨幽放大的脸，双眼紧闭，痛苦异常。

"痛！"墨幽极轻地叫了一声，脸正好靠在陈小妖的胸口。

陈小妖也不知道为什么，脸一下子通红，狠命想推开，却看到紫色的血不住地从他口中流出，沾湿了她胸口的衣服。他的眉皱得死紧，显然痛苦异常。

像被黄风怪打伤的花妖姐姐哦，似乎很可怜，但可怜归可怜，她更想趁机逃走，手拼命将墨幽往外推，却哪里推得动。

墨幽还在痛苦地呻吟，陈小妖逃不了，只能听着他惨叫，忽然想到当时师父将一只手抵在花妖姐姐的背上，将妖力输给她，花妖姐姐就好了。

要不要救他啊？看他似乎很可怜，不对，他是坏人啊，救个屁！她甩甩头。

墨幽还在呻吟，陈小妖偷看了一眼。

好可怜哦，还是救他一下吧。

可是她的妖力太低微啊，她的手停在墨幽的背上，微微发了点儿妖力，不过还是得试试，如果他死了，自己又推不开他，不是只有等死的份儿？

陈小妖想着，闭眼，将自己单薄的妖力输进墨幽的体内。

可能是常年待在庙中的缘故，她的妖力虽然单薄，却带着绵长的佛性，佛本无边，对六界皆有影响，虽然让妖魔躲之不及，却是最正统的法力，何况本就含着妖力的。

所以输到墨幽体内并没有太大排斥，反而让他胸口冲撞的气渐渐平和。

陈小妖怎懂这些，只是不断地将妖力输给他，看他静下来，便盯着他英俊逼人的脸发愣，似乎他闭着眼就没那么吓人，看上去与那风畔一样可口啊。

对，鸡胸肉。她忽然想到墨幽曲线优美、色泽迷人的胸，自己可是费了很多妖力啊，等他醒了，得问他要一块尝尝。

是烤着吃还是白切呢？她一时忘了那是吓人的魔，只想着吃了。

她胡思乱想，由于妖力不断地输出，人忽然困起来，不受控制地打了个哈欠，也不将墨幽推开，闭眼就睡。

"红烧好了。"在梦里，她喃喃地说道。

风畔又摸了一次手上的七色石，等了一会儿，还是没有看到小妖的影子，若是平时，怕疼的小妖早就狂奔向他，委委屈屈地说他有多过分。这次，他又失望了。

到底跑去了哪里？还是遇到了什么危险？不知怎的，胸口有一处因为这样的猜测跳得极快，他微微定神，抬头看到找了一圈儿的明了回来，然后冲他摇摇头。

真的丢了吗？

抬眼望向眼前的大街，商铺林立，一派繁华，他眼睛停在不远处一家客栈，胡氏客栈，每一撇一捺都像一条招摇的狐狸尾巴。风畔眯起了眼。

胡旋，在几百年前，被捉妖的老道斩断了尾巴，虽然侥幸逃脱，却从此变不回兽形，也回不去妖界，只得在这人世间游荡。

胡旋属白狐一族，这一族最擅媚术，也最喜世人被其媚态所迷，他这百多年里也算迷惑了不少女子，甚至男人，但风月一过，一切便淡下来。他渐渐就厌了，世间人总是太容易被他迷惑，太容易得手，想着自己的寿命还有长长数千年，而这样的日子又该怎么过下去？

对面的戏园子里今天演《西厢记》，这出戏他已经听了不下百回，初听时觉得可笑，男女之情何必这般折腾，男欢女爱，不过色欲作祟，何来戏中男女那样七上八下，执着不开，但渐渐却羡慕起来，那些对他痴迷的人不过迷恋他的长相，假若他只如戏中张生这般，又有几个能为他执迷不悔。

但若是能遇到一段，也不枉活了这几百年。

修长的手，轻轻地撑着头，迷蒙的眼就怀着这样的心思望着窗外，他知道这样的神态，走过的人都忍不住为他驻足，而他已经烦了。

脑中不自觉想到昨天遇到的那个小小的女孩子，弄脏了他最喜欢的一件衣服。

被断了情念的妖。

人有七情六欲，妖也有，就算已飞身成仙的那些神仙也有，不然为何会有打入轮回重新大彻大悟的事情。

无论如何七情六欲是该有的本质，这样才有爱恨嗔痴，嬉笑怒骂，不然就与一块木头一般无二，修仙之人也只是看开看淡，谁都不会轻易抹杀这些本质。

如果没有情念，那就绝不懂男女之爱，那只小妖就没有。

有趣。

他好久没有觉得这么有趣了，只是她一转眼就不见了，出门再找时已经不见了踪影。

隐隐间，有一股让人胆寒的气息扑面而来，他自思绪中回过神，看到自己的客栈里已经多了两人，他看了一眼，再看一眼，其中的一个不就是那只小妖吗？然后他身旁那个……

是只魔，他认识的魔。

"胡旋你原来在这里？"魔气色没有初时那么差，但脸仍是苍白。

"有好几百年没见了吧？"胡旋轻笑着，人却同时转身，往店外跑。

一股力道将他用力地扯回。

胡旋嘴里忍不住叫道："我已经没有玄冥灵芝给你了，放开我。"

魔却笑："已经好几百年了，你的眼里早该炼出另一棵玄冥灵芝了，快拿出来，不然挖了你的眼珠。"

玄冥灵芝是属于白狐这一族的修行，世间万物，千姿百态，全部看进一双眼中，那些悲欢离合慢慢地在眼中沉淀，渐渐就可炼出玄色的灵芝，时间越长，灵芝越大，灵力也越大，就如同妖怪的内丹，不过白狐一族另外还有内丹罢了。

一棵几百年的玄冥灵芝吃下去，比吃下几十只妖怪所得到的妖力要大得多，魔当然不会放过胡旋。

"真的没有，我尾巴被砍断了，已经修炼不出这种东西。"胡旋还在挣扎，努力睁着楚楚可怜的眼看着魔旁边的小妖。

陈小妖这才想起这个妖里妖气的人为何面熟，原来是那个在烤鸭店遇到的白衣男人啊。不知怎的，她觉得那男人的眼尤其漂亮，不自觉地就想跑上去摸摸他的脸，于是，她真的跑了上去。

"丫头，别看他的眼睛。"旁边的墨幽一把捂住她的眼，将她拉到身后。那是狐的媚术，自己第一次也差点儿着了道。

可已经来不及，陈小妖自身后抱住魔的腰，脸在他背上蹭，口中道："我好热，要喝水。"说着搂得更紧。

胡旋看着小妖的模样，本来苍白的脸上露出得意之色，同时指尖聚集了妖力准备把魔牵制他的力量割断。

魔被陈小妖小小的头在背上蹭啊蹭，有些恼了，他是只不近女色的魔，小妖这样的举动让他很不舒服，他很想一掌将她打飞了事，但抬起手时却是朝着胡旋，手变成爪直取胡旋的眼，正要抠下去，一股让人很不舒服的气息传来，是神的气息。

他的手猛地一收，再看身后抱住他的小妖，小脸迷醉，还在他背上蹭。他只是看着，想到刚才这只妖还在用妖力救他，不知怎的本来要夺人性命的掌往她头上拍了拍，抱起她，跃入室内的黑暗中。

风畔一进来就觉得这里气息很是怪异，有妖气，还有魔的气味，眼睛往四周看了看，然后在一个角落停了一下，又移开了。

"客人要住店吗？"胡旋本是要跑的，却不知自己今天到底烧了哪炷高香，魔还没走，又来了个神，而这种千年难得一见的场面，如果自己跑掉了是不是很没意思？

"住店。"风畔在店中的一张桌前坐下，"住店也吃饭，帮我们先上菜吧，正好饿了，好酒好菜都拿上来。"

胡旋看着那态度儒雅的神，笑了一下："客人等着。"

客栈打扫得很干净，风畔打量着胡旋，看他媚态横生地笑着进了里屋去。果真是狐妖，是比其他妖怪要风骚些，即使公狐狸也是如此，还好没有动过杀孽，不必收了他。

风畔笑，看着坐在他对面的明了也已经发现屋里的某个角落不太对劲，正往那头打量。

菜都上来，鸡鸭鱼肉，满屋的香气，风畔不紧不慢地夹了一块送进嘴里，慢吞吞地吃。

魔在角落里看着，忽觉衣角一片湿润，回头一看，那妖已经不再往他身上瞎蹭，而是看着前面桌上的一桌好菜流口水。

"好吃的啊。"陈小妖忽然张口，而同时，一条流苏猛地向魔飞来。

魔抱起小妖，朝后猛退，却露了身形。

"我说怎么找不到了呢？原来被你掳了去。"风畔站起身，看着眼前的一魔一妖。

妖的注意力全在吃的上面，方才中的媚术还未退去，脸犹自红着。魔却盯着风畔，手中的羁云刀已出。

风畔还在笑，却坐了下来："我不跟受了伤的魔打，放了她，我放你走。"

"我为何要听你的？"

羁云刀带着魔界业火，直劈过来。风畔手指一弹竟将那羁云刀的刀锋打偏，却是直向着身旁正悄悄往那桌饭菜移动的陈小妖身上。

刀剑无眼，风畔眼中一凛，想救她已来不及。不知是不是条件反射，墨幽手中的羁云刀自动脱手，手空出来，将陈小妖往后一带，生生避开了羁云刀的刀锋，却顿时手无寸铁。

风畔葫芦上的流苏趁机缠上了墨幽的颈。

小妖吓得不轻，那刀上的业火甚至快烧到她的睫毛。好险好险，她拍着自己的胸口，抬起头正好看到魔只有束手就擒的份了。

他为什么要救她呢？她很有些不能理解？是因为自己也救过他吗？

她皱着小脸，很疑惑。

魔比她更疑惑，也许在别人看来那刀是他松脱的，可是方才分明有股力生生挡去了刀的力道，他还没搞清楚是哪儿来的力道，刀已经飞出去了。

"小妖儿，过来。"那头风畔朝陈小妖勾勾手。

陈小妖动了动，却没有过去，睨着风畔道："你是要杀了他？"

风畔笑："不好吗？"

"不好，当然不好。"陈小妖猛摇头。这可是救了她的人啊，而且他也没这么坏，今天早上自己肚子饿，他还将她带到一个馒头铺里吃了个饱，那半神什么时候有这么好心，只知道跟她抢。

风畔的眼却已眯起来："为何？"

"因为他是好人啊，至少，至少，"陈小妖心中权衡了一下，"至少比你好。"哼，才不怕你，你就是没他好。

风畔手上的流苏紧了紧，眼中已有冰一样的东西掠过："再说一遍。"

"再说一遍。"风畔在笑，眼里却有冷意。

陈小妖觉得心里发寒，已经不敢再说第二遍了，低着头不敢看风畔，只是轻声道："风畔是坏蛋。"

她以为风畔听不到，然而风畔脸上已全无笑意，手忽然一提，松了流苏，再一挥手，将还没反应过来的陈小妖缠住，拉了回来，一提手，小妖随着流苏转了一圈儿，跌在地上。

风畔看也不看她，冷眼对着墨幽道："走吧，我今天不杀你。"

墨幽脸上愤愤不平，却也无可奈何，眼睛不由自主地看着跌在地上正用力抚着屁股的妖，转身，身形一晃就不见了。

"两天内不许吃饭。"风畔坐回凳子上，背对着陈小妖。

陈小妖还没缓过神，听到这句话顿时一声哀叫："不行，不行。"

她顾不得痛，忙跳起来。

风畔理都不理她。

"小妖，他不给你吃的，我给你买。"旁边一直没吭声的明了忽然说。

"好啊。"有奶就是娘，陈小妖狗腿一样朝明了笑得极谄媚，却忽然感觉到脖间猛地一烫。啊，又来，这两天已经烫了她好几次了。她顿时眼泪汪汪，不甘地看向风畔：风畔我讨厌你。

"不许吃别人给你的东西。"风畔慢条斯理地说道。

一旁的明了眼神顿时冷了，手握成了拳。

谁都没发现，那只断了尾巴的狐正冷眼看着他们，幽幽地笑。

妖其实两天不吃东西是饿不死的，陈小妖却不行，晚上的时候她已经饿得连人都想吃了，所以那个店老板，这个妖里妖气的男人说带她去吃东西，她便想也不想地跟了去了，烫成乳猪总比饿死强，她决定先偷吃再说。

原来戏园也是可以吃东西的，上了数十盘糕点她全部一扫而空，才总算不那么饿了，这才注意台上的戏其实唱得很好听，那几个戏子穿的戏服也极漂亮，陈小妖不由得张大了嘴仔细看。

戏演到精彩地方，观众听了如痴如醉，一阵阵叫好，胡旋仔仔细细地替陈小妖讲戏的内容。陈小妖边吃着糕点边认真地听，然后又看了几眼台上的戏子，唏嘘几声。

"这就是男女之情，小妖儿。"整个戏讲完，胡旋亲热地拍拍陈小妖的头。

陈小妖下意识地躲开，睨着眼前的美丽男人："以后不许叫我小妖儿，坚决不许用这个'儿'字。"有个风畔这样叫她已经够讨厌了，绝不许再有人这般叫她。

胡旋一怔，还是第一次有人拒绝他，心中的不甘竟又浓了几分，便有了计较，下次定要你哭着喊着留在我身边，表面上却并不生气，眼波流转间施了些媚术，冲着陈小妖笑道："还要吃些什么，我替你买来。"

陈小妖只觉被那眼神看得胸口一热，脸也热起来，只觉跟之前的情况一样，却不知为了什么，摸摸额头，没有生病啊，再看看眼前的男人，不得了，心也跳得飞快，看来真的生病了。

"你替我打包，我好像生病了，要回去，"说着，陈小妖站起来，"嘴巴也好渴。"

胡旋顺势拥住她："好，回去。"

陈小妖不自觉地想躲开，却被施了媚术竟又觉得不想躲开他的拥抱，怎么回事？

胡旋看她身体安分地任自己拥住，眼神却抗拒着，心里更加不甘，何时他引诱女人需要用媚术强迫？不是要被同类取笑？正待要撤了媚术，怀中的陈小妖却被人拉了过去，抬头一看，正是风畔。

"小妖儿。"风畔在陈小妖额上弹了一下，媚术就被他轻易撤去。

"醒了。"他冲陈小妖道。

胡旋一惊，他虽然不是只妖术高超的狐狸，但媚术就如他们白狐一族的本能一般，一般人不是轻易说撤就能撤去的。

"是你封了她的情念？"胡旋脱口而出。

风畔回头看他一眼，也不否认，只道："我不想收你，所以你最好安分些。"

糟了，偷吃被发现了。陈小妖脸都白了，人缩成一团，还在微微发着抖。

风畔看着她，垂着的眼仍是冰冷着。

什么时候她竟这么怕他？

怕他？这种感觉让他很不舒服，他伸手轻轻地拉起陈小妖。

陈小妖马上求饶："我不敢了，我绝不再偷吃了。"手可怜兮兮地护住脖子，怕他再烫她。

风畔心里一拧，看了她半晌，看来是昨天将她吓坏了，只因听了她说那魔比他好，他就忍不住一阵怒意，为何这样？他到现在也不能明白。

是自己做错了吗？对于妖，恶的，他直接收进葫芦，善的，他抬手放过，从不节外生枝。眼前的妖，带着她不过是他逃不开的命中注定，前世他仁慈了一回，这一世，难道又要重蹈覆辙？

前一世，寿尽之后，他站在奈何桥上，孟婆问他：来世要记得什么？忘记什么？他随意说了几样，孟婆就将一碗半浑的汤递给了他。

这一世，他记得了前世的一些事情，也忘记了一些事情，忘记的虽然可以在掐指轻算间全部找回，但他从不去算，既然是前世选择忘记的，这世又何必再记起来。

这只妖的事情，他记得的，应该是全部吧。

"走吧，我带你吃好吃的。"他伸手摸摸她的头，口气温和下来。

陈小妖听到"吃的"耳朵动了动，从指缝中露出一只眼："真的？"

风畔点头，看着她指缝间灵动的眼，道："真的。"

世上大概找不到第二只这么爱吃的妖了，买了桂花糕，将她带到自己的房间，看她大口吃着桂花糕，之前对他的怯意已淡去，注意力全在吃的东西上。

还是那双灵动的眼，风畔看着，不知不觉中，他眼中的冷意已经融了，竟然带了几分笑意。

"哎？"当手中的桂花糕被人抢去了，陈小妖瞪着自己手，半晌才反应过来。食物当前，她早忘了刚才有多怕风畔会烫她，扑到风畔身上，叫道，"你还我的糕来，还来。"

风畔一笑："吃了怎么还？"

"吐出来，吐。"陈小妖觉得好生气，又抢她的东西吃，每次都这样子，不要再理他，真的不要再理他。

她气鼓鼓地从风畔身上下来，低着头道："那只魔比你好，白天的明了比你好，就连刚才那个店老板也比你好，就你老是欺负我，"说着，满眼含泪地看着风畔，"你到底要什么时候才放我回去啊？"

听她又说别人比他好，到最后一句时，风畔怔了怔，眼又沉下来，慢吞吞地拍去手上的糕屑，盯着陈小妖道："不想与我一起了？"

陈小妖没发现他眼中的冷意，猛点头："开头就不想，是你拿这块破石头逼我的，"说着，她伸手扯了扯脖子上的七色石，眼看着风畔的一只手离另一只手的手腕还有些距离，便大着胆子道，"要不是这石头，我才不要跟着你。"说完又偷偷瞄了眼风畔的手。

风畔的手动了动，似要去碰另一只手。陈小妖眼一闭，马上打了个激灵，道："我胡说的，我什么也没说。"

她又马上缩成一团，又是之前的反应，看她的反应，风畔缩回手。他想起以前看过的一条狗，经常受主人打骂，只要主人一拿起棍子，就逃得远远的，后来有一次主人打断了它的一条腿，自此，它只要远远地听到主人的声音便吓得发抖。

这妖，也是吓得发抖。

风畔伸手冲陈小妖招招手："过来。"

"干什么？"陈小妖向后退了几步，觉得他的样子不怀好意。

风畔伸过手去，硬是将她拉到跟前。

"坐下。"他拍拍旁边的位置。

陈小妖怯怯地坐过去。

修长的指碰到陈小妖的脖子，陈小妖别扭地歪着身子，想躲又不敢躲。风畔拉开她脖子上的七色石，脖子上还有起泡后留下的伤痕，他指尖一点，陈小妖用力一缩，瞪着他，叫道："疼。"

风畔盯着那些伤痕，眸光闪动，一只手结印，指间立即蒸腾起淡淡的白烟，他就着那股白烟扫过那些伤痕，伤痕瞬间消失得无影无踪。

"好了。"他松开陈小妖。陈小妖扭动着脖子，试着还痛不痛，确定不痛后，又抬头看着他，表情古怪。

"你早可以这么做的，为什么让我痛这么久？"她有些气恼。

他一怔，笑了，拍拍她的头，道："惩罚，下次不许再说某人比我好，你不想再跟着我之类的话，在我们的缘没了结之前，你必须一直待在我身边。"

"缘？什么缘？"陈小妖觉得与他有缘也真不是一件好事。

"缘便是劫，你以后就会知道。"风畔轻描淡写地答道，看到眼前的妖眼睛眨了眨似懂非懂的样子，忽然想到方才那只狐妖问他的话：是你封了她的情念？

还是前世的时候吧，自己亲手封印了这只妖的情念。为何？情尘往事忽然不那么清楚了，还是随着那碗孟婆汤烟消云散了？

他忽然不那么笃定了，有关那妖的一切其实他并没有全部记得。

"那出戏你看懂了多少？"他忽然问了一句。

"哪出戏？"陈小妖还在研究脖子上的那串石头，怎么他碰一下，这石头就会发烫呢？

"西厢。"他答，想起他似乎看过几次，无非是人世的男欢女爱。

"那个啊，"陈小妖想了想胡旋给她讲的故事内容，道，"都看懂了。"

"看懂什么了？"

"看懂做妖还是好些，至少那张生爬墙时，妖可以直接穿墙而过啊。"

风畔愣了半晌，终于忍不住大笑，伸手又拍了拍陈小妖的头，没注意门口想要进来的明了正好看着一切。

明了手里拿着一盒新买的糕点，立在院中，也许是方才奔出去买糕点的缘故，身上的道袍被汗水浸湿，贴在背上。他本想买了给陈小妖的，却看到她在风畔的房中，也没有进去打扰，只是依着树，直到陈小妖从风畔的房中出来。

"吃的啊？"陈小妖先看到的是明了手中的糕点，眼睛一下子亮起来，兴高采烈地跑过来。

"吃吧。"明了将糕点递给她，看她拿了一块塞进嘴里，样子娇憨可爱，不禁又有些脸红。"小妖，以后你想吃什么我都买给你，好不好？"他问道。

陈小妖边吃着糕点边用力点头，没有空说话。

他看着她吃，想到方才风畔与陈小妖的对话，想了想又道："小妖，你觉得是我好还是风畔好？"说这话时他脸更红。

陈小妖正好吃完口中的，又塞了一块进嘴里，含糊道："你好。"

明了眼睛一亮："若让你离了风畔，从此跟着我，可愿意？"脸已像红透的番茄。

陈小妖拼命往嘴里塞糕点的动作因他的话停了停，有些古怪地看着他，然后又往嘴里塞了一块，随口道："晚上那个你总想杀了我。"

"若他不杀你呢？"

"谁信？"陈小妖哼了一声，几口把余下的糕点吃完，将盒子还给他，走了。

明了呆呆地拿着盒子，看着陈小妖头也不回地走远。

"她只是只被断了情念的妖，别自作多情了，哼！"白天，在他体内休息的剑妖轻轻地在他脑中说了一句。

明了眉皱了一下，低头看自己的手，那纸盒已被他捏碎。

"她若有情念，喜欢的必定是我。"

胡旋替陈小妖盛好饭，夹了几筷子菜放到她碗里，看她吃得香，不由得妖媚轻笑。

"小妖，今晚有灯会，我们去看看。"看她只顾吃饭，他便又加了一句，"到时会有很多好吃的东西。"

陈小妖的耳朵动了动，嘴上没停，含糊道："好啊，吃完就去。"

风畔没有说什么，慢吞吞地吃着饭，已是剑妖的明了睬了眼忽然兴奋起来的小妖，又瞪了眼那只艳绝无双的媚狐，"嘁"了一声："两只妖怪，早晚将你们收了。"

果然是有灯会，各式花灯在街两边挂着，街上尽是一家人一起观花灯的场面，陈小妖含着糖，手里还举着刚炸的臭豆腐，盯着盏花灯看了半天，上面画的女人真像花妖姐姐啊。

"小妖，这里。"胡旋拉她看旁边的一盏半人高的花灯，看陈小妖张大了嘴，不由得笑了，却是没有半点儿媚态，是真心地笑了。

他手指一弹，指间便多了朵鸢尾花，伸手插在陈小妖的鬓间，清纯的小妖便多了几分娇美。

"和我在一起可快活？"他盯着她红扑扑的脸道。

陈小妖猛点着头："快活。"替她买了好多吃的啊。

"与我一直在一起可好？"

"嗯，嗯。"陈小妖根本没注意他在说些什么，只顾找哪里还有好吃的。

"那你可是喜欢我？"胡旋又问。

"是啊，喜欢。"陈小妖随口答了一句，看到前面摆着的糖果摊，便奔了过去。

只留胡旋在身后妖媚地笑着："狐族专司情念，媚术就是因此而生，若是在这月圆之夜，有人亲口说喜欢我，我便能替你开了这被封的情念。"他似自言自语，抬头望着头顶的月，而同时他的四周竟然出现了结界，将街上的喧闹隔在结界之外，一条巨大雪白的狐尾忽然从他的衣摆下伸出，带着浓重的妖气。

他本是被斩断了尾巴的。

"恢复妖身真好。"他看着自己的尾巴满意地笑笑，伸手拉住前面的陈小妖，将她拉进结界中，"小妖，我替你打开情念可好？"

"什么？"陈小妖莫名其妙，同时看到他的尾巴吓了一跳，"你是妖怪啊？"

"怎么？"

"那你可不要回去了，会被收了去，快走，快走。"陈小妖想到风畔的葫芦，想到上千年道行的妖也被收入其中，人打了个激灵。

胡旋吃吃地笑，伸手抚着陈小妖的头："真是招人疼，"人凑近陈小妖，轻声道，"我这就替你解了。"说着猛然吻上陈小妖的额头。陈小妖挣了挣，一股蓝光被胡旋吸出，胡旋将蓝光吐到掌心，握紧捏碎了。

陈小妖怔怔地看着那道蓝光消失，不知怎的，心里某处似乎忽然清明起来。

狐，在开天辟地时还是神兽之一，但因擅媚，专攻人心，便招了排挤，渐渐没落了。

然而几万年来，狐仍是最敏感的妖，操控着人的情念，活得逍遥。

陈小妖觉得心里闷闷的，不知道为什么，人时不时地看一眼风畔，连明了替她盛满了粥也没有发现。

今天又在风畔的床上醒了，好像一直是这样的，可今天竟然有些不好意思？

她今天醒得早，转过头时就看到一张放大的脸，呼吸就这么均匀地喷到她脸上。她看着那张脸，脸忽然莫名其妙地红了。

脸红？为什么？她捧着脸，苦恼得不得了，手无意识地舀了粥往嘴里塞，几根发丝垂进碗里也任它去。

"小妖，头发脏了。"明了急急地伸手过去，手触到她的发，觉得柔软而光滑，不由得愣了愣，脸就这么红了。

"啊？"陈小妖忽然发觉了什么，指着他的脸，"你脸红什么？"

"我？"明了被她一问，脸更红，结结巴巴说不出话来。

风畔一手支着头，看着眼前两人，百无聊赖的样子。

昨夜回来，这只妖的情念被解了。

他原以为断了尾的狐狸已没有妖力可言，操控不了情念，但是，他想错了。

要不要再封起来？

他有些疑惑，因为竟是忘了，前世是因为何故封了这妖的情念。

"你们老板呢？"风畔转头问旁边的伙计。

伙计答道："昨晚回来晚了，还在睡呢。"

"我要找他。"说着，风畔站起来。

"正巧，我已经醒了。"楼上胡旋正好下楼来，衣领敞着，头发零乱，睡眼惺忪间打了个哈欠，微眯着眼看着楼下的众人，当真媚色无边。楼下客人中隐隐有唏嘘之声。

陈小妖看着胡旋，之前还不觉得什么，只觉得妖里妖气，此时看他却是妖媚异常。

而风畔只看到他身后一般人无法看到的巨大狐尾，不由得皱起了眉。

"我想你忘了我的警告。"风畔靠在楼梯的木栏杆上,腰间的葫芦晃了晃。

胡旋眼一沉,迅速又笑了,因为楼下还有客人,所以只是轻声道:"我们狐族最瞧不得没了情念之人,无情无念岂不太过残忍,我只是做了该做的事,并未杀生,还不至于半神你来收了我。"

风畔一笑,居然点头:"确实,我没有收你的道理,但若想要收你,谁又能拦得住我?"他又看了眼胡旋身后的尾巴,"不过你的这条尾巴倒是恢复得及时了些。"

胡旋抚着自己的尾巴:"那是我的事。"

他说着,同时向正喝着粥的陈小妖招招手道:"小妖,吃完饭,可要与我一起玩去?"

陈小妖抬头看看他,想起他昨夜在街上吻她的额,微微有些窘。她虽然不懂世故了些,但师父说妖也要有妖的矜持,可不要轻易任人占了便宜,昨天这人算是占了自己的便宜吧?他今天又想做什么?

"不去了。"她摇了摇头,又往嘴里塞了两口粥。

"有好吃的东西也不去?"胡旋继续诱惑。

陈小妖耳朵动了动。

"小妖?"胡旋又叫道。

"她哪里也不去。"一旁的明了替她答,"吃了早饭,我们便动身离开此地。"

胡旋不理会他,走到陈小妖跟前:"你昨晚答应过的,要与我一直在一起。"

陈小妖眉一皱,一口粥差点儿呛到,自己何时答应过了?怎么不记得有这回事?她一把将胡旋推开:"去去去,才不要与你一起。"虽然美得很,但又不是自己喜欢的那一类。

喜欢?她猛地被脑中冒出来的这个词怔住,何谓喜欢?为何要说喜欢?

"小妖?"胡旋的脸竟因她的话顿时失了颜色,"此刻你又不认了?"

陈小妖看着他那天地为之变色的表情，好像是要哭了，怔了怔，这是哪般跟哪般，想说什么，嘴张了张，却又不知从何说起，干脆躲到风畔身后，觉得今天一团乱，什么都乱，尤其是自己的心。

风畔竟然还能笑，将陈小妖拉到跟着："你可答应了他？"

陈小妖猛摇头。

"你还说喜欢我呢，小妖，"胡旋微微凑近她，同时又对风畔轻声道，"不然你觉得我如何解她的情念？"

风畔的眸光闪了闪，看向陈小妖。陈小妖一副忍无可忍的样子，反过来瞪着胡旋道："我怎会喜欢你，我有喜欢的人。"

"谁呢？"

"他。"陈小妖直接将离自己最近的风畔推到跟前来。

风畔可能是没有站稳，生生被她往前推了两步，脑中莫名地闪过一道白光，他愣了愣。

"你不嫁也得嫁，嫁也得嫁？"有人似对着一个女子这样说。

女子道："我有喜欢的人了，绝不嫁。"

"是谁？"

"他。"另一个人被推上来。

三个人，这样的对话，这样的场景，看不清脸，只看到模糊的身影。

与现在几乎一样的情况，风畔下意识地看向陈小妖，心不知为何竟然抽痛了一下。

他忘了什么，他漏记了什么，似乎有什么东西因脑中的那道白光风雨欲来，却被挡在迷雾中。他其实可以掐指算来的，却生生忍住。

前世的事可以记得，也任其忘记。这是前生留给今世的一句箴言。

记得的便可记得，忘记得便任其忘记。

于是又平静下来，风畔轻笑着问陈小妖道："我何时成了你喜欢的人？"

陈小妖脸一红，忸怩了下，心想这个人怎么不帮着她呢，早知道就该把明了推上去。看那胡旋仍是看着她，等着她答，她心有不甘，却也不知此时该说什么，却看到桌上的粥，便扑上去："粥还没吃完，吃完结账。"说着低着头猛吃。

胡旋看她的样子，一笑，看着伙计正好端过一盆酱牛肉准备送去别桌，便拿了过来放到陈小妖面前："慢慢吃，反正结账的是他们，你是要留在这里的。"

陈小妖又呛了一下，狠狠地夹了几块牛肉在嘴里，冲胡旋道："休想。"

风畔看着她的吃相，忽然说了一句："今天不走了，账明天再结。"

啥？陈小妖张大嘴。

通常，事情的发展往往是连锁发生的，这头的因被揭开，彼头的果也在蠢蠢欲动了。

陈小妖做了一个梦。她不常做梦，做梦也都是不断涌现的食物，让她应接不暇。

她梦见又回到了以前的那座庙里，梦到自己像猴子一样蹲在庙院内的榆树上，有个英俊的和尚朝她举着糕点，轻声引诱着："下来，有好吃的。"

她就这样扑下去，抓了那糕点就往嘴里塞，那和尚轻笑着拍她的头，道："慢点儿，慢点儿吃。"

那嗓音极温和，带着陈小妖从未接触过的男性魅力，渐渐蛊惑了她。

然而梦境忽转，梦里她时常去找那个和尚，总是趁他不注意抚一下他的光头，或是弄乱他只下到一半的棋局。他只是笑，从未生气，于是她壮着胆子问："你叫什么？"

和尚一笑，如梦里满山的春花。

"我没有名字，我只有法号，贫僧法号'静海'。"

静海，静海。

梦中她最早学会写的不是自己的名字，而是静海。笔画繁复，却不厌其烦地写着，一遍又一遍，与后学会的她自己的名字写在一起，歪歪扭扭的，却欢天喜地地拿去给和尚看。

和尚笑着拍她的头，奖她两块糕点。

"和尚，和尚，'喜欢'两字怎么写？"她问他。

他轻轻一怔，拿了毛笔写给她看。

她看得出神，第二天她就把"喜欢"两字写在她与他的名字之间，虽然满手的墨，却对着太阳快乐地笑。

她又拿去给和尚看，和尚这次没有笑，只盯着那几个字半晌，轻轻地放在一边："再不许在这两个名字间放这个词，再不许。"

他忽然板着脸，之前任她再怎么胡闹也不曾失了笑意的脸此时却是严肃的。

为什么？为什么不许？

梦中一遍遍地问，没有答案，人却醒了。

醒来仍是沉沉的夜，陈小妖猛地坐起，下意识地往身旁看。这次，她没有睡在风畔的身边。

没来由地寂寞起来，因那个梦，心里空空的，该不是又饿了？

她下了床，开了窗看窗外的夜。

好真实的梦。

"静海。"她有些陌生又似无比熟悉地念着这个名字，伸出手指在窗台上慢慢地写这两个字，一笔一画竟像是举手抬足那般熟悉。

似有人坐在对街的屋顶上，冲她微微地笑。她惊了惊，那人已踏风而来，转眼已到她的窗前。

"小妖儿。"暧昧的气息喷到她的脸上，说不出的妩媚。陈小妖反应过来，伸手要去关窗，那人已跨进屋来。

"长夜漫漫，是不是想我了？"胡旋倚在窗旁，看着正瞪着他的陈小妖。

"什么长啊短的，我要睡了，快出去。"陈小妖凶巴巴地赶人，心想这就是师父口中的登徒子了。

胡旋却直接往床沿上坐，没有走的意思，眼睛盯着她脖子上的那串七色石，半晌没动。

"情念已开，你还是对着我无知无觉吗？"他说着手伸到脑后拨了拨自己的头发，百般妖媚。

陈小妖愣了愣："什么情念已开？"

胡旋笑笑，看着陈小妖，并不答，而是道："小妖，我喜欢你，你可愿意跟我一起？"

还没有谁对陈小妖说过喜欢呢，此时猛然听到这只狐狸这样说，陈小妖有点儿蒙，今天是怎么回事，尽是些喜欢不喜欢的？而这一切全在见了这只狐狸以后。

她忽然有些生气，听师父说过，狐狸就喜欢干些媚惑人的事，西山的那只狐狸就把东山的那只鸡妖迷得团团转，还不就是为了把鸡妖吃了。

"才不愿意与你一起。"陈小妖将他推开些，狐狸总是奸诈的。

胡旋听她这么说，也不生气，仍是笑道："小妖是听我这样说不好意思了吗？"

陈小妖只觉得烦："什么不好意思，去去去，我要睡觉。"她像赶苍蝇那般赶他。

胡旋趁机一把抓住她的手，看她虽然厌烦却表情纯真，眼一沉，猛然向前："小妖儿，你真是可爱，让我越看越喜欢。"说着人向陈小妖靠过去。

陈小妖头皮一麻，想推开他，却正好看到他的眼中忽然冒出的点点狐火，顿时动弹不得。

那是媚术，胡旋最擅长的，看陈小妖不再挣扎，便倾身要吻上去。

身后忽然一阵寒气逼来，胡旋前倾的动作猛然一顿，回身看过去，却见窗口不知何时已站了个人，冷冷地看着他们："你想我把你的尾巴再收回去吗？"

胡旋人一震，眼中狐火同时隐去，松开陈小妖，笑道："她实在可爱，一时有些把持不住而已。"说完，冲那人狐媚一笑。

那人只是冷笑，却忽然手一扬，这边的胡旋便倒飞了出去，撞在墙上。

陈小妖吓了一跳，跑去看窗边那人，虽看了个真切，却是愣了愣。

那人又走近了一些，让陈小妖看得更清楚。

陈小妖"啊"的一声，张大嘴，伸手指着他，人下意识地向后躲了躲。

"我不是来杀你的，"那人浅笑着。

"那你要干什么？"陈小妖惊慌地问道。

"带你走。"

"去哪儿？"

"离开风畔，与我一起。"

什么与你一起？陈小妖愣了愣，再看看眼前的人，确定自己没有认错，人跳起来："你是不是中了邪啊，为何要跟你一起？"陈小妖觉得他不大一样，却又瞧不出哪里不一样，只是觉得这样的夜晚实在诡异了些，难道自己还没睡醒？她用力掐了自己一下，却是痛的。

看着她的动作，他轻轻笑着："我没中邪，我是当真的。"

陈小妖盯着他半晌，看他确实不像在骗人，便用力摇头，道："我跟你走做什么，你老想杀我。"

"这回却是不杀你。"那人兴许是烦了，伸手来抓起陈小妖，"不与你废话，走了。"

陈小妖还是反射性向后躲，他眼一冷，伸手将她抱起。

陈小妖下意识地想叫，却被他捂住嘴向窗外跃去。

外面月正当空，那人抱着陈小妖轻轻落在空无一人的街上，怀中的陈小妖一直在挣扎，脚踢了他好几下，他有些怒了，正想将她打晕。

"你是要带她走吗？"身后有人忽然道。

他一怔，回头，却是风畔，一身与月光同色的衣服，一派平和地站在他身后。

"该死！"他轻咒一声。

"将她放下。"风畔冷声道。

他轻笑："不放呢？"

"那就休怪我不客气，"宽大的衣袍下现出那只葫芦，风畔将葫芦拿在掌中。

他一笑："想用葫芦收我，却未必收得了我。"说话时，人已抱着陈小妖飞了出去。

风畔毫不迟疑，跟了上去。

两人跃上一处房顶，远远地对峙。

"你的妖力变强大了，"风畔看一眼已变成紫色的月亮，眯眼看着眼前的人，"你到底是谁？"

"我嘛，"他一笑，"我是明了，你认不出来了？"

风畔往旁边移了几步："我知你是明了，但你此时的妖力已远远超过了我所认识的剑妖。"

"是吗？"明了也往旁边移了几步。

风畔看了一眼还在挣扎的陈小妖，道："你当初说你是剑妖也是镜妖，巧得很，那日我去妖界取水来引那条淫鱼现身，在妖界的大门上正好看到了剑与镜的图腾，我即刻想到了你，能在妖界大门上出现的，在妖界的地位一定不低。"

"哦？却是怎么个不低？"明了表情变了变，干脆将陈小妖放下。

陈小妖想站起来，可屋顶高低不稳，她只好又坐下，看着旁边的明了，不明白虽然晚上的明了是凶了些，此时却不止凶那么简单。

风畔眼睛看着陈小妖，道："所以我托天蚕问了一个在妖界修行的老朋友。他说，只有妖界之王才有资格将自己的真身刻在妖界大门上。"

"妖界之王"四个字一出，一旁想着怎么站起来的陈小妖愣了愣，抬头看向明了。

此时的明了还哪里有平日里的样子，竟隐隐带着唯我独尊的气势。

"原来你早就知道我的身份，"他垂头拍了拍陈小妖的头，"没错，我和那镜妖就是妖界的王，白天他统管众妖，晚上就是我的天下。"如果不是两人的元神缠在了一起，共用一个肉身，妖界就是他一个人的，这也是他感到郁闷的地方。

陈小妖倒吸了口气，她是妖，怎会不知妖界之王？那是统帅妖界的人物，再大的妖也要向他俯首称臣，她的想象中，妖界之王至少有一座山那么大，走一步这天地都要震动，怎么可能是眼前这个瘦弱的道士？骗人的吧？

"你们神界与魔王的那次决战，虽是两败俱伤，却拖累了我们妖界，你这只葫芦前世收了我不少的手下。"只听明了说道，"因果轮回，前世你未成正果，这一世仍要继续用那葫芦收我的手下，以借助这股妖力助你飞身，我本是想看在神界的面上，助你这一世修成正果，也免得再有下一次的轮回，害我妖界众妖再受一次劫难。"他说着看了眼风畔手中的葫芦。

风畔却只是看着目瞪口呆的陈小妖，表情全没陈小妖的吃惊。

"那与这妖有何关系？"

明了一笑，低头也看了眼陈小妖："我知道，若要成正果，到最后你必会杀了她，我本想听之任之，不过是多牺牲一只妖，可是，我妖界正好缺个妖后，我看上她了。"他说这话时，还未缓过神的陈小妖微微颤了一下，转头看向风畔。

风畔的眼沉下来，如身后墨色的夜："妖后？晚上的你不是只想杀了她？"

明了微微笑道："是，初时我是想杀了她。她道行太低，只知吃喝，实在是只不成气的妖，但那镜妖却喜欢得紧，虽然我们脾性不一，但心却是同一颗，该是受那镜妖影响，他想立她为妖后，我已是不反对。"他看到风畔的表情更沉，继续道，"但呆子镜妖说，只要开了她的情念，这妖定会慢慢喜欢上他，到时让她自愿随他离开，我却没他有耐心，先绑了回去，有的是时间培养感情。"他说完冲陈小妖冷冷一笑。

陈小妖全身抖了一下，往后缩了缩，虽然她没全部听明白，却大体听懂了，这妖王要带她回去做妖后。妖后？是做他的皇后？听着就怪吓人的。她想着又往后缩了缩。

明了却忽然伸手过来，将她拉起："该说的说明白了，你这就随我回妖界去，那镜妖想在人间混，我可是想回妖界过逍遥日子去。"

说着，完全忽略风畔，就要走。

一股丝忽然缠上他的手。

"且听听我答不答应？"身后风畔道。

明了盯着手上的丝，轻轻笑了一声："就凭这区区几根丝？你难道忘了，这天蚕虽成了正果，却本也是我妖界的妖物。"手一抖，那一股天蚕丝竟从他的手上滑脱。

风畔一怔，一扬手，收回了天蚕丝。

隐隐地，那明了的妖气似又盛了几分。风畔眯眼看着他，并没有要再出手的意思。

"你是妖王，你知道此妖对我意味着什么，你是确定要坏我修行？"风畔口气淡淡的，却带着冷意。

"我不想坏你修行，不然这上千只的妖不会任你收取，只是碰巧，我看上了这妖。"明了看着风畔，道，"我不似那只镜妖，温吞好欺，喜欢我就动手取了。"说着忽然跃起，却是要带着陈小妖离开。

风畔眉峰一紧，人跟着跃起，手间同时拍出好几道龙火。

那龙火映得夜空一片红，将明了困在其中。明了手一翻，顿时周身拦出一道结界来，将那龙火挡在结界之外，竟是未伤到他分毫。

风畔看龙火被拦在结界之外，人盘膝坐下，口中念念有词，那声音顿时变成无数道音波，直向那结界，结界因那声音东歪西倒，片刻便被破了。风畔口中未停，咒语继续源源不断涌出，只见明了猛地向后一跃，空出的手提剑一挥，那几道咒语便被斩断，他同时挥舞手中的剑，那自风畔口中涌出的咒语便被阻在剑气之外。

"你这'屠妖咒'不能奈我何。"明了说话间忽然剑花一抖，剑气带着妖力向风畔疾速而来。

风畔口中咒语仍旧不断涌出，那股剑气在他周身转了一圈儿，劈空而来，竟在离他面门几寸时凭空停住。风畔轻喝一声，那剑气顿时散去。

"没想到一个半神竟有如此身手，"看到自己的反击被化去，明了轻轻地笑，"但也不过只是半神而已，既然开打了，那就让你看看我的本事。"说着将陈小妖放下，手中长剑往自己另一只手臂上一抹，几滴血染上那柄剑，空气中顿时妖气大盛。

风畔眼看妖气四起，脸色一变，同时明了已将手中的剑掷出。

那并不是普通的剑，几滴血，足可以将妖界的力量引到那把剑上，所以那一剑当真非同小可。

剑锋划过带着破风之声，血腥弥漫着整个夜空，风畔稳稳地站在那里，等剑靠近时忽然长袖一卷，那刺来的剑势顿时被打偏，却贴着他的身体而过，"嘶"的一声，袖子被削了下来，手臂上开了一道血口。

一旁的陈小妖看到这情景顿时张大了嘴巴，神也有被伤到的时候？

却看到那把剑尝到了风畔血的味道，竟似长了眼睛，剑锋一转，自己朝风畔刺去。

顿时，一人一剑缠打起来。

明了冷眼旁观，好久，见那剑始终无法靠近风畔，不由得自语道："幸亏是个半神，不然神力真不能小觑。"说着，闭上眼，口中默念咒语。

陈小妖看到有白色的一团气自明了的身体内飞出，向着那把剑飞去。陈小妖认得，那就是所谓的元神。

她看着那道元神飞入剑中，那剑妖已与那剑合为一体。

分明是明月当空，却隐隐有雷鸣之声，而原本不知哪家一直吠叫的犬忽然不再叫，改为低低呜咽着，似恐惧至极。

陈小妖再笨也知道眼前的这场打斗着实惊心动魄了些，妖王与半神打架啊，要是师父知道一定兴奋得不得了，忙着看热闹。

陈小妖心惊胆战，眼看那剑妖与剑合为一体后妖力大增，风畔已渐渐有了疲态，衣服上好几处被割开，伤口也多了好几道。

怎么办？她是坐着继续看，还是趁他们打架自己逃了呢？万一那半神被打死了，自己脖子上的束缚也会同时消失了吧？对，现在就逃了，她才不要做什么妖界的皇后。

人爬起来，正要偷偷溜走，却听旁边一直没动静、以为只剩个躯壳的明了忽然发话："小妖，你这是去哪里？"

"啊？"陈小妖整个人一寒，不是元神出窍了吗，怎么还有反应？

再看明了，果然如往常的样子看着她，她不由得指着那边的剑，抖声问道："你不是在那里？"

"你忘了我们是两只妖吗？"明了看着陈小妖，他本是在休息的，却不想被吵醒，而那剑妖竟然趁晚上的时间替他干了这种事。

"你是，白天的那个？"陈小妖忍不住又往旁边躲了几步。

"没错，除非他元神出窍，不然我是不会在晚上醒来。"明了看了看那边的战局，那剑妖真是自说自话，但看现在的情况似也无法挽回了。于是他略迟疑了下，脸顿时又红了，看着陈小妖道，"小妖，我带你回妖界，你可愿意？"

陈小妖愣了愣，看看明了，心里想，白天是那样，晚上又这样，她才不要和这种人一起，何况是做妖后，呸呸呸，才不要。

"我要走了，你不要拦我啊。"她知道白天的明了好欺，便凶巴巴地瞪了明了一眼，准备逃走。

"小妖，到了那儿你想吃什么就吃什么，我会对你很好。"身后的明了道。

说到吃，陈小妖的脚便再也迈不动，回身看着明了，忍不住道："真的？"

"真的。"

陈小妖有些犹豫了。

"你等我一会儿，我且助那剑妖败了风畔再说。"见她犹豫，明了知道这妖已是心动，再看了眼那边的情况，那剑妖已是万年妖力，竟仍是对风畔无可奈何。他本不想与神为敌，毕竟六界有规矩，不可再战，但既已战，那就不必再犹豫。

且败了他，速速带了小妖走。想着，明了飞身跃起，向着风畔。

陈小妖瞪大了眼，两个打一个，太不公平了吧。她虽是不怎么喜欢风畔，甚至决定恨他，但这样也太欺负人了些。陈小妖不由得有些同情风畔，她忘了这其实是个逃跑的好机会，不由自主地注意起战局。

那是妖界的王，是与魔并驾齐驱的人物，与魔大战时，风畔也不过勉强占了上风，此时他以半神的能力，已渐渐不支。

"行了，"明了刺出一剑，忽然收剑退到一边，看着风畔身上的伤道，"你现在并不是我的对手，就算我带小妖走，你也拦不住我。我不想伤你，我们到此为止。"

手中的剑妖挣了挣，似有不甘，只是元神还在剑中，被现在是镜妖的明了握在手中也没有办法。

风畔低头看了眼身上的伤，一百多年来，还是第一次有人伤到他。他吐了口血水，看着呆坐在不远处的陈小妖道："若我死也不肯，你将如何？"

"杀了你。"风畔话音刚落，明了手中的剑忽然挣脱向风畔刺去。

一切太过突然，连明了也是一愣，风畔又哪里躲得开，一剑竟直刺他的胸膛，他一口血喷出来，人跌在地上。

陈小妖将一切看得真切，顿时傻住，那半神中剑了，怎么可能？她一下子站起来，看着风畔满身是血，不知怎的，心里的某处忽然没来由地疼痛起来，她抚住胸口，觉得古怪至极，人下意识地走上去。

"谁让你动手的？"明了看着还在风畔胸口的剑，一把拔出。

剑上滴着血。

"我动手何时要知会你，何况他说了死也不肯。"

明了一咬牙，看风畔脸色苍白，难道真要杀神？虽然眼前的人只是半神。

他本是想开了小妖的情念，让她慢慢喜欢上自己，并没有与神为敌的打算，却为何一夜之间事情变成这样的局面？竟与这半神兵刃相接，他隐隐觉得哪里有什么不对劲，然而又说不出是哪里。

身后陈小妖走上来，看到风畔的伤势吓了一跳，人有些傻了，再看明了手中还握着剑，以为还要刺风畔，便挡在风畔面前道："你还要杀他？"

明了这才回过神，看向陈小妖，垂下手中的剑道："我再问你一次，可愿跟我走？"见陈小妖有些惧怕的眼神，伸手想去抚陈小妖的头，陈小妖却后退了一步，他眼神一黯，"我虽是妖王，却并不是洪水猛兽，也会讲道理，你若不肯，我绝不逼你。"

　　陈小妖看他半晌，他手中的剑还在滴血，她心中颤了颤，用力摇头，道："我不要跟你走。"

　　明了的眼神变得暗沉，空着的手握了握，好久才轻叹了口气："也罢。"说着抬头看看头顶的月，夜还长，而这样的夜着实古怪了些。

　　远处有人在角落里看着这一切，冷冷地笑，一条雪白的尾巴在月色中甩动着，妖媚无比。

第七章

这一世，定要收齐一千只妖。

风畔是被妖剑所伤，所以伤口并不是用寻常法术可以治愈的，陈小妖看他刚准备喝口药，人便猛咳起来，一碗药拿在手里被震掉了半碗，余下半碗还在晃，她忙伸手拿过来，放在桌上。

风畔咳了半晌，抬头看她，看她盯着那碗药发愣，桌上的几颗糖竟然没有碰，微微有些意外。

他抬手，放在她头上，轻轻揉了揉，笑道："有东西也不吃，倒是新鲜事。"

小妖转头看看风畔胸口的伤，刚才咳嗽，淡色的衣服上又有血色沁出来，小脸皱了一下，道："你会不会死啊？"

风畔一怔，拿起只剩半碗的药一口喝掉，那是让陈小妖照他写的方子抓的，他现在的身体还是凡人肉身，既然受了伤，凡间的药还是吃得的。他原本放在陈小妖头上的手收回擦了擦嘴，反问道："你是希望我死掉还是能活下来？"

陈小妖抓过一颗糖塞进嘴里，想了想，伸手摸了摸脖子上的七色石，道:"若你要死了,能不能先把这石头取下来,我可不想戴着它回去,会被其他妖怪笑话的。"

风畔原本带笑的脸听到她的话,沉了沉,道:"看来你是盼着我死,好逃开是不是?"

陈小妖却摇头道:"你虽是对我不好,但我还不至于盼你死,不过已经好多天了,你的伤没有好转,伤口一咳嗽就崩开,不是要死了,还是什么?"

风畔听她这么说,脸色稍稍好转,低头看了眼自己的伤,那剑妖至少有万年的妖力,被他刺中非同小可,何况他只是凡人肉身,要不是他体内元神护着,确实早该死了。

他仰身靠在椅背上,看着陈小妖,若没有那串七色石她早就离他而去了吧?想起让她离开那魔时的万般不舍,心里竟有股涩涩的感觉涌上来。

对她不好?其实只是喜欢逗她,似乎是可以像明了那般宠着她的,但又下意识地与她保持着妖神间该有的距离。

到最后你必会杀了她。

明了的话跳进他的脑中,到最后,是的,所以他才保持着这种距离,不然,会下不了手,就如前世那般。

不过反过来,正是因为这样,是不是该对她好一些?因为她本就无辜,最后要白白赔上性命,所以前世他曾经对她很好吧,好到什么程度?他以为自己都记得的,现在看来有一些记忆在转世时选择了忘记,忘记了什么?为何要忘记?不知怎的,到此时他竟是有些好奇。

伤口还在疼痛着,而这段时间原本避他不及的妖怪也忽然增多,他一出世,整个妖界都知道他有只葫芦用来收妖,闻风丧胆。而现在,他受伤的事应该也在妖界传开,所以便多了些想趁他受伤,夺他葫芦的妖,毕竟葫芦里藏着几百只妖的妖力,谁得到,便能平白多个几万年的道行。

还好,这葫芦本就是神物,不是妖所能接近的。

见他许久不语,陈小妖以为被自己说中了,瞪大眼看着他:"你真是要死了？"

风畔回过神，笑了一下，道："暂时还死不了。"人转头看了一眼门口经过的和尚，这里算是座大寺，一般妖怪应该进不来，虽然妖怪并不能接近那只葫芦，但他也没有多余的力气来应付他们，所以带伤住进了这座寺院。"是不是有些失望？"他指尖敲了下桌面道。

陈小妖却只是低头看着自己的手指："那我们还要继续住在这里？"

"怎么？"

"我好几天没吃荤了啊。"她有些苦恼，其实以前在庙里时她也只是吃供品，都是果品糕点之类的，也没觉得多不习惯，被风畔带到尘世后，沾多了荤腥，只几天工夫，就很迫切地想抓只鸡腿来啃啃。

原来是这样，怪不得桌上的糖也没能引起她多大兴趣，方才他还以为是因为他的伤。风畔自嘲地笑笑，即使开了情窍，也仍是只猪妖。

想着，他解开上衣，露出身上的伤，可能是脱衣时牵动了伤口，微皱了下眉道："该换药了，今天你来替我换。"

"我？为什么？"不是一直是你自己换的？

"没为什么，过来吧。"因为是佛门清净之地，他是瞒着受伤的事住下的，根本不可能让他人帮忙，本可以让这只妖换药，但怕那道伤口吓着她，每次都是自己施法换药，却相当费力，此时见这妖这么没心没肺，便有意差她。

陈小妖还是第一次看到风畔裸着上身，除了那处伤口，整个上半身都非常诱人，照往常她是该直接流口水的，却不知为何脸红了红，有些别扭地走近些，看到他胸口的肌肉，咽了口口水。

"怎么换啊？"

"替我将纱布解开，把敷在伤口上的草药换成新的，再用纱布包好就可以。"他说得轻描淡写，看陈小妖愣在那里，便道，"愣着干吗，过来。"

陈小妖这才心不甘情不愿地走上去，看到那被血浸红的纱布，闭了闭眼，伸手解纱布。

风畔比那魔似瘦了些，怪不得上次魔受伤时比他要复原得快。陈小妖边解纱布边这样想着，却不知那魔出生时便不是凡胎，自然伤要比风畔恢复得快。

为什么纱布要缠这么多圈？她拉着纱布围着风畔一圈圈地转，手中纱布已一大团，风畔的身上仍没解完，脚步便又快了些。

风畔看她这么转，也任她，只是笑笑。

纱布解开时，原本附着伤口的草药已是血红，从伤口上落下，露出血肉狰狞的伤口，陈小妖瞪着那伤口，一时反应不过来，好深的伤口。

风畔空着的手已把草药准备好，也不由她换，直接把草药敷上伤口。

"等等。"陈小妖却忽然制止。

他停住，抬头看着她。

"你等我一下。"陈小妖说着奔了出去。

风畔看她奔出去的身影微微疑惑，草药仍在手中没有动。

只一会儿，陈小妖便端着一大盒热水进来，进门时还溅了许多，冲风畔道："以前我认识的和尚替被野兽咬伤的樵夫治伤，我看他是先替那樵夫洗净伤口的，怪不得你好不了，原来没有洗干净。"

说着，她放下手中的木盆，伸手想将里面的帕子拧干，因为是方才问庙里讨来的开水，所以极烫，她试了几下才敢伸手进去，极快地拧干，被烫得通红的手伸过去替风畔擦伤口："你忍一下，有点儿痛啊。"其实她也不知道痛不痛，但当时和尚就是这样对那樵夫说的，她也依样画葫芦。

可能是本能，她觉得那是痛的，所以擦一下便在风畔的伤口上吹一下，小脸极是认真。

风畔看着她的脸，感觉她的气息喷到伤口上一阵凉，然后热水浸过的帕子擦过又是一阵热，伴着伤口的疼痛，他心里忽然有股东西冒出来，极熟悉又极陌生，那是种难以承受的情绪，抓着草药的手下意识地握成拳。

有人一直在哭，还有人在轻声安慰。

"好了，好了，上了药就好了，"那人轻轻哄着，怀中的人儿却还在哭着，"你不是妖吗？以妖的复原力，明天便会好，哪儿用擦药，真没用，还哭鼻子。"那人笑笑地刮怀中人的鼻子，低头想亲她的额头，而怀中人却忽然抬头，两人的唇贴在一起。那人一笑，任她吻着，将她拥紧在怀中。

风畔用力地吸了口气，他看不清记忆中的脸，只是如迷雾般的片断，却让他不安，他伸手抓过陈小妖手中的帕子："行了。"说着就把另一只手中的草药敷了上去，"你出去吧，我自己包扎。"声音有些冷。

陈小妖一怔，马上瞪他一眼，真是好心没好报，低头看看已变成红色的水，哼了哼，端着木盆出去了。

屋里只剩风畔，他的手还捂着伤口，却没有动手包扎，听那妖在门外骂骂咧咧。他眼一沉，盯着手中的帕子。

方才心跳得好快。

只是看她的脸，看她小心翼翼的表情。

他想着方才自胸臆间涌出的那股情绪，冲破脑中的清静，搅乱了一切，那是情念吗？

晚饭又是青菜加豆腐，陈小妖真想念那油肥的鸡腿啊。

她不怎么想理风畔，采了院中的果子蹲在墙角边慢慢地吃，眼看着太阳渐渐西沉，她才站起身准备进屋去。

西院的地方传来阵阵香味，她进屋的动作停了停，转头望过去，像是烤鸡的味道啊，她口水同时不受控制地流下来，人下意识地往西院方向去。

香味似乎来自院墙之外，陈小妖施了点儿妖力，直接跃上了院墙。

有人在墙外烤着鸡，她顿时眼睛就直了，直接跳下墙，扑上去。

却在她扑向烤鸡时，扑了个空，她够不到。

"给我，给我。"她踮着脚想拿，同时看到胡旋妖媚的笑容。

"小妖儿啊。"胡旋轻轻地笑，终于把手中的鸡塞给她，看她接过，用力咬了一口，眼睛也笑得眯起来。

直到陈小妖差不多吃完整只鸡，胡旋才慢条斯理地说道："可有想我，小妖儿。"

陈小妖只顾吃，没理他。

他不以为意，伸了袖子替她擦了擦快从嘴角滴下的油，道："风畔的伤势如何？"

陈小妖啃完最后一块骨头，有点儿恋恋不舍地看了眼满地的鸡骨，自己再擦了下嘴，站起来道："我回去了。"

"不和我说话吗？"胡旋也不拦，在她身后道，"你回答我的问题，我明天还在这里拿了烤鸡等你。"

陈小妖停住："真的？"

"真的。"

"那你要问什么？"她马上变了态度。

"风畔的伤势可有好转？"

陈小妖看了他一眼，她一直觉得胡旋这人妖里妖气的，她不怎么喜欢，但想到烤鸡，还是道："唔……蛮严重的。"

"怎么个严重法？"

"伤口不愈合，一直在流血啊。"

"是吗？"胡旋的眼眯了眯，那剑妖果真厉害，刺中风畔的凡人肉身，估计是好不了了。

"小妖，事到如今，你为何还要跟着他，不想离开吗？"他凑近些陈小妖道。

陈小妖向后退了一步，有些嫌弃地看着他，觉得这狐狸实在可疑，分明是店老板，却跑来这里问一些莫名其妙的问题，到底安的什么心？

"我离不离开关你什么事？我要走了。"她说着想跃回寺内。

"要知，那风畔可是想杀了你。"胡旋在她身后阴恻恻地说道。

陈小妖再次停住，她几乎已经忘了这句话，上次听明了说过一次，但因为风畔受伤，她一时就忘了，此时听这狐狸又提起，她怔了怔，觉得心里很不是滋味。

"知道她为何要杀你吗？"胡旋绕到她跟前，"神魔大战时他失了一半的神力，坠入轮回，必须要在一世的时间内收集一千只妖的妖力才能助他再次成神，若一世的时间里没有集满，就要再入轮回，重新开始。"

陈小妖听他这么说，心似乎被什么东西拉扯了一下，低着头不说话。

胡旋看她略有所动，继续道："有些事往往是注定的，半神收妖修行，本没什么，问题是你偏偏是他要收的第一千只妖，若不收了你，他这一世的努力可算白费，又要等来世，而来世他注定还是要遇到你。"

陈小妖身体没来由地抖了一下，看着胡旋道："你究竟是谁？"

"我？"胡旋轻笑，"我不过就是只狐狸。"

他看看陈小妖的脸色，继续道："现在风畔手无缚鸡之力，你要么快点儿逃，等着他再追上你，要么，"他停了停，"要么，干脆将那葫芦从他身上偷出来如何？"

"我怎么知道你说的都是真的？"陈小妖用脚踢着地上的鸡骨头，觉得更讨厌眼前这只狐狸了。

"你可以自己去问风畔。"胡旋一双媚眼瞪着陈小妖。

陈小妖往后缩了缩，厌恶地瞪着他："我走了。"说着直接跃上院墙。

"明天我拿着烤鸡还在这里等你。"胡旋在她身后道。

眼看着陈小妖跃入寺内，他原本媚笑的脸沉下来。

风畔刚上完药，穿上衣服，陈小妖便冲进来。

风畔看到她油亮的嘴。"方才出寺去了？"他低声问道。

陈小妖一愣，他怎么知道？却被方才胡旋的话弄得心烦意乱，也无心问他怎么知道的，找了张凳子坐下，从口袋里拿出未吃完的果子，用力地咬了口，然后就这么看着风畔将衣服穿好。

风畔见她不答话，手上停了停，看向她，她分明是看着自己的，却若有所思的样子，这妖也会想事情了吗？

"以后不要轻易出寺，知道吗？"他又低下头穿衣服。

"风畔。"陈小妖吃完手中的果子，终于叫了一声。

"嗯？"风畔已穿好衣服，觉得略略异样，这妖没有这么正经地叫过他的名字。

"你说我和你有一段缘，是什么缘？"陈小妖问。

"为什么忽然问这个？"风畔皱了下眉，看向她。

"那日明了说你要杀我是不是真的？"她答非所问，似沉在自己的思绪里。

风畔脸色微变了下："你方才出寺见到了谁？"

"是不是真的啊？"其实她是不想相信的，但明了这样说，方才的狐狸也这么说，想着自己还被那石头困着，他又不放她走，定是想杀她，不然困着她有什么用呢？连师父都说她是只最没用的妖。

不知为何，陈小妖想到风畔会杀了她，心里就极难受。说不清为什么，她觉得胸口有什么东西堵着，于是便忽然哭起来，眼泪不断往下掉着："我不过才一百来岁，你就要杀了我吗？所以才用那石头困住我，怕我逃跑？"当真哭得极伤心。

风畔微怔了下，看她忽然就这么哭了，虽然以前她动不动就哭，却都是为了吃食这类无关紧要的事，而现在，定是遇见了谁。

"小妖儿，过来。"他冲她招招手。

陈小妖赌气不肯过去。

风畔也不再叫，站起身，看着窗外，忽然道："我若说真想杀你，你怎么做？"

陈小妖整个人抖了一下。

"现在风畔手无缚鸡之力，你要么快点儿逃，等着他再追上你，要么干脆将那葫芦从他身上偷出来如何？"

那狐狸的话猛地冲进脑海。

她用力吸了下鼻子，眼泪又掉了下来，道："你现在受了伤，一点儿力都没有，我先吃了你。"说着真的扑过去。

风畔只是举手轻轻一挡，将她拎在手中，而那样的力道又崩开了伤口，他眉微皱一下，道："我再不济，也不至于被你吃掉。告诉我，你方才见到谁了？"

陈小妖的手臂空舞了几下，道："就不告诉你，谁让你总欺负我。"

风畔轻笑了下，放下她，手同时捂住伤口，衣服上已被染红。陈小妖看着，怔了怔，又哼了一声，自找的。

风畔坐下来："那人叫你来偷我的葫芦吧？"

陈小妖一惊："你怎么知道？"

风畔仍是笑，也不答，道："不错，现在要取我的葫芦的确是好机会。"这妖确实不是自己的对手，但外面有的是人虎视眈眈。

"小妖，你若真帮他偷我的葫芦，你的脖子上就不止起泡这么简单，我只要多烫你片刻，你就必死无疑。"他的口气忽然转为严厉，满是威胁的口吻，显然是当真的。

陈小妖吓了一跳，下意识地跳开一步："你真是坏蛋，就知道用那石头吓我。"嘴上这么说，人却不自觉地发着抖。

风畔看着她的反应，眼神微微转暗，伤口在痛，他闭上眼吸了口气。此时若有人利用她，真的相当危险，要知，其他妖魔无法触碰的葫芦，唯独她是碰得的。

陈小妖还在生风畔的气，她拉着颈间的项链用力地咬了几下，牙磕得生疼，她本来是只无忧无虑的小妖，做错了事最多被师父打几下，却从未遇过性命攸关的事，此时，真的有人要她的命啊。

对于风畔，她有种说不清的感觉，有时候觉得他很熟悉，似乎是自己很早以前就认识过的人，有时就是一个陌生人，是个喜欢欺负她的大坏蛋。

她脚用力地踢着地面，口中叫着："踩死你！踩死你，看我不抢了你的葫芦再吃了你。"

她骂骂咧咧地准备进屋去，却看到屋里一个大大的身影。

"吓！"陈小妖退了几步，看着那突然出现的魔，"你怎么来了？"

墨幽一笑："我本就一直离你们不远。"

"你一直跟着我们？"

"没错，我知道那个半神受了伤，现在是机会。"墨幽走出来，看了一眼前面不远的佛殿，那里的佛光让他很不舒服，他不是那种道行低微的小妖，自然是进得了庙堂的，只是觉得浑身不自在。

"丫头，助我杀了那半神，夺了葫芦如何？"他凑近她，嗅到她身上的檀香又缩回来。

"我……"陈小妖向后退了一步。

风畔与方丈在品茶，谈论佛理，陈小妖听不懂，蹲在一旁用树枝在地上写写画画，然后又抬头看看那个方丈。

那方丈极年轻的样子，听说是远近闻名的高僧，这应该是极少见的吧，能做方丈的大多年纪一大把，像他这么年轻做方丈，她见过的也只有以前她待的那座庙里的那个和尚了。

她抬头看着天上的明月，想着很久以前，也是这样的明月，那和尚坐在石阶上教她下棋。当时月光极亮，棋盘上的黑白双子格外分明，他从最简的教起，而她总是不得要领，最后赌气，干脆双手在棋盘上乱抚一通，将整盘棋搅乱。

和尚只是轻轻地笑，伸出手指在她额头上轻弹一下，在她抚额痛呼时，将被她抚在地上的棋子一颗颗地捡起来。当时他穿着淡色的僧衣，月光一照，似整个人都散发着温润的光，她撑着头，对着他轻轻地叹："你真漂亮啊。"

他一怔，回头，看着她有些痴迷的脸，无声地抚抚她的头。

"小妖，在想什么？"风畔不知何时站在她旁边。她回过神，转头看他，他现在也是一身淡色的儒衫，整个人翩然出尘，竟与记忆中的那个和尚重合在一起，她微微一惊。

"没想什么。"好一会儿，她低下头，手中树枝在地上用力戳了几下。

"走吧，时间不早了。"风畔也不追问，看到方丈已经离去，才微微地蹙起眉，一只手扶在陈小妖的肩上。

陈小妖吓了一跳，下意识地扶住他："伤口痛啊？"

风畔只是点头："扶我回去吧。"

方丈邀他论佛，他不好推辞，毕竟寄人篱下，话多说了些，坐得时间长了些，伤口隐隐痛着。

年轻方丈走了一段才停下来，回头看着这位叫风畔的客人由小童扶着走远。

他将一直紧握的手松开，里面是一根极细的针，已被握得汗湿。

还是下不了手。

他看着那根针，轻轻地念了声"阿弥陀佛"，人一转，往不远处，自己的厢房去。

点了灯。

厢房里渐渐明亮起来，他走到桌边，手伸到桌底下，在下面的暗格里摸索了一会儿，然后拿出一本佛经。

是手抄的《金刚经》，赤色的墨迹，字体刚劲有力。

这本是寺里世代传下的，放在历代方丈房中佛像的底座下面，那年前方丈将主持之位传给他时曾说过这本经书的来历，那是用千年的蛇妖血写成的，以《金刚经》的佛性将那蛇妖镇压在佛经里，非佛法高深之人不可触碰，不然便会唤醒蛇妖，铸成大错。

他一直认为自己是佛法高深之人，他三岁识字，五岁便能通读经文，十岁与寺中高僧论佛法，所有人都认为他总有一天会飞升成佛，所以二十岁那年，当接受方丈之位时，他做了一件让他后悔终身的事。

他翻看了那本经书。

那本经文似有魔性，只看了第一句，便废寝忘食地想一口气读完。《金刚经》，他五岁时就能通读，那天他却看了整整一夜，读完经书后发现自己眼睛通红，嘴唇如血，自那以后，他的梦中就有一个叫梦茵的女子，自称是蛇妖。

这样的梦，一做就是十年。

十年里，他与那蛇妖在梦中成了亲，生了一双子女。

而醒来，他仍是看淡世俗的高僧。

"夺了来这寺中的男子的葫芦，我们就不止在梦中相见了。"梦茵在梦中跟他说，并给他一枚可以致人性命的毒牙，醒来，手中就握着那根针。

人总在现实与梦境中挣扎，他看着那根针，到底要作何选择？

陈小妖看风畔解开包伤口的纱布，伤口依然是这副样子，一点儿也没有愈合，但血却没之前那么多了。

是不是一直都不会好了？

魔说，杀了他，然后夺了葫芦。但陈小妖忽然想或许他这样也活不了多久，不如放过他，只偷得葫芦。

但他还是有力气将她用石头烫死吧？

到底要不要答应那魔呢？她将口中吃剩下来的果核在舌间滚来滚去，拿不定主意。

不管你答不答应，我今晚就来取。这是魔的决定。

屋外有呜呜的风声，风畔看到那只妖又在走神，多了一项情念，她的想法渐渐看不清，就像忽然长大再不愿与大人分享秘密的孩子，风畔有种莫名的感觉。

妖在他的心中不过就分可收与不可收两种，他以为她就是只猪妖，套上七色石便就是他的傀儡，任他使唤，但自那次她大声说不要跟着他时，他忽然觉悟，原来她也是有喜怒的。

现在有了情念，似乎更难控制了，如果她真的帮他人来夺葫芦，自己真的要如威胁过那样用七色石烫死她吗？

其实是杀不得的，应该说还没到要杀她的时候，但若真被背叛，他又会如何对付她？

心中有股情绪冒上来，他不知那就是纠结，以往遇到这样的情况他自有自己手段，此时却忽然有些乱了方寸。

他想到方才那个与他论佛的和尚，眉心尽是妖气。那和尚也是为葫芦而来吧，如果要夺，不如由他先开始。

他开始咳嗽，震痛了伤口，忍着痛，再次掐动手指，仍是一样的结果。

今晚有劫。

他轻吸了口气，终于开口冲陈小妖道："小妖，替我拿张白纸过来。"

陈小妖不明所以，觉得他又在使唤她，很不情愿地自那边的案上拿了张白纸放在他旁边的桌上："给你。"说完想走。

风畔却一把拉住她的手。陈小妖一惊，就想甩开，却见他用葫芦上的流苏对着她的指尖轻轻一弹，她的手指就破了，一道血自伤口处流出来。

"啊！"陈小妖叫了一声，"你这坏蛋，流血了。"说着哇哇大叫。

而与此同时风畔一口咬破自己的手指，没等陈小妖反应，自己带血的手指与她的手指一起，迅速在白纸上画了一张符。

"那是……"陈小妖瞪着纸上的奇怪符号，一时忘了手指的事，"那是什么？"

风畔不答话，手指抚过陈小妖指尖的伤，白烟散开，那道伤痕竟然就不见了，这才松开手。

人竟然极累，他微微喘着，将那张符折好，递给陈小妖："藏好，如果今晚……"他停了停，没往下说，又道，"明天遇到那方丈，趁他不注意，将这符拍在他胸口上。"

"这是什么意思？"陈小妖一头雾水。

风畔一笑："小妖，我今晚注定要死。"

"什、什么？"陈小妖瞪大眼。

"这道符是关键，到底要不要照我的话做，由你决定，"他眼神一暗，"也由天决定。"

他话音刚落，窗外有一股异样的气息袭来。

风畔闭上眼："魔已在门外了。"

彼岸花开开彼岸，奈何桥前可奈何？

他又闻到彼岸花的香气，夹着地狱的腐气扑鼻而来，还是死了吗？他幽幽地睁开眼，看到四周怒放的彼岸花。

真的死了。

重伤的人哪里受得住魔的一刀，没有挣扎就倒下了，自己从未如此不堪一击。

似乎在死的一瞬看到了那只妖的脸，是难以置信的表情，她似乎用力地推他，叫他名字，然后就什么都看不到，听不到了。

嘴角微微上扬，自以为是地想，至少她对他的死多少有些不舍得吧？

微微抬起头，远处有人拿着桶在浇这些彼岸花，他走过去。

是孟婆，拿着勺子一勺一勺地舀桶里的水，那水混浊不堪，隐隐透着叹息之声。

"孟婆，我们又见面了，身体可好？"他冲孟婆拱了拱手。

孟婆抬起头，看到他微微有些意外，道了声："不该啊，"同时扔了勺子掐指轻算，"这一世，你阳寿未尽啊。"

"的确，"他笑，"出了些意外，让我提早见到你了。"

孟婆看看他胸口上的那记致命伤，哼了哼，又低头浇花："即使是神也要爱惜做人时的皮囊，不然折你的修行哦。"

"这个我自是知道的，不过有时候我也无法阻止，不然何来此处故地重游？"他道。

孟婆又是哼了哼。

他不再言语，看着孟婆浇花，听她口中轻轻地念：彼岸花开开彼岸，奈何桥前可奈何？

那些带着叹息的水顺着彼岸花的花瓣掉入地中再无声息。

"那是什么水？"他不由得问了一句。

孟婆道："那不是水，是眼泪？"

"眼泪？"

"没错，一碗孟婆汤，两滴浊世泪，记忆真的能消去吗？不过是喝了我的孟婆汤后记忆化成眼泪存在我处了。"她说着又浇了一勺，"我老婆子集了这么些眼泪也没什么用，不如用来养我这些花。"

他看过去，一望无际的彼岸花开满了整个黄泉路，之所以开得这么艳丽是因为有这许多浊世的记忆喂养着它们？那么自己的记忆是否也在这其中？

"好了，今天就浇到这里。"孟婆终于放下勺子，手在腰上敲着，"要不要来我的奈何桥上坐坐？"

他摇头："暂时不去了，我先赏赏这些彼岸花。"

于是，孟婆拎着桶走了，走了几步却又回头。

"风畔，"她道，"你的记忆，我浇了那处开得最好的花了。"她手指着一处怒放的花。

风畔看过去，果然开得很好。

陈小妖确定风畔已经死了，没了鼻息，身体渐渐地冷下来。

她到现在为止都有些不敢相信风畔已经死了，胸口有种被堵着的感觉，让人很难受。她其实不想他死的，她只是有些动摇。

然而才动摇，那魔就杀了他。

她呆呆地看着风畔的尸身，身后墨幽来拉她，她动也没动一下。

"丫头，快拿起那只葫芦，我们走了。"受不了这寺中的佛光，墨幽有些烦躁。

"你为什么还是杀了他？打伤他，夺了葫芦不就行了？"陈小妖甩开墨幽的手。

墨幽一怔，看看风畔，冷笑了一声："怎么？不舍得了？之前还口口声声说讨厌他呢？"

陈小妖呆了呆，看着地上已凝固的血，是啊，为什么？

"快拿着葫芦，走了。"看她发愣，墨幽又催她。

陈小妖这才走上去解风畔身上的葫芦，碰到他的手时，她停了停，拉开他的袖子看到那串七色石。她伸手小心翼翼地碰一下，脖子上没有痛感，再碰一下，仍是没有。大概人死了，这石头也失灵了吧，心中并没有多少喜悦，她又去解那只葫芦。

葫芦极轻，拿在手中并没有多少分量，怎么也不像存着几百只妖的妖力，管他呢，反正又不是自己要的东西。

她被拉出门，离开时又回头看风畔。

"这寺里的主持真会好好安葬了他？"她问墨幽。

墨幽已很烦躁，拉着陈小妖："会的，会的。"如果再待下去，他真会发狂用羁云刀毁了这座寺庙，只是这是佛的道场，他暂时不想与佛起冲突。

两人往外走，陈小妖正好看到另一方向昨晚那个方丈朝风畔住的禅院去，而也是因为看到他，她忽然想起风畔之前用两人的血画的那张符。

她下意识地伸手在怀中摸了摸，那符果然在自己怀中。

"明天遇到那方丈，趁他不注意，将这符拍在他胸口上。"

那是风畔的交代，她不明白风畔的意思，现在仍是不明白，那方丈是妖吗？他临死也想着要捉妖吗？拍在方丈的胸口上？现在风畔死了，这交代也不作数了吧？就算方丈是妖，现在收不收又有什么关系呢？

她将手缩回来，再看一眼那边的方丈。你可要好好安葬风畔啊，她心里说着，然后拐了个弯，随墨幽出寺去。

风畔还是来到了那片吃了他前世记忆的彼岸花地，前世被他遗忘的都在这片花地里吗？

终还是忍不住，也是孟婆看透了他的心思，指了这处所在。

他想知道那些被遗忘的记忆。

不仅因为现在死了，就算之前未死之时，他也渐渐地开始想知道那些记忆，且越来越强烈。

前世记忆，忘记便忘记了，又何必再记起？他一直用这句话阻止自己，现在看来那不过是掩耳盗铃似的自欺欺人。

忘记并不表示不存在，如果前世记忆，与今世再无瓜葛，那么忘便忘了，只是前世连着今生，他又该如何粉饰太平？

人仰躺在花地里，他忽然想，轮回便是历劫，历劫便要透彻，难道这回是上天要让他透彻个彻底？他的死、这片彼岸花地、孟婆，还有浇花的眼泪，不过就是为了将他引入这片花地的因，而果呢？难道就是前世忆？

既然前世连着今生，那就让你透彻地记得，若这样仍能大彻大悟，那便是成了正果，上天是这个意思吧？

原来如此，他轻轻地笑，转头看向那片花海，忽然微微蹙眉。

只是，近情情怯，记忆就在眼前，他忽然惶恐起来。

出了寺往北走，陈小妖跟在墨幽的身后越走越慢。

"丫头，怎么了？"墨幽回头看她。

陈小妖摸着肚子："唔……饿了。"

墨幽停下来，看着陈小妖，分明是说饿了，却是若有所思的表情，于是道："丫头，你是不是舍不得那个半神？"

陈小妖一怔，她也不知道，只觉得心里烦得很，通常这种情况是因为饿了，所以她还是道："是饿了，你请我吃东西。"她指指路边的饼铺。

墨幽哼了哼，从身上摸出一块碎银子，扔给她。

陈小妖拿了银子就往饼铺去。

咬了两口，发现并不像以前饿时那样想一口气把整个饼吃完，她低头看着手中的饼，怎么搞的？好像并不好吃呢。

却忘了，她对吃的东西一向只分可以吃和不可以吃两种，又何来好吃与不好吃？

她不甘心地又咬了一口，还是不好吃，下次不买这家的饼了。她心里想。

虽然不好吃也舍不得扔掉，她将饼放进衣服边的小口袋里，转身看哪里还可以买吃的东西，因为心里仍觉得烦。

一手拿着买饼找下的钱，一手拿着风畔的葫芦，她立在街头忽然觉得自己很奇怪，分明是饿了，却一点儿吃东西的想法也没有。而这种感觉似乎很久以前也有过，那时，她整整三天没吃过东西。

什么时候？她抓着头，似乎是那个老和尚死的时候，盘腿打坐的姿势，向庙里的和尚们说完一些她听不懂的话，然后就没了鼻息。因为他是坐着的，所以她一直以为他还活着，直到庙里的和尚将他火化，她才有那股奇怪的感觉涌上来，分明很饿却吃不下东西。

师父说因为她难受，所以吃不下东西。可是她不觉得难受啊，花妖姐姐被她丈夫打的时候她会觉得难受，她知道难受是什么感觉啊，那现在不是难受。

只是饿了。

"丫头，发什么愣？"墨幽推她一下。

陈小妖被墨幽一推，回过神，看着墨幽忽然道："我得回去一次。"

"什么回去一次？"

"回寺里，你等我一下，我马上回来。"说着，她就往方才出来的那座寺庙方向跑。

墨幽一愣，随即反应过来，一纵身人已到了陈小妖面前："死了的人，你还回去做什么？"

"我……"陈小妖眼神闪着，看到墨幽向她逼近了一步，她朝后退了退，只觉得心里越来越奇怪，似有什么东西扯着，让她非回去不可。她从没有这样过，又说不清是为什么，抱着怀中的葫芦忽然哭出来，"我也不知道，可是我一定要回去，不然心里好难受。"

墨幽眼神一拧，手指抵在她额头上，并没有被下法术啊，到底是什么让她非回去不可？他不信是因为风畔，她说过，讨厌他的，何况他已经死了。

"我随你回去。"他倒要看看她回去是为了什么。

他知道只要自己一闭上眼，沉入梦里，那些被遗忘的记忆便会被开启，一幕幕地出现在他眼前。

所以，他一直睁着眼。

头顶是地狱里混沌的天，远没有人间的天空那么赏心悦目，他看着眼睛有些痛，然后心里便想，那只妖现在到底在干什么？有没有照他的话去做？

有？没有？生？死？

全凭天。

陈小妖跑回寺里，并没有去看风畔的尸体是否已经被抬走。她直接拉了一个和尚问："你们方丈呢？"

问完才知道，她为什么要回来，因为风畔说要将那张符拍在那方丈的胸口，所以她回来了。

和尚指了方向，她就往那个方向去，是佛堂的主殿。

墨幽没法靠近，站在主殿外，忽然后悔，为什么要让那只妖回来？葫芦还在她手中，如果她进了里面再不出来，自己不是白忙一场。

他羁云刀已在手中，若是必要，毁了这佛堂又如何？

方丈没有得到那只葫芦，却看到那个客人死在禅房中。

当时，他微微失望又有些庆幸，失望的是因为他与梦茵只能在梦中相见，庆幸的是他不用再为了夺那只葫芦而犯戒。

然而现在，又觉得自己虚伪得可以。犯戒？心里不洁便已犯戒，自己又在庆幸什么？白日里的高洁清世，晚上的暧昧不清，自己早已不是什么高僧，而是已入了魔道了吧？

"佛祖，弟子明知错，却看不开，又该如何呢？"他跪在佛前，低声道。

"方丈。"陈小妖冲进佛殿。

他一惊，转头，正好看到陈小妖怀中的葫芦，原本空洞的眼带着一丝很难说清的情绪，人站起来。

"葫芦？"他朝着陈小妖。

而陈小妖同时从怀中摸出那张符。

当他的手伸向葫芦时，她手中的符也准确无误地拍在他的胸口。

四周顿时出现一道白色的光。

风畔看着手指，生前被他咬破，与那只妖一起画符的那道伤口，愈合了，说明，妖已经照他的话做了。

"不是说讨厌我吗？为什么？"他自言自语，手遮住眼，然后又松开。

"好吧，既然天指了方向。"说着，他闭上眼。

眼前一道白色的光闪过。

方丈看到了一个女子和两个孩子。

"梦茵。"他冲着那女子叫了一声，奇怪，他分明在佛堂，没有入梦，为何能见到梦茵？

梦茵却似什么也听不到，然后有一个男子走过来，轻轻搂住梦茵和那两个孩子。

他大吃一惊，那个男子竟是自己，只是穿着俗世人的衣服，留了发。

"若你偷到了那只葫芦，那就是你所憧憬过的生活。"有个声音在他耳边说了一句。

"是谁？"他转头寻找。

四周白茫茫什么也看不到。

"其实一切不过是欲望，你只是好奇而已。"那声音又说。

"什么？什么意思？"

"还记得你十五岁的时候吗？"

眼前有关梦茵的场景一转，是一条热闹的街。他认得，是寺外镇上的大街。

"那是你第一次出寺，也是你第一次看到俗世人的生活。"

那声音刚落，他果然看到一个小和尚在一家茶铺前坐下，讨了一杯水坐着慢慢地喝，茶铺的老板娘正背对着他在做事情，老板则在旁边让自己的妻子不要做了休息一下。

这一切没什么古怪，然后当那老板娘转头时他愣住了，那老板娘竟是梦茵。

"为何？这是怎么回事？"他大吃一惊。

那声音却并不回答他，而是道："你当时看着那对夫妇，你就在想，若不做和尚，像这样过日子不知又是什么滋味？是不是？"

他抓着头，眼睛仍是看着那个老板娘。

"我不记得了，真的不记得了。"

"那佛经镇的并不是什么蛇妖，而是你内心欲望的反射。你记得那个老板娘的样子，希望有这样的妻子，所以梦中就有了与老板娘长得一模一样的梦茵，你希望过俗世人的生活，所以你有了两个孩子。"

"不，不是这样的。"他拼命摇着头否认。

"灵珠，你的欲望已经把主意打到我的葫芦上了，你还不醒吗？"那声音暴喝一声。

他一惊："你是风畔，那个死了的人。"

"不错，我的符咒可以让我在你的梦境里活一个时辰，这点时间，足够让你看清自己的欲望。"

场景一转，又回到初时的场景。

"若得到葫芦，这就是你想要的生活，我且让你看全了这一生。"

相思骨
XIANG SI GU

·

170

"静海？好古怪的名字？你姓静吗？"那只妖奇怪地重复着这个名字。

"那是名，我没有姓的。"他笑，伸手抚了抚她的头。

是天的意思吗？他收妖经过此地，这只妖就在他面前，在他未收集完一千只妖之前就早早地出现在他眼前。

到底是为什么？

他指指桌上的糕点："这些都给你了。"

"真的？"妖睁大了眼，大快朵颐起来。

"你叫什么名字？"看她吃着，他轻声问。

"陈小妖。"她口齿不清。

"陈小妖？"他嘴角扬了扬，好直接的名字，手指沾了水在桌子上轻轻地写，"是这样写的吗？"

妖看也不看："我不识字。"

他笑了："我教你如何？"

她摆摆手："学这些做什么，没意思。"

"你每学会一个字我就给你一块桂花糕。"

"真的？"

"真的。"

……

妖缩在石头后面，蜷着身子。

他费了好大的劲才找到她，也不急着把她从石头后面拉出来，人坐在石头上拿了怀中的笛子轻轻地吹，一曲吹完又吹另一曲，直到月亮偏西。

"静海，我饿了。"她终于不甘心地从石头后面出来，抚着肚子。

"知道出来了？"他放下笛子看着她，"为何不理我，还躲起来？"

妖别扭地绞着腰间的布条，好半晌才道："因为你收了兔妖姐姐的花包。"

三月三，妖界的女子选情郎，送花包就是表情意，如果对方收了便是代表接受。

原来是这样。

他轻笑了笑，笛子在掌中拍了拍："那么你的花包呢？送给谁了？"

"才没有送谁。"她马上否认，看到他洞悉一切的眼，心里慌了慌，"我送谁跟你有关吗？"

他仍是笑，人站起来，手里忽然多了一个奇形怪状的东西："在我房中的书案上发现的，也不知是什么，是谁放在上面的。"

"什么不知是什么？那是花包啊。"她急急地说明，又马上惊觉自己上当，低着头不说话。

他笑得温柔，伸手抚她的头："走吧，吃东西去。"

她别扭地不肯走，他也不拉他，一个人走在前面，走了几步，转身对着她道："我并不知道你们妖界送花包是什么意思，方才来找你之前才刚刚明白，所以已经还给那兔妖了。"

她一怔，抬起头："真的？"

"真的。"

"那、那我的呢？"她指指他手上的怪东西。

"原来是你的啊。"他如梦初醒般，看着手中的东西，有些为难，"怎么办？要不也还给你，再说实在丑得要命。"

"你敢，收了怎么还，不行，不行。"她着急地摇手。

他看着她，没说话，那怪东西仍拿在手中。果然，那妖对他有情，抬头看着西沉的月，再转头看时忽然正色。

"小妖，我只是个和尚，而这个东西却是送情郎的，你以后莫要跟我开这种玩笑，"他伸手过去把花包递给她，"拿回去吧。"

"不拿。"陈小妖恨恨一声，转身，跑了。

……

那妖整整三个月没有出现，不来找他，他也不再找她，像两个从未遇见过的人，毫无瓜葛。

他以为心里会如平常一般平静无波，不过是只妖，虽然对他的修行至关重要，但绝不会放在心上。

他对她好，宠着她，只不过是为了她死时不要怪他太多，看似仁慈，实则残酷。

仅此而已。

然而，三个月。

三个月对修行的人来说不过弹指光阴，却渐渐地觉得度日如年，他希望有人对他说：静海，我饿了。

他曾好几次幻听，匆忙回头看，身后却什么也没有。

与人相处，平淡之交。

其实，也是会留下痕迹的，很深的痕迹。

"也许是在这里待得太久，该离开了吧。"他自言自语，本来就是一路收妖，巧遇了这只小妖，既然再无瓜葛，那不如继续他的收妖之路，待要收到第一千只妖时，再回来将她收了，也许那时，他会看透一切，妖还是妖，而不是现在甩不去的羁绊。想着，他真的去收拾包裹，他要离开。

与其说离开，实际是逃开一切。

一路缓行，山花烂漫，如同那妖的笑颜，他看着，终于忍不住，回头看了眼那妖在山中的家的方向，却望到一股带煞的妖气。

他下意识地往那个方向去。

这座山一直是风水极好的所在，树木葱翠间有太多的灵气游荡，各色妖怪精灵安身其间，若只是平凡之人，很容易就被迷了心智，迷失山林。

他身着素色的儒衫，虽然那些异样的气息近不了他的身，却难免被树枝荆棘钩破了衣服，人有些狼狈。

因何而往，不过是那带煞的妖气？

还是……

他停下来，轻轻地喘气，英俊的脸上带着薄汗。

还是因为他终于找到了见她的借口？

脸上扬起一抹极淡的苦笑，他又往前去。

就是那个洞口，不知是哪一朝的文人游历到此，在洞口写下"清风洞"三个字，那文人一定不知，清风洞里之后就住了一群妖怪。

妖若不伤人，他是绝不会与之为敌的，所以这清风洞他只来过一次，因为那妖说要让他认认洞口的三个字，因为洞里没人识字。

当时洞里的那些妖被他身上神的气息震得不敢近身，只能远远看着，只有他和小妖坐在洞口的岩石上。他笑看着那只妖用棍子打旁边枣树上的枣子，然后抓了一把，凑到他面前献宝一样："吃不吃？"

现在，季节不对，那棵枣树叶子掉光，更不可能有满树的枣子。

他看着那棵树，然后耳边听到有人在轻轻地哼着歌，他寻声望去，就看到那只妖，一身红衣，坐在洞口的岩石上，头发盘起，结了个漂亮的髻，双腿轻轻晃着，似穷极无聊地哼着歌。

那是新娘的打扮，为什么要作这样打扮？

他愣愣地看着她，不动。可能是目光也有感知，妖慢慢地回头，看到站在不远处的他，口中的歌停住。

"静海。"她轻轻地叫。

他说不出话，却被心中某种情绪怔住，人向后退了一步。

他错了。

不该回头，应该提着包袱头也不回地离开，那么几年后再回来时，他至少可以坦然面对她，甚至无情无意。

然而回头了，以为是因为那妖气而来，以为见到她也无妨，正好可以说声再见，却发现自己错得离谱。弹指一挥的三个月原来可以囤积这么强烈的情感，竟然因为那妖的轻轻一唤，想转身逃开，然后躲在一个无人的地方安抚自己狂跳不已的心。

所以，他真的转身，想走。

"我今天就要嫁人了。"那妖在身后忽然喊。

他脚步一顿。

"是狗妖，他就在洞里。"

原来煞气是那狗妖身上的，他下意识地握紧腰间的葫芦。

"我不喜欢那只狗，他身上的味道好臭。"妖低头缠着衣角，又抬头看他。

葫芦上的流苏几乎被他扯断，半晌，他终于回头，他想说那样很好，成了亲也不错，却忽然冒出一句话，连自己也吃了一惊。

"若不是看到那股煞气我来到这里，你是不是等到嫁了他也不会告诉我？"竟是恨恨的口吻。

妖，愣了愣。

"说什么不喜欢那只狗妖，那你为何三个月都不出现？却要在此时跟我说这些？"他手抚在胸口，微微地抖着。

"静海？"妖从岩石上跳下来，向他走了几步。

而他似忽然惊觉自己失态，愣在那里。

他垂下手，觉得自己太不像自己，他方才说的那是什么话？竟像是情人间的责怪，他是半神，又哪儿来这些俗世人的情绪？

"进去吧。"最后，他微微叹气，轻声道，"嫁人以后要听夫婿的话，不可以总是吵着要吃的。"说着转过身去。

若有一天真要杀她，自己如何下得去手？如何？

就算自己离开她几年，再回来时，真的能下手杀她？

正想着，身后忽然传来一阵破风之声，他一惊，猛然转身，却见一支箭速度飞快地向他射来。

而没等他反应，那妖已飞身挡在他面前，他头皮一麻，叫了声："快闪！"箭已刺穿她的肩。

来得太突然，若妖不替他挡，他必定中箭，而那发箭之人也愣了一下，扔了弓，却飞身准备接住妖跌下的身子。

而他忽然暴怒，一向云淡风轻，此时却面露怒意，手中龙火射出，逼退向他发暗箭的那只狗妖，一跃身，接住小妖。

那狗妖复又上来，他眼一横："我不想伤你性命，快退！"

狗妖一向暴虐，方才也是看到自己的新娘居然与其他男子说话，才放了此箭，此时见眼前的男子居然抱着小妖，更怒，口中念念有词，一股妖力便直冲向他。

他哪惧这种小把戏，提气一震，那妖力反弹回去，狗妖被自己的妖力所伤，倒飞出去。

他看也不看一眼，抱起小妖，转身走了。

······

妖脸色惨白地呻吟着，只知道吃的猪妖何时受过皮肉之苦，只是缠着他，就算到了安全的所在，他想将她放下，她也揪着他的衣襟不肯放。

他想板起脸让她放手，但看到她肩上的伤，终于狠不下心，任她赖在自己的怀中。

"好疼。"她嘤嘤地哭，眼泪流下来，颇有撒娇的意思。

他仔细看了下插在她肩头的箭，并不是妖物，只是普通箭矢，只要拔出来，以妖的复原能力，用不了半个时辰就会好。

"你忍一下，我替她将箭拔出来，"说着让她斜靠在自己身上，两根手指夹住穿过她身体的箭头，一用力，那箭头居然被他生生夹断，又扶起她，看看她的脸色道，"疼就叫出来。"同时趁她还未意识到他要干什么，抓住箭尾，一使力将箭从她身体里拔出来。

"啊！"她尖叫一声，箭已离了她身体。他眼明手快地按住她的伤口，不让血流得太多，她看着带血的箭，又是一阵大哭。

他扔了箭看她的模样，轻轻地笑，松开按住她伤口的手，果然是可怕的复原力，那伤口已经不流血了，于是安慰道："不出半个时辰，伤口就会复原，连疤都不会留。"

妖仍是哭。

他无奈，自怀间拿出白瓷瓶装着的金疮药来，那本是为他的远游准备的，倒出一些，轻扯开她伤处的衣服，敷在伤口上。

"好了，好了，上了药就好了。"他轻轻地哄着，怀中的人儿却还在哭着，"你要怎样才不哭呢？"他低头去看她，以前她也会哭，无理取闹般地哭，稍不顺心就哭，他一板脸也哭，他多半不理睬，任她在一旁哭个痛快，此时却无法不理会，只因她的伤全因他而来。

"你方才怪我了。"她抽噎着说。

"方才？"

"你说我三个月不出现，分明是你不想看到我。"她泪眼看着他，手轻轻地扯他的衣领有一下没一下。

原来并不是因为伤痛而哭，是因为他方才的话。他的眼沉了沉，抓住她的手。

不想见到她吗？还是逼着自己不要见她？

"小妖，你怕死吗？"他忽然问。

"死？"

"若有一天我要你的命，你会如何？"

"要我的命？"妖的眼看着他，眼中未干的泪淌下来，他想也没想地接住，然后看着指尖上晶莹的泪。

"为何要杀我？"妖问，"你真忍心杀我？"

不忍心，所以要逃开。他闭上眼，如有魔障缠身，生不如死。

"等伤复原就回去吧，去和那狗妖成亲，我送你回去。"他忽然冷下声音，手想松开她。

妖瞪着他，好一会儿才从他怀中站起来。

"若你今天不出现，你猜我会怎么做？"她幽幽地说。

他听着，无言。

"我会从寺后的山崖上跳下去。师父以前说过，只要不用妖力，妖怪也是会摔死的，让那狗妖娶不了我，因为他实在太臭。"

他听到这句话时，人颤了颤，眉头皱起。

"我若真摔死了，你会为我伤心吗？哪怕一点儿？"妖问。

"住口！"他却忽然大声叫她住口。

她吓了一跳，看着他。

他发现自己的手在抖着，不由自主地抖，自己竟连一个死字也听不得。他问她，若杀了她，会如何？此时她却问他，她若死了，他又如何？

其实是一样的问题，可他又为何胆战心惊？若他不去找她，此时她是不是已命丧崖底？

终于还是不舍，就算再逃开仍是不舍。

忽然明白，今生他再无可能杀她。

然后顿时坦然，今生不杀她又如何？他非要逆天而行又如何？

"小妖，"他伸手握住她的手，"我至多许你这下半生。"这世他不可能杀她，那他必定又入轮回，来世如何？他无法许诺。

"下半生？"

"我这下半生，是你的。"他轻轻地说，将她拉坐在自己腿上。

"什么意思？"她手下意识地圈着他的脖子。

"就是这个意思？"他倾身吻向她。

……

他早早地醒了，看着窗外山顶升起的紫烟。

已有两个月了，他在一处风光极好的地方设了结界，在结界里盖了他俩的住处。

神妖双栖，天诛地灭。

他们在逆天而行。

他知道有报应，所以他只许下半生。人生一半的时间对天来说太短，稍纵即逝，他认为报应不会来得太快，就算来，他也要想办法挡住。

然而……

妖，裸着身在他怀中熟睡，他低头吻她的额，然后眼睛停在她近胸口的那处红点上。

那就是报应，报应在妖的身上。

他闭上眼，几乎是每晚，他夜夜在梦中见到那个红衣女子，他比谁都清楚，那个红衣女子是谁。

"你不救我了吗？你竟然与那妖做出天理不容的事？你信不信我会毁了她，等她心口处布满了红点，她就得死，就算我不能重生，我也要让她死。"全是这样的话，用她略带尖锐的声音说出。

他一直忽略那红衣女子的话，但昨天看到那个红点，他知道不能再拖下去。

"小妖。"他眉一皱，拥紧她。只两个月吗？不是半世。是不是太短，太短了？

妖被他拥得太紧，醒过来，看到他眼中有晶亮的东西，伸过手去："你怎么了？"

他不言，低头吻她，越吻越深。

妖半梦半醒，承受着他忽然的热情，心微微觉得不安。

好半晌，他自激情中抬起头，看她，似要将她印进心里。

"能再说一遍，昨晚你对我说的话吗？"他说。

"什么话？"她还在喘着气。

"昨晚我吻你这里时你说的。"他低头吻她的胸口。

她脸一红，想起是什么话，却咬着唇不说。

他张口咬她一下："快说！"

"我爱你，静海。"她求饶，乖乖地说道。

"我也爱你，"没想到他马上接口说，同时吻上她的唇，"记住了。"

妖愣了愣，以为自己听错了，张口想要求证，他却不松开她的唇，狂乱地吻着，一只手同时伸到她的额头。

一滴泪自他眼中滴落，同时抚上她额头的手蓝光一闪，妖昏睡过去。

"这半世，我不想看你死，所以，我封了你的情念，连同你的记忆一起抹去，你醒来，再不会记得我。"

……

妖，试了好几次才敢进这座庙来，师父说庙是妖不能去的地方。

她爬到树上，偷看院中的一个和尚，他桌上有一盘透着香气的糕点。

"嘶！"口水不受控制地流下来，而同时那和尚发现了她。

"下来，这个全归你。"他笑着，拿起那盘糕点，递给她。

她飞快地抓了几块，又躲回树上，看他。

他只是笑，转身坐回桌前继续看经文，翻经文的手轻轻在抖着。

终于，她又回来了，只是一切归零，她再不记得他，也再不会爱上他。

只是一只无情无念的妖，而他成了出了家的和尚。

他许了下半生，只是没想到，这下半生竟是这样过的。

再次轻笑，他转头看树上的妖，仿佛又听到：静海，我饿了。

泪水，忽然涌出。

梦境里的一生转眼即逝。

方丈看到自己与那蛇妖的孩子长大成人，看到他们成亲，看到他们为了分家产的事大打出手，看到自己第三个孙子得风寒而死。隔了一年自己第二个儿子在外出做生意时被山贼杀死，然后他的妻子，那个蛇妖终于受不了俗世的纷扰，没有陪到他老死，在某一夜也离他而去。

不过眨眼之间他看到了儿子们各自成家的喜悦，也看到生离死别的痛处，最后他看到自己老了，生病了，躺在床上动弹不得，只有大儿子偶尔来看看他，然后他就在一个大雪的夜里孤独地死去。

似乎太快了些，像戏台上的人生，转眼就是几十年，但却又不似看戏般冷眼旁观，因为那是自己的人生，每一个人、每件事都与他有关。而因为太深刻，他觉得自己也随梦境里那个年老的自己一起老去，一起将一切看淡了。

原来，人生不过如此。

"你肯定在想，我给你看的一生未免太苦了些，"风畔的声音在此时又响起，"但这确实是凡人的一生，生老病死，悲欢离合，如此而已，而这并不是关键，关键是，所有欲望堆砌的一生，不管是喜是苦，到头来，不过是一梦黄粱，你总会死的。"

方丈听着风畔的话，看着那个躺在床上僵硬的自己，感同身受之下居然扬起一丝淡淡的笑。

"灵珠，你本是佛祖手中那串佛珠中的一颗，因在佛祖经过人间时忍不住多看了一眼，而被坠入轮回，我这张符不过一个时辰，醒来如何，由你决定。"符的威力在减弱，风畔的声音渐淡，四周的梦境也飘忽起来，而不过一眨眼，梦境退散，人仍在佛殿之内。

抬头，他正好看到大殿正中的佛，佛慈眉善目，微笑着注视他。他想起梦中看到的一切，再对上佛的眼。

昨日梦中他与梦茵厮守，方才梦里他却已看完一生人已老去，而现在他又是一身僧服对着佛祖，什么是真？什么是假？什么是实？什么是幻？谁说现实就是真，梦境便是假？本来无一物，何处惹尘埃？世间一切没有真假，其实皆不存在，迷花眼的只是人的心而已。

原来如此，他顷刻有种醍醐灌顶的感觉，

他低头对着佛祖再拜，抬起头时额上已有一抹淡淡的朱砂印。

陈小妖看着方丈的变化，张大了嘴。

"你知道佛祖手中的佛珠每一颗都各司其职，有一颗名唤灵珠，管的是神仙的生死，"方丈站起来，看着陈小妖，"风畔算准了自己会死，所以他用这一招来逼我顿悟，好去救他。"

陈小妖完全听不懂他在说什么，她只是听师父说过，佛界的人额上都有一抹朱砂，这和尚怎么忽然之间额上多了朱砂印，莫非是佛界的人？

方丈看看她："随我来吧。"

说着，人走在前面。

陈小妖愣了愣，抱着葫芦跟上去。

后院的厅里，风畔的尸体躺在正中。

陈小妖去而复返，此时又看到风畔，人下意识地向前走了几步，又停住，眼睛看着风畔。

"你方才那张符呢？"方丈冲陈小妖伸出手。

陈小妖愣了愣，将已淡去的符纸递给他。

方丈看了一眼："还好，并未完全消失，还有救。"说着口中念念有词，陈小妖看到他全身都亮起来。

那是什么？越来越亮，几乎睁不开眼，然后听到方丈忽然高声说了一句："彼岸花地不可久留，风畔，回来吧。"说着，手中的纸猛地燃起，方丈顺势一拍，直接拍进风畔的体内，风畔的身体同时震了一下。

"啊！"陈小妖跟着叫了一声，又凑近些看究竟，莫不是要活了？

果然，她看到风畔微微眨开眼，她吓了一跳，不知是不是条件反射，抱着葫芦竟然转身就跑。

风畔真的醒了，在一大片破碎的记忆中被生生地扯回，然后他先看到的是逃之夭夭的妖，等到看清，那妖的背影已消失在门外。

他太虚弱，完全动不了，只是看着那妖消失的方向，又闭上眼，心里是未散去的浓浓哀伤。

过了许久，风畔才有坐起的力气，看到方丈，轻声道了一句："灵珠，我欠你一份情。"

灵珠一笑:"你让我顿悟,也算互不相欠,不过,"他轻皱了一下眉,"不过,你不怕我执念太深,无法顿悟吗?如果再晚一步,那符上的字迹完全消失,我便救不了你。"

风畔轻笑:"你乃佛界之人,慧根深种,本来就该一点便悟的。"

"是吗?"灵珠若有所思地看了风畔一眼,"那么你呢?两世也无法让你悟吗?"

风畔眼神微沉,没有接话。

灵珠不再追问,道:"你且在寺中修养两天,我将你的伤治好。"

"谢了。"风畔道了声谢,手伸到另一只手上碰了下七色石。

陈小妖一下子跳起来,摸着脖子,颈间滚烫:"这个坏蛋,这个坏蛋!"说着不甘愿地往回走。

"哪里去?"墨幽看着她的动作,将她拦住。

"当然是回去。"陈小妖白他一眼,"你没看到那个坏蛋又烫我?哎呀,烫死了。"她在原地跳着。

"哪个坏蛋?"墨幽并不知风畔死而复生的事,看着陈小妖摸着脖子,眼神一冷,"风畔吗?"

"当然是他,不然还有谁?不行,我得回去,"说着,他抱着葫芦往回走,"早知道应该在他死后把他戴着七色石的手割下来,该死,真该死。"

墨幽一把拉住她:"你说那半神活了,你确定?"

"确定,确定啦,不然怎么能烫我?"陈小妖疼得哭出来。

墨幽看着她颈间的七色石真的闪着灼热的红,怎么可能?分明是一刀毙命,他还探过他的鼻息,确定已死,难道这寺里有高人救了他?

"我随你一起。"说着,墨幽跟在陈小妖身后一起进了寺里。

一进寺庙,恼人的感觉又来,墨幽握紧羁云刀,全身杀气重燃。

风畔远远就看到一魔一妖缓缓而来,魔一身杀气,妖抚着脖子前顾后盼。

他的视线一直停在陈小妖的身上，猛然间，有种恍如隔世的感觉。

恍如隔世？不是恍如，确实是隔世。

灵珠边替风畔疗伤，边笑盈盈地看着向他们而来的一魔一妖道："麻烦来了。"

"没想到你真的还活着，"魔扛着刀，冷冷地瞪着风畔，"还找了帮凶。"

风畔一笑，却并不理会，看着魔身后的陈小妖道："小妖，过来。"

陈小妖下意识地向后缩了缩，在墨幽身后道："过来做什么？"

风畔仍是笑："过来把葫芦还我，没有它我便没了武器，难道你想看那魔再杀我一次？"

陈小妖一怔，看看怀间的葫芦，竟然有些心动，要不，把葫芦还给他？

正想着，身前的墨幽却冷笑道："我前次杀你时，葫芦也在你手中，也不是照样死在我手中？"

"对啊。"陈小妖恍然大悟。

一旁看热闹的灵珠看到陈小妖的反应，忍不住笑出声："这妖果真有趣。"他又看了眼那魔，冲风畔道，"与前次神魔大战时几乎不能比，现在至多只及当时三成的魔力。"

风畔不语，眼睛仍是看着陈小妖，眼神微微有些暗淡，半晌才对灵珠道："既然只有三成，你可有把握对付他？我可不想再死一次。"

灵珠收回替风畔疗伤的手，道："我是方外之人，并不想蹚这浑水。"

"这么说，你想袖手旁观？"

"正是。"灵珠退了一步，真的站在一旁。

风畔唯有苦笑。

远处有钟声响起，惊起栖息在寺院屋顶的群雀，而同时，魔的羁云刀已经劈过来。

风畔坐着不动，身旁的灵珠只是念了一句：阿弥陀佛。

陈小妖没有缓过神来，没想到那魔说劈就劈，这已经是第二次看到魔劈杀风畔了，一日里两次，她下意识地看向风畔，他怎么动也不动？

灵珠的诵经之声不绝于耳，陈小妖分明是该看着那一刀怎么劈向风畔的，她却不由自主地看向灵珠，素色的僧服，英俊的脸，万事皆空的神情，她脑中忽然痛了一下，人捧着头蹲下来。

风畔本想着如何化解此刀，见那妖忽然蹲在地上，神情变了变，同时羁云刀已近在眼前，他弯身躲开，肉掌直接拍开刀锋，竟被震得手掌发麻。

他顾不了这么多，指间龙火射出，将魔逼开几步，这才发现身上的伤居然毫无痛处，低头一看，那几处伤竟已复原，原来身旁灵珠虽然袖手旁观，此时口中念的正是治伤的咒语。他冲灵珠道了声谢，人跃出厅去。

魔与神在厅外的院中大打出手，灵珠只是在一旁看着，再看蹲在地上的妖，他走了上去。

"两人对决，你希望谁赢？"灵珠问道。

陈小妖放下捧住头的手，抬头看看灵珠，想了想道："魔。"

"为何？"

陈小妖皱起眉："那风畔实在讨厌。"

"怎么个讨厌？"

"他不给我吃，还老是烫我。"

"这样啊？"灵珠笑笑，"那你方才在风畔死后为何又要去而复返？"

陈小妖一怔，抓着头，好一会儿也想不出个原因了，便道："我也不知道。"

灵珠看着她的神情，若有所思，却不说什么，又道了一句："阿弥陀佛。"同时长袖忽然抖出，万道金光直向缠斗的两人。

"停手！"灵珠暴喝一声，将两人格开。

两人同时向后急退。

"佛门清净之地，请两位到寺外去吧。"他冲两人道。

风畔虽然伤口愈合，元气却未复原，方才过招已显下风，灵珠这一下正好解了他的围。他知道灵珠有意施以援手，但如他说所绝不会真的蹚这浑水，那魔若再出手，自己未必能自保，难道真要再死一次？

正想着，看到一旁的陈小妖，风畔忽然眼前一亮，冲一旁的灵珠道：

相思骨
XIANG SI GU

"方丈，方才的钟声可是寺中要开饭了？"

灵珠一愣，不知风畔为何有此一问，正想回答，却听那边的陈小妖叫了一句："开饭？"似一下子有了精神。

"小妖，要不要吃饭？"风畔问道。

旁边的魔听到他这样问大叫不好，正想阻止，却见陈小妖低着头，并没有回答，不觉一愣，只见她脚不断地踢着地面，好一会儿才道了一句："我不要吃饭。"

风畔眼中的光辉在听到这句话时瞬间暗去，而魔仰天大笑："风畔，你也有今天。"挥刀正想再砍。

陈小妖却忽然道："墨幽，我们出寺去吧。"

墨幽的刀停在半空。

"我肚子饿了。"陈小妖抚着肚子。

"你不想我杀了他，好取走七色石？"墨幽有些不甘心。

陈小妖抬头看看风畔，又摸摸颈间的石头，冲风畔道："你能替我取了它？"

风畔不知是伤未痊愈还是别的原因，脸苍白得吓人，半晌，才道："我绝不再烫你便是。"

"真的？"陈小妖有些不相信。

"真的。"风畔轻应，微微闭上眼。

"那我走了。"陈小妖看看他的表情，觉得他是在怪她，怪她没有说那句话吗？可是她也不想看到那魔傻乎乎地问她要饭吃啊。

"走了。"她又说了一遍，抱着葫芦就真的走了。

魔有些悻悻，眼看着陈小妖离开，本想不管不顾地杀了风畔再说，却最终没有出刀，他也说不上为什么要听那妖的话，反正，就是跟着走了。

半晌，等他们走远，风畔才睁开眼，低头看着手腕上的七色石，动也不动。

"风畔？"旁边灵珠叫了一声。

风畔仍是不动，然后忽然抬手，挥手间，那串七色石飞灰烟灭。

陈小妖抱着葫芦从寺里出来，走到门口时又回头看了一眼。

墨幽跟在她身后，看到她的眼神，不知怎的，有些心烦意乱。

"丫头，你该让我一刀杀了他。"他对陈小妖道，却不知说出这句话太不像魔的作风，魔杀人，何时要看他人的眼色？

陈小妖低着头，手指缠着葫芦上的流苏，心情莫名不好，前面那次魔杀了风畔自庙中出来，她就觉得很不痛快，此时第二次，似乎更糟。

是不是以后再也不会见到那个半神了？她还记得是他将她从庙中带出来，让她烤肉，跟她抢东西吃，尽是些讨厌的事，以后，她要离他远远的了。

"你不是已经杀过他一次。"她回头睨了眼魔，看到他眼里杀气未散，那把刀还扛在肩上，人向旁边闪开几步，他会不会把气撒在她的头上啊？

魔看到她的反应，"喊"了一声，念了诀收起羁云刀，手反枕在脑后，边往前走，边道："走了，我请你吃饭。"

陈小妖差点儿就忘了吃饭的事，听到他说吃饭，心里的烦恼瞬间抛掉，来了精神："好啊，好啊，我要吃饭啦。"

"丫头！"魔一个没站稳，向前冲出几步，"你是不是故意的？"说完便换了脸色，拉着陈小妖的衣角要饭吃。

陈小妖傻住，看着墨幽，自己真的是不小心的啊，看他吵闹不休，便伸手往他身上掏："你银子放哪里了啊，没钱怎么吃饭？"掏了一会儿，又忽然停下，手收回来，看着掌心被她找到的银子，脑中忽然想：为什么风畔方才说吃饭时，自己就是知道他想干什么呢？分明是她最容易说出来的话啊。

她抓着银子，好半晌都想不出个答案来，魔一个劲地吵着要吃饭，自己的肚子也在叫，她终于失了耐心，心想，今天就去吃顿好的，把这些银子都用完。

说着，她牵着魔，往集市那头走。

不远处，胡旋站在墙头，远远地望着一魔一妖还有妖怀中的葫芦，

相思骨
XIANG SI GU

手指滑过眉角，露出妖媚的笑。

魔吃了三碗饭后终于恢复过来，然后看着前面的碗发怔。

一桌菜，他只吃了饭，那妖却已将菜吃得差不多了。

他也不生气，看着妖吃得一脸油腻，阴阴一笑，然后就看着那只被妖遗弃在桌角的葫芦。

除了那妖，任谁都碰不得的葫芦。

几百只妖的妖力聚集其中，如果可以为他所用，不止可以治他胸口的空洞，还可以让他的魔力提高很多。

只是，该怎么用？

"丫头，你拔开那葫芦试试看。"他忽然对那妖道。

陈小妖正吃得欢，听到这句忙摇头："不行，打开，那些妖全都会跑出来，不行。"她用力摇着头。

"有我在，你怕什么？"魔满脸不屑。

陈小妖觉得似乎有道理，点点头，又马上摇摇头："不行。"她是亲眼见过风畔收妖的，每只至少上千年的妖力，如果全跑出来，即使魔也未必对付得了。

见她坚决，墨幽也不强迫，看了那葫芦半晌，他试着用手去碰，只是还未碰到，一道光一闪，将他的手弹回来。他微微有些不甘心，使了些法力再试，谁知反弹的力道也加倍，差点儿将他震下凳子。

陈小妖啃着鸡腿看魔的动作，看到第二次的力道居然这么大，不由得大吃一惊，油腻腻的手去碰葫芦，没有任何阻碍地抓住了。

为什么？她是妖，为什么就能碰这只葫芦？她疑惑地看着葫芦。

墨幽也在想同样的问题。

妖便是妖，身上却有如此重的檀香味道，隐隐的诵经之声，还有那半神，为何要将这妖带在身边而并不收了她？现在又是这只葫芦，就像她是它的主人，全无排斥之力。

这丫头似乎不简单，他记得自己曾经搭过她的妖脉，一片白雾，根本无迹可循。

　　他细长的眼微微眯起，手再次搭上陈小妖的妖脉，然后闭上眼，试图在那片白雾中找出哪怕一丝线索。

　　前次陈小妖的情念未解，这次墨幽一搭上她的妖脉，一股浓浓的哀伤扑面而来。他试图想随着那股哀伤往前寻找，差了自己的半丝元神直接进入那团白雾中，拨开再拨开，漫天漫地的白雾却似无休无止，他忽然意识到，不是他看不到妖的前世今生，而是她被人抹去了记忆，并不是封印，而是销毁，再不可恢复。是谁？如此决绝？他沉在那团白雾中，猜测着，却忽然瞥到一抹红色的影子，他一惊，想跟过去看个究竟，然而拨开浓雾，什么都没有。他不甘心，又往前行，想直达小妖的内心深处，不想忽然一股力向他打来，他避不开，那半丝元神便被逼了出去。

　　"哇！"墨幽一口血喷出来，胸口的空洞，刀刺一般痛。

　　陈小妖看他原本正闭眼搭着自己的脉，表情变幻莫测，却忽然松手喷出一口血，不由得一惊，一桌菜全都溅到了血。她来不及可惜，跑到墨幽跟前道："你怎么了？"

　　墨幽摇摇头，伸手抹去嘴角的血，看着陈小妖道："你可见过一个红衣女子？"

　　陈小妖一怔，半晌才道："什么红衣女子？在哪里？"

　　"在你心里。"墨幽喘着气，又吐了口血。

　　一直到夜深，墨幽都在盘腿调息，额上有汗水滴下来，脸色仍是苍白，一旁的陈小妖已睡去，睡梦中低低呢喃着什么。墨幽睁开眼，看她抱着葫芦，口水自嘴角淌下，滴在怀间的葫芦上，睡颜娇憨，眼神不由得沉了几分，胸口却同时有一股气冲上来，他气息一乱，一口血喷了出来。

　　该死！他低咒了一声，提气调整紊乱的气息。

　　胡旋隐在暗处，看到墨幽的样子，轻轻笑了一下，一闪身，消失不见。

　　几里外。

相思骨
XIANG SI GU

一身白衣的书生，手里一把长剑，抬头看着头顶的明月。

胡旋现了身，看到那书生，一笑，人站在不远处的大树后，白色的狐尾忽然显现，将自己困在其中，不多时，狐尾又无端消失。胡旋不再是原来的样子，而是一个妖媚动人的女子。

夜风吹过时，扬起一抹天地为之动容的笑。

妖怪的性别虽然可以变化，但实际的性别早在修炼成妖时便已定下，唯有白狐一族，有一个与其他狐族不同的地方，那就是没有雌雄之分。

因此胡旋，此时变成女子的样子，并不是法术，而是另一个肉身。

方才还是翩翩美少年，此时却已是风华绝代的女子。

胡旋轻轻一笑，人向那白衣书生走去。

"妖王。"胡旋身体盈盈下拜，朝着那书生。

书生一怔，看到胡旋，眼睛便盯着那张绝美的脸，然后往下移，停在胡旋衣衫单薄的胸口。

好一会儿，书生才移开眼，哼了一声："你这只狐狸，又来引诱我。"

"我哪有？"胡旋细眉一拧，委屈万分，凑近那书生，"我哪有引诱，我是真的喜欢妖王。"说着细长的手指伸到书生的胸口，轻轻地抚过。

书生眼神转深，从他的角度正好可以看到胡旋胸口的两团粉白，他有些难耐，手一伸已将胡旋拥在怀中。胡旋顺势攀向他的身体，直接吻上书生的唇。

月光透着淡淡的紫色，两具身体近乎疯狂地索取着彼此，喘息声在寂静的夜里分外暧昧。而当胡旋的手从书生的长衫下摆往里伸，就要抓住某样东西时，书生猛地推开她，一把剑直接对准她的喉咙，剑锋擦过她的颈，割出一道血红。

书生眼中有异样的神色，胡旋不敢动，看着书生眼神似微微挣扎了一下，又恢复到方才的神情。

同时，对着她喉咙的剑松开。

"怎么？"胡旋问了一句，伸手抚过颈上的伤。

"他似乎不愿意我碰你。"书生有些不甘，却又冲着胡旋轻笑，"他不喜欢你身上的狐臊味。"

胡旋扬唇："白天的那个吗？"

书生哼了一声。

"可惜啊，可惜。"胡旋叹道，"白天的大好时光已经让给了他，晚上还要受他摆布。"胡旋说着拉了拉胸口已凌乱的衣服，眼神里尽是媚态。

书生不说话，手中的剑却握紧，看了胡旋半晌，用一只手捂住了左耳才道："上次按我们说好的，我杀死那半神，你夺那只葫芦，葫芦呢？"即使此时他体内的镜妖是沉睡的，但仍可感应他此时所听到看到的一切，不然不会有方才的意外中断，所以他用手捂住了左耳，这样晚上所发生的一切，镜妖便不会知情。

胡旋看着他的动作，一笑："不是说杀了他吗？你却只将他刺伤，现在却问我要葫芦。"

书生瞪她一眼，道："那时的情况你也看到，若能杀他，我早将他杀了，葫芦呢？"只要得到葫芦里的妖力，他就可以借助这股力将体内的镜妖吞掉，这样现在这个身体就完完全全属于他的了。

"别急啊。"胡旋推了他一把，道，"我来，不就是跟你说葫芦的事，它已不在那半神手中，而是在那只没用的妖和一只受伤的魔手中。"

"魔？"

"对，他受了伤，根本不是你的对手，不如趁现在，把葫芦抢到手。"

"他们在哪里？"书生的眼中闪过一丝迫不及待。

"你随我来便是。"胡旋幽幽一笑，人走在前面。

书生跟在她身后。

没错，那书生就是明了，而胡旋抬头看着天上的月，心里想着，夜还长，她还有足够的时间。

几里路，对妖来说，眨眼就到。

胡旋和现在是剑妖的明了，在那魔面前现了身。

魔已经感觉到异样的气息，睁开眼，羁云刀同时握在手中，另一只手推醒还在睡觉的小妖。

小妖睡眼迷蒙，看到明了和一名女子，不由得愣了愣。

"放下葫芦，我饶你们不死。"剑妖盯着陈小妖怀中的葫芦，冷声道。

谁知魔轻嗤了一声："就凭你？"说话时羁云刀已挥出。

剑妖侧身闪过，同时手中长剑朝墨幽刺去。

墨幽举刀一挡，刀与剑相撞，撞出紫色的火光，两人同时手中一麻，向后退了一步。

墨幽毕竟受了伤，人微微地喘着气，胸口的空洞疼痛起来。他不动声色，静看剑妖的动作。

两人对持着。

胡旋站在一旁，眼睛一直看着陈小妖怀中的葫芦，对两人打斗并不放在眼中。没错，她也要这只葫芦，这么好的东西怎么可能真的给那剑妖？只是她妖力微小，至多是迷惑人的小把戏，就算那魔已伤，她也不敢轻易涉险，所以找来了那只一心想摆脱镜妖的剑妖。

此时魔已被那剑妖缠住，自己还不动手更待何时，只是那只葫芦她是碰不得的，所以，她身形一转，就在陈小妖面前又幻化成男人的样子。

"啊！"陈小妖张大嘴，指着胡旋，"你是胡旋。"

"没错！"胡旋一笑，伸手去摸陈小妖的脸，见陈小妖嫌弃地躲开，他的眼中瞬间闪起两团狐火。

没错，他只会些迷惑人的小把戏，却极有用。

果然，陈小妖看到那两团狐火，顿时不再挣扎，任他的手在她脸上游走。

"呵呵！"胡旋捂嘴轻笑着。

变成男人勾引女人，变成女人迷惑男人，他的媚术没人可以抵挡。

他笑着，牵起陈小妖的手："跟我走。"

那边的魔虽然与剑妖僵持着，却并不专心，他还要顾着陈小妖。而当看到陈小妖被那只狐狸带走时，他心念一动间，手中的刀朝狐狸砍去，那厢的剑妖看准这个机会，同时出手，剑直刺墨幽。

眼看就要中剑，墨幽却早有防备，猛地回身，来了个回马枪，方才砍出的力道全向着剑妖而来。剑妖一心只想刺中墨幽，并未防备，身体留出一个大空当，那刀砍来他收不回往前冲的力道，只有被砍。

剑妖分明占了上风，却瞬间变了局面。那边的胡旋也是一愣，却并不施以援手。眼看那刀砍中剑妖，剑妖跌在地上，胡旋嘴角一扬，在墨幽砍中剑妖，刀势还未收时，手中一团狐火燃起，朝着墨幽背后的空当，正是那空洞的地方拍过去。

好一场鹬蚌相争渔翁得利。墨幽抚住胸口，狠狠地瞪着狐狸，也跌在地上。

陈小妖仍被迷惑着，她满脸惊恐却动弹不得，只听胡旋轻轻地笑着，渐渐大声，最后是仰天大笑。

"本来以为今天能得到葫芦就已经是成功，后面的事还得花费些工夫，却没想到这么容易。"胡旋的手在陈小妖眼前一挥，撤了迷惑她的妖力，冲她道，"小妖儿，你且看着我如何得到你这葫芦里的力量。"

陈小妖瞬间清醒，下意识地抱紧葫芦："你要怎么样？"

胡旋向地上的一妖一魔分别射了两枚定形针，以他们的伤势，用他尾巴上的毛制成的定形针就能暂时封住他们的行动，他不紧不慢地回头看陈小妖。

他轻笑着，漂亮无匹的手轻轻地拍着自己的额头："哎呀，我忘了纠正我上次的谎话了。"

"什么谎话？"陈小妖看了眼地上动弹不得的魔，又向后退了一步。

胡旋任她朝后退，笑道："我说你是会被这只葫芦收下的最后一只妖，其实不是你，而是我。"

"你？"陈小妖瞪大眼。

"不幸啊，凡是参与那场神魔大战的妖都在被收之例，我是最后一只。"

竟是骗她，亏她想尽办法把这葫芦从风畔身旁夺来。陈小妖说不出

相思骨

XIANG SI GU

话来。

胡旋抬头望着天上的月："而我又怎么甘心被收了呢，在凡间躲了这么久，却还是遇到了那个半神，所以我想，不如把这葫芦夺来，我来主宰这股力量，我来做妖界的王，到时谁敢动我？"他说话时转头看了眼那边的剑妖。

那剑妖怒目而视，而胡旋只是冷冷地笑，看着剑妖道："其实你不用和那镜妖争什么，你确实比他笨上很多，只配被我利用。"

说完再不看剑妖，胡旋转头又向着陈小妖。陈小妖却在胡旋看向剑妖时已退到很远处，正准备抱着葫芦逃跑。

胡旋捂着脸轻轻地笑，同时身形一转，已在陈小妖的面前，伸手抚上她的头发。

陈小妖打了个寒战，人向后躲，却被他用手臂一把钩住脖子，整个人倚在他身上，暖暖的气息喷过来。

"不过小妖儿，有一点是真的，你真的很讨我喜欢，所以等我做了妖王，我还是让你做妖后可好？"

他声音如丝，带着浓重的媚惑，陈小妖全身寒毛竖起来，本想破口大骂，却发现他的手就在她的颈间，只要他一用力，她的脑袋就没有了，眼睛骨碌碌地转着，却不敢说话。

胡旋并不松开她，低头看着她怀中的葫芦，眼中的笑意不减，轻声道："知道怎么把葫芦里的力量取出吗？"他指指前面地上的一魔一妖，"那把刀和那把剑，同时劈向那只葫芦，那葫芦就破了。"

陈小妖眼珠转着，心里斗争着要不要同意，然后瞥到那边剑妖的神情，愣了愣。

天还没亮啊。

天还没亮，明了却慢慢地站起来。

胡旋大吃一惊，冲明了道："你分明受伤，被我用定形针定住了。"

明了一笑："受伤，的确，那剑妖确实受了伤，你也确实将他定住了。"

"你是镜妖？"听出说话的口气不对，胡旋这才意识过来。

"没错，我是镜妖，虽然我和他合用一个肉身，但剑妖的真身却是那把剑，所以他所受的伤及法术，我可以尽数转到那把剑上。"

"这不可能。"

"眼见为实不是吗？"明了仍是笑着，手中一挥，几张符同时从袖中飞出，向着胡旋。

胡旋眼中一寒，却并不闪避，抓过身旁的陈小妖，将她挡在自己面前。

陈小妖"啊"的一声，身子往后缩，口中骂道："你这个坏蛋，刚才还说要娶我当妖后，现在居然把我当挡箭牌？"说话时，符已飞来，她只有闭眼等死，明了却已在同时生生地撤回那几张符，符在空中自动燃成灰烬落在地上。

"放开她，"原本斯文的明了，此时有股迫人的凌厉之气，上前几步，逼近胡旋，"放了她，我可以饶你不死。"

"你以为我会信你的话，让开道，让我离开。"胡旋说话时迅速变成女人，眼中同时狐火重燃，向着明了，"听我的话，快让开。"声音满是蛊惑，她相信，就算是身为妖王的明了也逃不开她的诱惑。

然而明了只是冷笑，道："你忘了我是妖王，如果这点儿小把戏就被你迷惑，我又如何统率众妖？"说话时手指一弹，一道赤色的火焰在他指间燃起，与胡旋眼中的狐火遥遥相对，胡旋眼中的狐火顿时失了法力。

"赤狐火？！"胡旋叫了一声。

"不错，出妖界时我问狐王要来的。"明了将手中的赤狐火凑近胡旋，"怎么样，想不想试试被你们族的狐火烧死的感觉？"

胡旋又向后退了一步，看着那赤狐火，冷笑道："可以啊，有这只妖与我陪葬也不错。"

明了果然不敢再逼近。

两人僵持着。

陈小妖抱着葫芦，被胡旋牢牢掌控着，到此时她反倒不怎么害怕，因为看样子只要自己没事，那胡旋才会没事，但被胡旋这样控制着真是很讨厌，心里想着自己怎么这么倒霉，刚从风畔那里逃出来，本以为可以和那魔一起吃香的喝辣的，怎么转眼就成了这狐狸的人质了呢？

对，都是这只葫芦，以前庙里的老和尚给她说过一个成语：匹夫无罪，怀璧其罪。要不是这只葫芦，自己也不会落到现在的境地。

她下意识地瞄了眼怀中的葫芦，忽然又想起那个问题：为什么别人都不可以碰，她却碰得呢？那么风畔可以用这只葫芦收妖，自己其实也可以收妖呢？要不要拔开葫芦试试？

但又马上否决，不行，万一胡旋没被收，葫芦里的妖怪全逃出来怎么办？她自顾自地摇着头，被胡旋用力推了一下，叫道："别动！"

陈小妖用余光白胡旋一眼，虽然还是白不到她，却很解恨，看看前面不敢轻举妄动的明了，忽然眼前一亮。对了，明了不是妖王吗？那些妖怪就算逃出来也得听他的，这样不是又多了帮手？她想着，趁胡旋正防着明了，偷偷地拔开了葫芦。

可惜，等了一会儿，一只妖怪也没有跑出来。哎？她很失望，摇了摇葫芦，然后又被胡旋推了一下，于是心里越发愤愤不平，让你推，再推我就收了你。

她心里骂着，拼命想着以前风畔收妖时的情形，但那种情况她多半是捂着眼不敢看。到底是怎么收来着？她绞尽脑汁，好像是先叫妖怪的名字，然后喊"收"，好像是这样，她想着，口中真的叫了一声："胡旋。"

胡旋正盯着明了的动作，冷不防被陈小妖叫了一声，怒道："做什么？"

"收！"陈小妖下一句道。

一股力道从打开的葫芦口中溢出，并且力量越来越强，夹着风声朝挟持着陈小妖的胡旋而来。

胡旋吃了一惊，下意识地松开陈小妖叫道："这不可能。"

然而话音刚落，胡旋整个人被吸起，向着那只葫芦而去，瞬间消失在葫芦中。

陈小妖完全傻住，她本来只是想试一下的，并没有抱太大的希望，却没想这葫芦在她手中竟与在风畔手中的威力一般大，眨眼竟真的将那狐狸收了。

那股吸力还在外泄，陈小妖犹自未觉。那边的明了叫了声"不好"，觉得那吸力正朝陈小妖而来，他忙冲陈小妖道："小妖，快盖上葫芦。"

陈小妖正自发愣，听到明了的声音，这才发现不对劲，忙将手中的葫芦盖上，而在盖上后的一瞬，葫芦瞬间沉了几分，陈小妖没拿住，掉在地上。

与此同时，正在疗伤的风畔猛地睁开眼。

"怎么了？"替他疗伤的灵珠问道。

风畔迅速掐指一算，道："方才，七宝葫芦已收全一千只妖了。"

"哦？"灵珠大奇，"这么说来，还有人可以用这只葫芦？"

"是小妖，那葫芦，本就是她的。"

明了眼看着陈小妖将胡旋收进葫芦中，然后一口血直接从口中喷出来，身体再也承受不住，跌坐在地上。

陈小妖还在看那只葫芦，见明了跌下来，也不管那只葫芦，跑上去。

"你怎么了？"话音刚落，却见本来一身白袍的明了，胸口点点血迹，"你不是将伤转到那剑妖身上了？"她大吃一惊。

"我骗那只狐狸的。"明了喘着气，掀开衣袍，右脚上竟还钉着那枚定形针，方才他借着真气勉强移动了几步，此时已累极再也动弹不得。

"我替你拔出来。"陈小妖伸手要替他拔。

"不行，以你的法力，没用的，我……"明了想阻止她，但话未说完，那枚定形针竟真的给陈小妖拔了出来，他不由得一愣。

眼睛下意识地看向那边的葫芦，方才她确实像那半神一般将狐妖收了吧？葫芦不盖住，那股吸力是朝着她，却并不对她损伤半分，为什么？她分明也是妖。

"扶我起来。"他试着站起来，手碰到陈小妖递来的手时脸又不自觉地红了红。

晚上现身，对明了来说极伤真气，陈小妖将他扶到那把剑的旁边，他对陈小妖道："再过一个多时辰就天亮，你不要走开，等我醒来。"说着他闭眼隐去了元神。

陈小妖看着他闭眼昏睡，站起来踢踢地上的剑，然后看到同样元气大伤的魔。

魔本就受了伤，又受了一掌狐火，此时中了定形针动弹不得。陈小妖走上去看看他，见他闭着眼，便伸手在他脸上拍了一下。

魔睁开眼，看到是陈小妖，本来防备的表情缓下来。

"丫头？"

陈小妖伸手替他将定形针拔下来。魔怔了怔，坐直身体："这定形针不是谁都可以解，你为什么可以轻易拔出来？"

陈小妖将手中的定形针一扔，道："我也不知道。"眼睛却无比疑惑地看着地上的针，方才可以收妖，现在又能轻易拔出定形针，难道这葫芦里的妖力进了自己身体不成？她回头又看看那只葫芦，"你等我一下。"说着人又走到那只葫芦旁边，抱起葫芦又跑回来，上下左右看了半天，也没看出什么名堂来。

不想了，她一屁股坐在地上，看着魔面如死灰、一副伤重到欲死的样子，又低头看看葫芦，想了想，忽然道："你说那葫芦里的妖力能治你的伤？"

墨幽点头："只是不知道这葫芦怎么用。"说话时一股气血涌出，他用力咳了一记，又是一口血。

陈小妖看着他这种模样，又回头看看明了，她是不会等明了醒来的，明了醒来一定会跟着她，白天是还好啦，可到了晚上又喊着杀她怎么办？她超讨厌那只剑妖的。

所以就还是跟着那只魔吧，就数他最好，有吃有喝也不会动不动杀她。

她打定主意，便把那只葫芦放在墨幽面前。

"我知道怎么用。"她道，方才听那狐狸说过，只要用刀和剑同时劈上去，那葫芦就破，妖力就会被释放，虽然葫芦是半神的，但既然被抢来，自己拿着也没用，不如替魔治伤，想着，她捡起一旁的剑。

"做什么？"

她以为还是明了，但镜妖睡去，此时已是剑妖。

陈小妖吓了一跳，剑又掉在地上，却又马上回过神，凶巴巴地对剑妖道："用、用一下又怎样？小气。"说着用力白剑妖一眼，想着他此时伤重，必定没有力气把她怎样，就又去捡那把剑。

剑妖果然无可奈何，眼看着她拿起剑在他面前胡乱耍了一通，对剑妖来说这是奇耻大辱，气得快吐血，然后果然，一口血喷出来。

陈小妖想到那也是明了的身体，微微有些过意不去，便提了剑跳回到魔的旁边。

"你的刀呢？"她冲魔伸手道。

"要刀做什么？"魔看着她，"我的刀是魔物，你碰不得的。"

陈小妖拿剑在葫芦上比画着："把这葫芦劈开。方才那狐狸说，用你的刀和我手中的剑一起劈，就能将葫芦劈开。"

"当真？"魔的眸子瞬间一亮。

"我也不知道是不是真的。"陈小妖其实有些担心，万一劈开了，那些妖都逃了怎么办？

然而魔却已念了诀，刀已握在手中："我喊'劈'，我们一起。"说着身形微微坐起些，真的准备用力劈向那只葫芦。

陈小妖提剑的手微微有些抖，还是不怎么确定，道："万一那些妖逃了，或是吃了我们该怎么办？"

"先劈了再说，"魔说着大喊一声"劈"，刀光一闪，已砍了下去，看他真的劈，陈小妖闭眼也砍过去。

"叮"的一声，只听魔一声惨叫，手中的羁云刀猛然脱手，倒飞出去，掉在地上，而那只葫芦纹丝不动。

"啊！"陈小妖叫了一声，扔了剑去扶住墨幽。墨幽腰处竟然多了处伤口，正在汩汩流血，人已晕过去。

"怎么回事？"怎么会腰上流血？而且自己也用力砍上去了啊，为什么没有被弹回来？她有些不放心地看看自己的身上，没有受伤啊。

今天尽是奇怪的事，她一屁股坐下来，此时正是黑夜与白天交替的混沌之时，她看着墨幽，心里想，该不是自己害死他了吧？

都是那只狐狸骗她，她气鼓鼓地冲那只葫芦踢了一脚，然后没心没肺地想，既然一个昼夜脾性不一，跟不得，魔又一副快死的样子，不如就自己走了吧，回山里去，至少那里还有师父啊。

想着，她真的站起来，准备走人。

走了几步，人又停下来。不对，她得拿着盘缠，不然还没回山里就饿死了。

于是她又回到魔跟前，看了魔腰上的伤口还在流血，忽然又想，自己走了，是不是太没义气了些。

"好为难啊。"她抓着头坐下来，然后看到那边被弹落在地上的羁云刀，不知是不是看错，那刀锋的中间位置竟然破了一道口。

不是魔物吗？她又看看魔腰上的伤，走上去捡起那把刀。

一股滚烫的气直冲手腕，同时刀锋闪过一道紫光，陈小妖吓了一跳，忙把刀扔了。

旁边的墨幽也在同时咳了一声，人醒过来。

"怎么回事？"他坐起来，发现自己腰上的伤已经消失，再看陈小妖，正瞪着地上的刀。

刀上的破口也消失了。

第八章

风畔只是笑了笑，将自己的元神尽数拍进陈小妖的额间。

"小妖儿，你一定要活着。"

"丫头，你同时拿着刀和剑砍过去试试。"墨幽忽然说。他觉得这葫芦古怪，这妖更让人捉摸不透。

"啥？"陈小妖张大嘴巴，又很快摇头，"不，不行，万一我也和你一般受了伤怎么办？"

"但我腰上的伤好了，再说方才你拿剑去砍并没有事？"

陈小妖想了想，好像是这么回事，却还是摇头，她一向怕死得很，坚决不肯再砍了。

见她不肯，魔的眉皱了起来，毕竟他仍是魔的脾性，有人敢对他说不，即刻便会动杀机，还好他对陈小妖多少有些好感，虽不会杀她，却已有几分不快。他寻寻觅觅治疗自己胸口空洞的方法，现在这葫芦就在他面前，虽然方才因它受了伤，但怎么可能因此放弃机会。

"你不砍，我再试一次。"说着也不强迫陈小妖，墨幽捡起自己的羁云刀，又去拿那把妖剑，剑柄刚触到掌心，妖气与他自身的魔力微微抵触，他并不放在心上，举起刀与剑就要砍过去。

"再砍你必死无疑。"有声音在不远处道。

魔砍出的力道猛地一顿，眼睛寻声看过去。

竟是风畔，不知何时已在他身后不远处，一身淡色衣衫，哪儿还有半点儿受伤的样子。

真是风水轮流转，之前他还生死一线，任墨幽决定生死，此时竟是反过来的情况。墨幽暗自咬牙，支撑着站起身，下意识地挡住那只葫芦。

"这葫芦是神物，并不是谁都可以将它劈开的。"风畔缓缓向前，口中同时念念有词，手一伸，那葫芦腾空而起。墨幽大叫一声"不好"，那葫芦已稳稳地飞入风畔手中。

风畔拿着葫芦，看着上面原本的一层朱红色花纹淡去，眉皱起来，口中道："真的有一千只妖了。"抬头再看陈小妖，见她缩在墨幽身后，苦笑了下，对陈小妖道，"这第一千只妖迟迟不收原来是为了你，没想到上天自有定数，竟然给你收了。小妖，你之后生死，不由我定了。"后面几个字，已是叹息，竟是带着无可奈何。

"什么意思？"陈小妖在墨幽身后听得奇怪，露出个头道，"什么生啊死的，你又吓我。"

风畔不再说话，人已走到墨幽跟前。墨幽将手中羁云刀举起，却因为伤重站也站不稳。

"你要如何？"墨幽咬牙，人说有仇必报，他杀过风畔一次，此时正是这半神报复回来的最好机会。

风畔淡笑了一笑："只是将她带走。"手一伸，已将陈小妖从墨幽身后拉出来。

"哎呀！"陈小妖叫了一声，人挣扎着，"你这坏蛋，我不要跟你走。"

风畔眼一暗，道："跟我走，我再不欺负你，你想吃什么就吃什么。"

"真的？"听到想吃什么就吃什么，陈小妖停了挣扎，有些心动。

"真的。"风畔的表情并不是开玩笑。

其实他是不是会欺负她，是不是会给她买吃的，陈小妖都可以不放在心上，她只要认定墨幽就好，因为墨幽本就是这样对她的。但不知为何，风畔这么一保证，她竟有点儿心动，有些犹豫起来，要不，跟着他走吧？

"丫头，别信他的话，他只会骗你。"墨幽在身旁提醒她，同时一刀砍出。

风畔只是一侧身，那一刀就劈空了，墨幽来不及收势跌在地上。

"对哦，你一向就喜欢骗我。"陈小妖被墨幽一提醒回过神来，看墨幽跌在地上，又开始挣扎，"你放开我，我不信你的话。"

风畔的手却握紧，幽幽道："我不会放开，你还欠我半世的时间，你忘了？"

陈小妖一呆，听到"半世"两个字时胸口用力地抽了一下，抬眼看向风畔，人忘了挣扎。

"丫头？"地上的墨幽叫了一声。

陈小妖不动。

"跟我走。"风畔握紧她的手。

陈小妖低头看着两人交握的手，莫名地好伤心，却又想不出是为什么伤心，难道是又饿了吗？她本来是想挣开风畔的掌控，此时却竟只是发怔。

"我想吃什么你真的都会买给我吃？"她忽然问。

风畔一怔，点头："是。"

"不会欺负我？"

"是。"

"那可以让我欺负吗？"她得寸进尺。

"可以。"

"那也不跟你走，"她忽然又挣扎，"对我这么好肯定有阴谋。"她明显是不笨的。

"是阴谋也好，"风畔握紧她的手，眼睛看着另一只手中的葫芦，有些固执地说道，"我们只有七七四十九天，我不会再让你离开我身边。"说着手念出一段咒语，向着陈小妖，陈小妖顿时昏睡过去。

世上本没有七宝葫芦这种宝物，那只是一个结界，困住一千只妖，再用七七四十九天的时间，将这一千只妖的妖力为己用，冲破结界，得以重生。

四十九天。

极短。

他收了一千只妖，剩下的责任就是护法，等待神的重生，但他更愿将那四十九天看作是厮守。

他与她，也不过就剩下这四十九天了。

陈小妖醒来时，看到风畔就坐在她旁边，眼睛看着她。她吓了一跳，人下意识地向后躲，差点儿从床上滚下去，幸亏风畔伸手又将她抓回来。

"我这是在哪里？"她往屋外看，屋外是山水风景。

"前世我们待过的地方。"风畔看着她，知道她绝不会记得。

"你又在胡说，前世我又不认识你。"果然，陈小妖瞪他一眼。

他也不解释，看着陈小妖跑出屋去，看外面的景色，自己也跟出去。

青山依旧在，山还是那时的山，只是一切都已经变了。

的确是太久前的事了，他转头看身侧的陈小妖，她微张着嘴眺望眼前的景色，很久以前她也是一样的表情，当时他笑着吻了她，而此时，只能像她被自己抹去记忆后那段日子一样，痛苦而煎熬，却触碰不得。

心里微痛，脸上却在笑。

"小妖，可喜欢这个地方？"

"还可以啦，"好像以前她住的那座山哦，"不过，你为何将我带到这里？"

用法力迷晕了她，带来这个没有人烟的山里，陈小妖觉得他居心不良。

风畔只是笑，看着她与前一世时一样的容颜，道："若你只有几天可活，你想与谁一起度过？"

陈小妖看看他，觉得他很古怪，但还是答道："我师父啊，还有……"她脑子里想起那个和尚，只是，他已经死了，"还有就是一堆吃的东西。"她道。

风畔苦笑，看来她到死也改不了贪吃的脾性，却不以为意，看着远处道："你可还记得你住的山上庙中那个叫静海的和尚？"

听他说出"静海"这个名字，陈小妖瞪大眼："你怎么知道他？"这是心里最深的秘密，她从未对谁提过。

"若让你与他度过最后几天你可愿意？"

"他已经死了。"陈小妖道。

"若我说，我的前世便是他呢？"他说得波澜不惊，转头看向陈小妖，看到她惊讶的脸。

"你骗人。"半晌，陈小妖摇头。那个叫静海的和尚，怎么可能是眼前的半神？根本是不同的两个人，她下意识地向后退了一步，"你这个大骗子。"

风畔拉住她，看她有些慌乱的眼："其实你早知道对不对？因为他也有一只葫芦，你也看过他收妖是不是？"

陈小妖摇着头："他也有一只葫芦没错，但你不可能是他，他对我那么好，你却总欺负我，你不可能是他。"她的表情尽是委屈。

静海会给她吃桂花糕，会唱歌给她听，她摸他的光头他只会笑，不像眼前这个人那样，虽然她总是盼望着他是，但他欺负她，用石头烫她，总是凶她，根本就是两个人。

"静海总是让你赖在他的床上睡到天亮，所以你总是在我床上醒来；我被那魔杀死，你再讨厌我却还着符的事又跑回来，是因为你仍抱着我就是静海的希望；用葫芦收妖，也是前世静海教你的是不是？"

"不、不是，"陈小妖还是否认，"你不可能是他，你是坏蛋。"

"但我就是。"他伸手抓住她的下巴，"你看准了，我就是静海，你没有看错，我前世死时对你说：小妖，一切皆忘，不必记得我。"

一切皆忘，不必记得我。

怎么可能忘记，他死了，她哭了三天，没有情念的妖，蹲在山洞的石头上哭了三天，而这句话又有谁知道呢？除了她，便只有死去的静海。

"你真是静海？"她只有相信。

相思骨
XIANG SI GU

风畔点头："他是我的前世。"

"你一直都知道？"

"是。"

"那你还用石头烫我？"陈小妖瞪着他。

风畔无言。

"我不承认你是。"陈小妖觉得静海是完完全全的好人，眼前的人却多少有些坏心眼，如果静海变成他现在的样子，她一定会很郁闷。

"不管你承不承认，"他看着她的郁闷，"若只有几天可活，你可愿意与我一起？"他盯着她，又问方才的问题，放在她下巴的手收回来。

陈小妖忽然对准他虎口的地方用力地咬："谁要和你在一起，我不承认，不承认。"她真的发了狠，用力地咬，直到口中有腥热的血，眼中同时也有泪下来。

她分明是盼了很久的，就算他对她不好，欺负她，让她烤肉，但她还是希望他就是静海，总是大哭一场发泄过委屈就算了，可是当她终于失望，决定他不是静海，准备跟着那魔离开时，他又把她带来这里让她相信他就是静海，还问这么奇怪的问题。他就是个坏蛋，她不承认，绝不承认。

风畔蹙着眉，任她咬，另一只手伸过去擦去她的泪。

她是承认他是静海了吧，不然不会哭。其实他的问题，他自己也觉得问得没必要，就算不想和他在一起又怎样？他已经将她带到这里了，还会因为她说不愿意放她走吗？

仍是从她被抹去记忆后开始，他是静海，她是无忧无虑的妖，相守四十九天吧。

这已经是他的自私了。

半夜，陈小妖醒了。

她又做了同样的梦，她在和一个红衣女人打架，在空中飞上飞下，打得难解难分。

醒来，全身没了力气。

不只是醒来时，而是这段时间她似乎生病了，力气越来越小，连走几步路也会喘。风畔做吃的东西给她，她也失了胃口，并不是他做得不好吃，而是她对吃的东西忽然失了兴趣。

她是不是要死了？

她坐在床上发怔，然后转头看向身侧的风畔，他熟睡着，眉头却微皱。

他是静海，又不是，似乎陌生，又极熟悉。

以前的风畔会欺负她，现在却会笑着做饭给她吃，这时候像极了静海，但当自己说到红衣女人时他又没了笑容，眼中的阴郁是静海所没有的，他心里似乎有很多事，让他整个人深沉而难以捉摸。

"又皱眉头，真难看。"她胡思乱想了一会儿，伸手去抚平他眉间的褶皱，然而一碰到他的额头，他却醒了。

"你就不能假装睡着了？"她气鼓鼓的。

风畔坐起来，看着她："又梦到那个红衣女人了？"

"这几次打架我都输给她了呢，她似乎越来越厉害，而我越来越弱，"她看着自己的手指，若有所思，想到刚才的问题，看着风畔，"我是不是就要死了？"

风畔的眼因她的话瞬间一暗，抓过她的手，看到她眼中的迷茫，终于忍不住，将她的手凑到唇边轻吻："别胡思乱想。"

却惹得她倒吸了口气，别扭地收回手："你这是做什么？"

风畔只是一笑，人又躺下来。

陈小妖看着他的表情，也跟着躺下，觉得一阵头晕目眩，侧过身对着他，手习惯性地拉着他的衣角："所以，你那天说的话是当真的吧？"

"什么话？"风畔也侧过身对着她。

"你说若我只有几天可活，想让谁陪我？"

风畔表情一滞，她还记得？他却不知怎么回答。

是的，她要死了，那梦境说明她的身体越来越弱，红绸的力量越来越强大，直到有一天她在梦中被红绸打死，那她就彻底消失了。

对此，他无能为力，只能眼睁睁地看着事情发生。

"静海。"陈小妖忽然轻轻地拉了拉他的衣角，多少有些撒娇的意思。

"什么？"他手伸过去抚她的头。

她顺势将头往他怀中靠一点儿："我有句话要对你讲，如果我真死了的话，就没机会了。"她说话时，风畔看到她脸微红。

"什么话？"他放柔声音听她讲。

"我、我想，"她拉了拉他垂下的发，搅在一起，"我想，我喜欢你呢。"后面一句几乎听不清楚。

谁说忘记了就不可能再相爱，前世她被断了情念，今世她的情念已解，她爱上他其实是必然的事。

风畔眼一热，轻声道："我也是。"

陈小妖从他怀中抬起头，看着他："真的吗？"

"真的。"他仰起身吻了下她的唇。

她有些不习惯地向后退了退，看着他，又有些奇怪地摸摸自己的唇，忽然道："像吃杏仁豆腐呢。"说着自己凑上去吻风畔。

风畔一笑，一只手托住她的头，一只手撑住自己，任她予取予求。

她刚才叫他静海，虽然他与静海是同一个人，但在她心中静海的位置应该高得多，他有些吃味，毕竟这一世他是风畔，但他们两人的时间不多，又何必纠缠这些呢。

很久他才松开她，发现她已经整个人叠在他身上，自己的欲望也呼之欲出，却没有继续，原因还是因为她叫的是静海。

"天亮还早，再睡一会儿吧。"他的声音有些哑，让她在身旁躺好。

陈小妖的脸像番茄，将被子蒙到眼睛处，点点头。

黑暗中两人躺着，没多久，他听到陈小妖平稳的呼吸声，自己却睡不着。

还有五天。

五天后，她就要彻底消失。

心里有什么东西极痛，他伸手捂住自己的胸口，真像前世那样，极致的幸福却极短暂，但前世至少是她看着他老去，而这一世，他要眼睁睁地看她消失。

做得到吗？

等她消失以后自己又该如何度过属于神的无休无止的生命呢？

有什么意义？

他转头看陈小妖的脸，渐渐痴迷，然后凑上去一遍遍地亲吻她的脸，心中的阴郁越来越浓，直到难以承受，才躺下来，喘息。

窗外一轮圆月，他看过去，渐渐陷入回忆中。

开天辟地，洪荒之初，这世界唯一的主宰就是神。

神族异常强盛。

然而等到佛祖在菩缇树下顿悟，弘扬佛法之时，神族已支离破碎，只剩下一男一女两个神。

女的名红绸，男的就是现在的风畔。

神族为何凋零，"神史"上说因为生命中止坠入混沌，其实是别有隐情。

在神族凋零之际，有一族却变得强大起来，那便是魔族。

世上本无魔，魔之所以存在，恰恰是因为神族的幻灭。

当年，在神族强盛到最鼎盛之时，神的野心与私欲也空前绝后地高涨起来，而这样的野心与私欲渐渐生成了邪气，在心中生根发芽。

魔由心生，便是如此。

神原本的慈悲与善良被心魔打败，终于被吞噬，神成了魔，从而成就了魔族的强盛，神族的幻灭。

换句话说，魔其实就是神。

直到只剩下两位神，红绸与风畔，他们出自同一师门，同时飞身成神，感情可见一斑。

然而千年前，红绸心魔渐生，她的房中有一面古镜，每日照镜时便可以自镜中看到一个与自己容貌不一样的女子，那便是她的心魔。

红绸手执长剑，那女子却身佩魔刀，两人日日在镜中相见，红绸一心想置镜中的魔于死地，一日竟用自己的剑刺穿镜面，却恰恰打开了魔界大门，那魔自镜中跃出。

自此神魔大战开始。

那场大战打得天地变色，直打了千年才结束。

红绸仙身被毁，那魔被打得魂飞魄散。

后来，风畔用了自己一半的修为才保住红绸的元神，自己成了半神。

因为神未成神时，最早是兽类或是天地之间的仙气，红绸最早时是只猪，她仙身被毁，元神恢复成一只粉色小猪坠落人间。

佛祖看神族凋零至此，便指了一条明路，用红绸的灵力结成的结界，收齐一千只妖，便可让红绸借助那一千只妖的力量重生。

于是风畔来到人间，自愿坠入轮回，用红绸灵力结成的葫芦收集一千只妖，同时也看着粉色小猪渐渐有了人形，却大出所料之外，那幻化成的人形竟不是红绸的模样而是她心魔的样子。

由此可知，魔未死，魔借着红绸的元神也活了过来，并且强占了红绸刚幻化的肉身。

只是她与沉睡在她体内的红绸一样，无任何杀伤力，万事懵懂，是只知道吃的小妖。

他与她的缘分就是由吃开始的吧？风畔想起那盘桂花糕。

她是妖，但其实是魔，他一直都知道，若不让红绸重生，将体内魔的灵魂杀死，她早晚会把红绸的元神全部魔化，成为涂炭生灵的魔，他也知道。

然而他却拖了一世，以为斩断情念，在下一世时会收齐那一千只妖。

然而此生呢？

还是不忍心看她消失吧。

"红绸，如果我偏要做一件万劫不复的事又怎样？"他自言自语。

夜还深，梦中的陈小妖还在与那红衣女子交战。

七七四十九天。

天亮之时，陈小妖就会彻底消失。

"我不想再打了，太累，"她在风畔怀中低喃，人已有些神志不清，"风畔，我马上就要死了吗？"

风畔抱紧她，眼睛看着四周的混沌，天就快要亮了。

他没有说话，只是低下头亲吻妖的额头，听到小妖的声音在继续说着。

"我总在想，我是什么时候认识你的，我记得，是你拿着桂花糕在树下冲我笑的时候，可是我为什么觉得，我认识你还要更早些，我是不是漏记了什么？"

"你觉得你漏记了什么呢？"风畔顺着她的话道。

"漏记了……我不知道，只是有好几次觉得有一个人在跟我说，让我记住那句话，不要忘了，可是我就是想不起要记住什么话，绞尽脑汁也想不起来。"陈小妖睁眼看着东方微微现出的光亮，胸口一甜，一口血吐了出来，人轻轻地咳。

风畔拍着她的背，眼里有点儿湿："记不起来就算了，忘了也罢，免得日后伤心。"他也抬头看着东方的光亮，"小妖，天亮之际就是我们分开之时，以后你会想我吗？"

"死人也会想念谁吗？"

"会。"

"都成灰了怎么想念？"

"比如天边的那朵云，比如现在的这缕风，都可以是我在想你。"

"那是阴魂不散。"陈小妖笑了下道，"我不会对你阴魂不散，但你要保证，我死了以后一定要烧一桌最美味的菜给我，不然我会夜夜缠着你。"

她本是想着那桌菜，一脸的向往，却忽然又愁眉苦脸，侧着头看风畔的脸，抬手抚过他的脸颊道："你为什么不在一开始就对我好一点儿呢？让我只享了四十九天的福就死了，我真的不甘心呢，所以风畔，你还是个坏蛋，"她手扯着他的衣领，说到后面半句话猛然哽咽，"我不想死，死了就没有好东西吃了，就看不到你了，我还没看够你，我不想死。"

说着大哭起来。

晨曦微露，陈小妖的哭声伴着远处的几声鸦叫，格外凄惨。风畔看着天地逐渐亮起来，心如刀割。

然而，时辰到了。

"小妖，你听我讲，"他扶着她的肩，让她对着自己，一手抹去她的泪，道，"魔，并不一定就是十恶不赦，你要记得原来的自己，任何情况下都不可以涂炭生灵，你可以忘记我前世抹去你记忆前说的话，但不可以忘记我现在说的，不然我真的万劫不复。"

阳光已照亮大地，陈小妖已气若游丝，风畔的话不知她有没有听进去，她眯着眼看着风畔，看到他说话间猛然涌出泪，她想伸手替他擦去，对他说神不可以哭，却没了抬手的力气，恍惚间有一些东西在她脑中闪着。

"静海？好古怪的名字？你姓静吗？

"静海，喜欢怎么写？

"静海，我要嫁人了。

"静海，我喜欢你。

"静海……"

那些片段串在一起，猛然清楚后，又瞬间淡去。

她记起她忘记什么话了，怎么就忘了，应该是刻骨铭心的啊！

她嘴巴张了张，想说出那句话，却发不出声音，只是徒劳地一张一合，然后四周越来越亮，她看到那个红衣女子向她飞来。

又要打架了吗？

风畔看着她张合的嘴，知道她在说着一句话，听不到声音，却听得极清楚。

"我也是，小妖。"他低头吻她，抱住她的身体，四身亮起一层淡淡的光。

上苍原谅他吧，他轻轻地念着咒，千年前他可以将一半神力护住红绸的元神，如今，他逆天而行，用另一半的神力救了这魔又如何？

只要她不消失，自己怎样都可以。

"风畔，这样你会神形俱灭，你疯了！"红绸在紧要关头对着风畔喊着。

风畔只是一笑，将自己的元神尽数拍进陈小妖的额间。

"小妖，你一定要活着。"

她有些茫然。

她坐在青石上望着天。

她伸出手想挡住太过强烈的阳光，然后阳光透过她的手背照过来，再透过她的身体照在她身后的青石上。

怎么她就没了肉身呢？

各自拥有了风畔一半的神力，但红绸毕竟还占了风畔替她收来的一千只妖的妖力，她斗不过红绸，成了无主的魂，那具肉身拱手让给了红绸。

风畔。

又想起了这个名字。

她没有消失，而他，却消失了。

其实没有什么意义啊，就剩她一个人很无趣呢。

她抬首，红绸盘膝而坐，口中念念有词。她站起身准备离红绸越远越好，尤记得梦中她们打过无数次，现在她没有肉身，打起来岂不吃亏？

"去哪里？"红绸睁开眼。风畔保住了她的元神，红绸可以看在他的分上不杀她，但毕竟那是魔，红绸要将她困在身边。

"找东西吃。"她应了一声，依然想离红绸越远越好。

"找东西吃？你现在还需要吃东西吗？"红绸冷冷地笑，"你还是乖乖地待在我旁边。"

她回头，脸上似笑非笑："我偏要离开呢？"

红绸笑："我自有办法让你无法离开。小妖，风畔救了你，也让你的魔性恢复，我不会放任你祸害世间。"

"祸害？"陈小妖仔细地想着这两个字的意思，"那也是拜你所赐，我本就是你的内心不是吗？"

红绸的脸色变了变，几句咒化成利刃向陈小妖飞来，陈小妖也不躲，任那利刃穿过自己的身体，掉在地上。

"你难道看不到我没有肉身吗？"陈小妖轻轻地笑，笑意间的神韵已找不到那个懵懂猪妖的任何表情了，她已是彻头彻尾的魔。

又坐回青石上，确实，她现在没有能力逃开红绸的掌控。

红绸看她坐定，又闭眼念起咒来，最后关头红绸大喝一声："妖王何在速速现身。"

一股紫烟平地扬起，陈小妖看过去，明了就在那股紫烟中。他的伤还未好透，捂着胸口，看到红绸时有些吃惊，叫了一声："小妖？"

陈小妖冷眼看着他又猛然泛红的脸，心里说了一句：真是个笨蛋。

"我不是陈小妖，我是红绸，镜妖你可还记得我？"红绸站起来。

那样的口吻的确不是小妖，明了心里一紧，全不顾红绸的问话，急问道："小妖呢？"

红绸一笑，也一样答非所问："没想到你这镜妖也动了凡心。"

明了盯着她，轻易地就被她窥破了心事。

"她在那里。"红绸终于指了指陈小妖的方向。

身形模糊，陈小妖倚在石头上，瞪着明了。

"小妖？"明了大吃一惊，看着近乎透明的陈小妖，转头冲红绸问道，"你是何人？快把小妖的肉身还来！"说话时几张符已在手中，随时准备向红绸拍过去。

"我是何人？我是你的主人。"红绸看着他手里的符，冷声道。

"主人？"

"当年我将我的素心剑插进了你的身体，因此酿成了大祸，打开了魔界大门，放出了这只魔，我现在要你重新打开大门，将这魔送回去。"红绸边说着，边手指结印，向明了头上拍去。

明了一惊，抬手想挡，却因重伤在身，再加上红绸现在已是完全的神，根本挡不住她的结印，他心里大叫不好，却在顷刻间化了原形。

一面极古朴的镜子，镜面上插着一把剑。

陈小妖看着，表情微微惊讶。

"原来已经融在一起，怪不得那时的记忆不复存在。"红绸幽幽地看着镜中的自己，伸手握住插在镜上的剑，口中轻声道，"素心剑归位。"手上用力，那已与古镜融在一起的剑竟被生生地拔出，同时亮起无数道光。

素心剑吗？陈小妖看着那把剑，她想起来了，她应该有把刀，好像叫"羁云"，当时拿着它与手持素心剑的红绸打过无数回合。

羁云刀。她看着自己的手，微微一笑，风畔，你又在骗我，这哪是因为我咬了墨幽耳朵的缘故，而是墨幽本来就该听她差遣，墨幽是那把刀里的魂，不是吗？

"我要吃饭。"她轻轻地说了一声，然后笑。

"镜妖，快打开魔界的门。"那边的红绸冲着化了原形的明了道。

古镜没有任何反应。

那时的记忆因为与剑妖融在一起而被融炉里的大火烧烬，此时剑妖归位，有关那时的记忆明了似乎想起来一些，而他，并不想将陈小妖关回魔界去。

"你敢违抗我的命令，我可让你永远是现在的模样，回不去人形。"红绸用剑对着古镜。

"原来神也会用威胁的手段，"陈小妖终于站起身，缓缓地走过来，同时也学红绸的模样，忽然伸出手，冲天空叫了一声，"羁云刀何在？"

本来的万里青空忽然就乌云密布。

红绸表情一变，看到有个人，一手拿刀，一手抱着个饭桶，满口白饭，狼狈地落到他们面前。

"谁在叫我？"墨幽含混不清地说着，眼睛扫过红绸和近乎透明的陈小妖，"怎么回事？"他看到的是一真一幻两个陈小妖。

陈小妖看着他脸上的饭粒，道："饭好吃吗？"

"是她占了你的肉身吗？"墨幽看着陈小妖透明的身体，正想问个究竟，红绸却已拿剑直刺向他。

红绸识得这把刀，这把刀是件魔物。魔持此刀时双眼血红，只知涂炭生灵，现在陈小妖尚有神志，一旦让她握住那把刀，便会开始杀戮。

"陈小妖，你不记得风畔交代的话了吗？你敢握住这把刀！"上次陈小妖拿过此刀，但当时魔性还未唤醒，且自己还在她体内，此时若让她握刀，当真非同小可。

陈小妖却在笑："放心，我不会握，也没办法握。我只是要借他力与你打一仗，因为你实在太欺负那面镜子了。"说着身形一闪，人已在刚刚险险躲过红绸一剑的墨幽的身后，对着墨幽念了几句咒语。墨幽手中的饭桶掉在地上，人已受了陈小妖的控制，猛然提刀向红绸砍去。

那样的威力已不似他平时那般不济，有了陈小妖的魔力相助，就似魔与神直接交战，红绸只能提剑去挡。

陈小妖看着他们打起来，知道墨幽并不能坚持多久，人迅速走到古镜前，对着镜子道："我知道你的能力，如果你真想帮我，告诉我风畔现在在哪里。"

她说完看着镜面，希望明了能给她一点儿线索。

她不相信风畔真的会消失，他一定在六界之内。

然而许久，镜面里只是一片白雾，什么都看不真切。

"没有吗？"陈小妖心乱如麻，难道他真的魂飞魄散了？

"他已经魂飞魄散了，你还怎么找到他？"身后红绸已跃上来，瞪着执着地看着镜子的陈小妖，"他死了。"

陈小妖身体猛地震了一下，虚幻的身影猛然淡了许多，也不回头看红绸，摇着头道："我不信！我不信！"

她连说了好几遍"我不信"，身形更淡。

"不好！"红绸表情一惊，默念咒语，一股真气拍向陈小妖。陈小妖淡去的身形，因那股真气又明了几分。

"你不能消失，不然风畔岂不白送了性命？"她冲陈小妖道。

而同时本来一团白雾的镜中忽然清明起来，两人同时一惊，看向镜中。

第九章

【离魂界】

风畔摇摇头："我宁愿在这里漫无目的地过下去，也不要再忘记。"
第一次忘记，再记起时痛彻心扉，他不要再来一次，肉身可以没有，神力可以没有，
记忆化成灰，却也要记得。

这里没有日夜之分，永远是浓稠的黑，他提了灯，白衣白发，在黑暗中显得尤其醒目，声音有些哑，却哼着歌，在空无一人的街道上如同鬼哭般。

街边某户人家的门骤然开了，从里面探出个头来，对着那白衣人吼道："鬼吼个什么，吵死人了！"说着正要关上门，看到白衣人手中的灯，愣了愣。

离魂界从不点灯，如果点灯，必是有人结魂成功要离开离魂界，那么这个白衣人就不简单了，应该是传说中的接魂使，接结成的魂离开，好再去投胎转世。

那人微微有些羡慕，自己被打散的魂结了好几千年也没结成，注定要留在这暗无天日的离魂界，有人却终于可以离开这里了。

眼睛看着白衣人手中的那盏灯，魂就在灯里吧。

"离魂界，深无边，魂飞魄散无穷尽哦。"那人再看眼那盏灯，叹了口气，又关上门。

白衣人笑了笑，看着手中的灯，又往前走。

阴风阵阵，灯里的火光开始摇曳起来，白衣人伸手稳住那点火苗，心里微微叹气，这离魂界里总有那么些人，不肯好好结魂，来抢别人的魂魄。

果然，不远处站了几个淡淡的影子，看影子的明暗，结魂的时间应该不长。

离魂界又称混沌洞，在仙界与地府之间，头接天，尾接地，无形无状，因各种原因被打散的魂散落天地间，最终一点点地被离魂界收集在其中。刚入离魂界的魂只是碎片，渐渐地拼凑起来，成为一个完整的魂魄，再由接魂使送入地府重新投胎，而这样的过程往往要上万年。

上万年太长，就算再次投胎也物是人非，而时间也同样可以消磨掉那些魂魄的耐心，要么再不结魂，消亡在混沌中，要么像现在一样夺取别人结成的魂魄。

白衣人放下灯，对那点儿火苗道："你且等等，我教训一下那几个碎魂再说。"

灯放在地上，苍白的火苗漫漫化成一抹人形，幽幽地飘起，坐在灯上。

离魂界任何魂魄，包括那接魂使都没有面目，只是如人形般的一股青烟，但从那灯中魂魄的身形上看，生前应该是极优雅的人，不紧不慢地看着那白衣接魂使。

真的能离开此地吗？看着他们打斗他忽然想，别人用上万年结成的魂自己只用了几年就结成了，很明显，有人在帮他，而他忽然迷茫起来，为什么有人要帮他？他是因为什么而魂飞魄散？魂被打散之时记忆也被打散，他结成了魂，却仍是散落了部分记忆，而他如果有幸能够投胎又会有什么事情等待他？

那几个魂魄再次被那接魂使打散，白衣接魂使回来时看到他坐在灯上，呵呵一笑，道："我们走吧。"

他应了一声，没有再回到灯里，而是飘到地上，与那接魂使并排站着："哪好意思让你一直带着我走，不如同行吧。"

"也好，"接魂使点点头，"我叫小白，你叫什么名字？"

什么名字？他努力地想了想，最后摇头道："不记得了。"

"那就叫小黑，你看你一身黑衣。"

"好，叫小黑。"他笑笑。

两人并行往前走。

"白兄，在这离魂界里，虽然你是接魂使，但应该也是离散的魂吧？"走了一段，小黑问小白。

"那是，"小白笑笑，"只是混得好了些。"

"我看白兄的魂已经结成，为什么还不离去，要留在这里做接魂使？"

"这个啊，"小白抓抓头，"离魂界未必不好，那凡事未必就是好去处，不然何至于被打得魂飞魄散来到这里呢？"

小黑愣了愣，想想，觉得很有些道理，像他这样，对回到凡世就有些恐慌。

抬起头，正想再说些什么，旁边的小白却忽然停下来，他一怔，同时感觉到一股陌生的气息直逼过来，不，确定点儿说应该是几股。

那不是属于离魂界的气息，带着让离魂之人渴望不已的生气。

是活人吗？

"难道有贵客？"旁边的小白说了一声，望向两个显现在不远处的人影，身形清楚，隐隐有眉目，不是离魂。

离魂界，那是个太过秘密的地方，上天入地，并没有几个人和仙知道它的存在，在所有人的概念中魂飞破散就是虚无，就是再也不存在，谁都不知道存在这么一个侥幸的地方，死非死，散非散，原来再绝望也是有侥幸的。

因为太过秘密，所以并没有几个人能进得来，能进来的人必定是不凡的人。

终于看清来者的长相，是两个女子，一个一身红，另一个，其实也是一缕魂，只是看得清眉目，两个女子竟是一样的长相。

小黑远远地看着，看到那红衣女子周身一圈淡色的光晕。

原来是神啊。

红绸看着眼前两个离魂，一黑一白，因为没有眉目，所以也看不清他们的前世今生，她不由得担心，即使千辛万苦来到这离魂界，这万千离魂中也未必找得到风畔的去向。

那日镜中忽然显现的场景，镜妖说那是离魂界，这是她从未听过的地方，更不知道如何进入，最后还是借着镜妖的力量，自镜中进入了这离魂界。

然而离魂界里有太多她们未知的东西，两人在茫茫的离魂界里寻找，一寻竟是好几年。

红绸想着，却见陈小妖已向着那两个离魂而去。

"你们可曾见过一个叫风畔的半神，不，也可能是离魂。"陈小妖不知道风畔变成什么模样，自镜中看到的场景也只是离魂界的浓黑，风畔并没有出现在镜中。

"风畔？"小白看着身体透明的陈小妖，想了想，"没听过，这里的离魂多半是忘了自己名字的。"

"那你呢？"陈小妖转向小黑。

小黑愣愣地看着她，然后摇头："我也没听过。"

"那要如何找？"陈小妖自言自语。

小白看着她眉目间的愁容，微微不解，道："你们是如何来到这离魂界的？一个破碎的魂找到了又如何？"

"什么意思？"红绸也走上来。

"那些破碎的魂只能存在于这离魂界，找到也带不走的。"

"那如果结成完整的魂呢？"

"像他一样啰，"小白指指身旁的小黑，"重新投胎，前世的痕迹一并消去，你还是带不走的。"

"我不管这些，先找到他再说。"陈小妖不管不顾。

"那随你们。"小白的声音听起来有些吊儿郎当，指指身后无尽的黑暗，"离魂界大得很，随你们找。"

是的，离魂界很大，似乎无穷不尽，不然何至于找了几年都没有风畔的音讯。

"那我就住在这里慢慢找。"陈小妖咬咬牙，没有风畔，其实去哪里对她都一样。

小黑幽幽地看着眼前的少女，忽然道："那是你很重要的人吗？"

陈小妖看他一眼："当然重要。"

"这样，"小黑若有所思，似乎也有人很肯定地说过这么一句，他想不起来了，"会不会他不在这里，有可能在别处，你住在这里岂不浪费时间？"

"那要到哪里找？"陈小妖觉得很难受，她已经很烦了，这个人却对她说万一风畔不在这里怎么办？怎么办？她除了相信镜子说风畔在这里，没有别的办法，至少比红绸口中所说的魂飞魄散要好得多，至少那是有希望的。

"闪开，我要在这里搭个屋子住下来。"她有些泄愤地将小黑推了一把。

两人都是魂魄，手隔着小黑的身体就穿过去了，她"喊"了一声，也不跟他计较，真的施法准备造房子。

红绸看着陈小妖，其实她抱的希望并不比陈小妖小，但她远比陈小妖理智，现在这种渺茫的情况，她更相信，是那镜妖出错了。然而离魂界不就是收留那些破碎灵魂的地方吗？魂飞魄散的风畔唯一可能去的地方不就是这里？

红绸转头看看小黑，不知怎的，虽然看不清他的眉目，也没办法算出他的前世今生，然而他全身竟是透着股不凡之气，魂魄的气息也让人舒畅，如果没有猜错应该是仙界之人，既然这离魂界连仙界之人也有，风畔也很可能在这里。

只是在哪里？

难道也要像那只魔一般搭个屋住在这里？

陈小妖真的搭了个屋住下，红绸轻轻叹了口气。

其实没有搭屋的必要，离魂界没有雨，只有阴风阵阵，何况一个魂需要住什么屋？

小黑坐在灯上看着猛然间就平地而起的草屋，愣了愣，这魂的法力不弱啊，要知这离魂界寸草不生，她竟然能搭出座草屋来。

红绸打量着那两个在一旁看热闹的离魂，在她眼中，离魂只是这世间最底层的灵魂，是不完整的，也是最难琢磨的，看不见喜怒，同样的也不能推断前世今生。所以当小黑围着草屋转时，她忽然有个想法，这么气息柔和的魂会是谁？会不会他就是风畔？

"我看你还缺了记忆那片没有拼凑起来，要不要我帮你？"红绸上前道。

小黑一怔："怎么帮？"他确实有很多东西都想不起来了，如果能找回记忆，是不是很多他感到迷茫的东西就会在他投胎前清晰起来？这样总好过浑浑噩噩地去投胎。

红绸笑："我虽然不懂离魂，但我知道如何结魂。"

"真的？"小黑的魂又荡了荡。

红绸没答，却已经开始默默念咒。

可能本来就是一体的，看着红绸的举动，陈小妖多半已猜到了她的用意，她看向小黑，难道他真会是风畔？

咒语带着神力片片飞散开，在无尽的黑暗中寻找属于小黑的记忆。陈小妖看着，小白也在一边看着。

然后猛然间小黑的身影淡去，竟像要消失不见。

"不好！"小白大叫一声，抓住小黑的魂迅速移进灯笼里，总算灯里的火光还亮着。

"怎么回事？"陈小妖看着闪动的火苗，不明白发生了什么。

然后红绸停下来，方才寻找记忆时隐隐有一股阻力，她眼睛猛然看向小白："你为何阻止我寻魂？你究竟是何人。"

小白朝后退了一步，淡声道："不过是个接魂使而已。"

"接魂使？你的力量似乎过于强大了。"红绸道。

陈小妖一惊，抬头看向小白。

小白只是笑："这离魂界中什么离魂没有，力量强大的魂很奇怪吗？"

红绸无言。的确，这里是混沌，天上人间什么样的苦难，什么样的爱恨都包容在里面，可能眼前这个接魂使，魂魄未被打散前还是个大神。

"但你为何要阻止我？"她道。

"投胎的人要记忆有何用？"小白反问。

"为什么我觉得你是在害怕，"旁边的陈小妖忽然说话，"你是怕他想起什么吗？"

小白转过头，没有面目的脸，对着陈小妖。

"你在怕什么？"陈小妖问道。

半晌。

"跟你有关系吗？"小白回过头去，低头看着手中的灯笼。

"万一他是我要找的人呢？"陈小妖上前一步。

"他不是。"小白直接道。

"为什么你这么肯定？"

"因为……"他停了停，"因为他不过是个可怜人，既然忘记就不要再记起了。"说着他摊开手，白色的手，手心里一片黑色的烟尘。

"这就是他的记忆，我清楚他不叫风畔，"说着，小白又合上手，"你们要找的人可能在我来路的方向，那里的众离魂中有一个离魂的身上隐隐罩着光环。"

"你说的可当真？"红绸冲上去问。

"当真。"

"那你方才为何不说？"陈小妖问。

小白一笑："离魂界的事情本来就不能为外人道，但既然你们这么想知道那个人的所在，告诉你们又何妨。"

"我们走。"除了神，谁身上还会在离魂界里有神光护体，红绸几乎肯定那是风畔，拉了陈小妖就往小白来时的路方向而去。

陈小妖随她走了几步，下意识又回头看看，看看小白手中那微弱的火光，然后终于转回头去，随红绸离开了。

小白看着他们走远，低头又看看灯中的火光，半晌才抬头看那座草屋，脸上还是看不清什么表情，最终叹了口气，哼着那首小曲，慢慢地走了。

走开几步远时，他伸手轻轻地一挥，那座草屋就轰然倒下，他也不回头，越走越远。

地府。

即使点着灯，也是黑漆漆的，什么都看不真切。

小白提着灯笼站在奈何桥上看到孟婆坐在桥栏边嗑着瓜子，他就站着，没有再往前去。

到了地府，小白依然没有眉目，像一缕青烟，无声无息。

"来了啊，"孟婆终于看到他，眼睛同时看他手中的灯笼，道，"不容易哦，不容易。"说着拍拍手，站起来。

她并不去接灯笼，而是去翻被她坐在屁股下面的一本黄旧册子，然后问小白："那离魂叫什么？且让我看看他的来世命数，我好安排。"

"君莲。"小白淡声道。

"君莲啊，"孟婆听到这个名字愣了愣，然后摇摇头，"可惜了哦。"动手开始翻那本黄旧的册子。

"君莲，君莲，"她边念边找，然后停在一处，"有了，风畔，把灯笼给我吧。"她冲小白伸出手。

"是什么命数？"小白忍不住问了一句，手中的灯笼没有递上去。

孟婆笑了笑："接魂使不该问这些的，别人的命数跟你有什么关系？"

小白白色的魂飘忽了一下，没再说什么，把手中的灯笼递给她。

孟婆看着他，可惜他没有眉目，就算孟婆这样的上仙也看不出他的表情。于是她笑笑地接过，挥手道："你的任务完成，离开吧。"

小白点点头，缓缓地转过身去。

"哦，对了，瞧我这记性，年纪大啰，"孟婆忽然道，急急忙忙地叫住小白，"我的孟婆汤还煮在锅上呢，可能要烧干了，你在这里替我看着，我去去就来。"说着转身下了奈何桥去。

只剩小白，站在桥头，看着那本翻开的黄旧册子。

仍是看不到他的表情，他站了一会儿，然后转身走了。

奈何桥下众鬼看守，何需他守在桥上？

于是，小白又回到了离魂界，他回头看着身后渐渐消失的地府幽暗光亮，越来越远，终于完全消失。有一瞬间，他不能适应离魂界无边的黑暗，但再往前走了几步，终于可以看清这离魂界里的萧瑟。

空气是冰的，不同于地府的幽冷，他是离魂，并不会在意这样的冰冷，任其穿透自己。

走了一段，似乎并没有花去多少时间，他又看到了那座被他推倒的草屋，那透明的魂就站在那里，还有那红衣的神。

一个几乎看不清，一个太扎眼。

"你骗我，哪有周身有神光护体的离魂？"陈小妖第一个冲上来，"我问了很多离魂，他们都说没有，你在骗我。"她手伸过去想揪住他，但两人都是魂魄，就这么生生地穿插过去，像影子与另一个影子擦身而过一样。

小白没动，也无须动，只是看着陈小妖绝望的脸，他微微侧着头，轻声问："遇到又如何呢？"

"遇到？当然是救他出去。"

"出不去的，"小白冷冷地笑，"出去就再次散成碎片再回到这里。"

"那我陪他在这里。"

"两个魂吗？在这个无边黑暗里？"他回头望了一眼身后无边的黑暗，"这里没有边际，没有时光流动，任谁在这里都会绝望的。"

"我不在乎，只要能见到他。"陈小妖又在哭，却仍然不会有泪，只是睁大了眼，以前的单纯无知全都化成绝望，她不再是那只妖，也不是魔，只是一缕绝望的魂，已毫无生气可言。

"你说他为什么让我活着，我这个样子，上天入地与在这里有什么区别？所以，我有什么好在乎的呢？"

小白看着她，看着她哭，看着她怎么哭都没有泪。小白仍是没什么表情，只是白色的魂魄微微地震动着，像被风吹动的白幡，一下又一下，然后又忽然停了，他抬头看向那边看着他们的红绸。

红绸也看向他，脸上是难以捉摸的表情。

"四月初三，"他说，对着红绸，也是对着陈小妖，"风畔会转世投胎，南宁祝县，陈家。"说完，冲红绸点点头。

红绸愣了半晌，也点点头。

人间。

四月初三。

南宁祝县陈家，出生了一名女婴，出生时并不啼哭，养到三月大仍不会动，也不会哭，如没有魂魄的玩偶。

一年后，女婴因为下人的疏忽滚下床，忽然啼哭，之后如常人般，能动，能哭，陈家大喜。

地府。

奈何桥。

孟婆看着那个面如焦炭的鬼差。

"孟婆，怎么回事啊？不是说只有一年寿命，会跌下床摔死的吗，怎么没死？"鬼差不解地翻着一本黄旧册子。

孟婆笑笑："可能命数变了吧，这天地间的命数啊，本就不是一本小册子可以掌控的。"

离魂界。

小白看着头顶的那点儿光亮。

天亮了啊。

他低着头，应该是在笑。

红绸无声无息地现了身。

"你要我做的，我已经照做了。"她说。

小白点点头："怎么样？那个身体可适合她？"

"就算不适合她也挣脱不得，我已封了她的魔力。"

"记忆呢？"

红绸没说话。

"没封吗？"

红绸脸上扬起一抹苦涩的笑："风畔，你何苦？"

风畔还是没有眉目："那又能怎样？"

"你可以再投胎转世，这离魂界保全了你的元神，你可以像其他结成魂的离魂那样投胎转世。"

风畔摇摇头："我宁愿在这里漫无目的地过下去，也不要再忘记。"第一次忘记，再记起时痛彻心扉，他不要再来一次，肉身可以没有，神力可以没有，记忆化成灰，却也要记得。

"回去封了她的记忆吧。"他幽幽地说。

红绸猛然吸了口气，眼中闪过晶亮的东西。

"知道我当年为什么成魔吗，风畔？"她说，"因为情念，欲望太过强烈却不可得，就算我被封在小妖的体内，我也念念不忘，但现在看来，我输得彻底，当年的神魔大战，一切的一切又有什么意义？"

风畔没作声。

"我不会封她的记忆，要痛就一起痛，没有必要你在这漫天的黑暗中苦苦挣扎，而她继续无忧地过下去，我做不来。"说到这里眼泪已经被逼了出来，"我会想办法救你，无论用什么方法。"

说着再也不看风畔，隐去身形。

风畔半天也没有动，离魂界的风"呜呜"地吹着。

"离魂界，深无边，魂飞魄散无穷尽……"有离魂在轻轻地唱。

第十章

【三生三世】

"唐笑？"陈小妖扑上去。

"不，我是风畔。"风畔伸手拥住她。

"风畔？"她重复着这两个字，忽然哭泣。

红绸再出现时，以人间的日子算，已经是十多年后的事了，在暗无天日的离魂界里似乎太过漫长，又似乎只在眨眼之间。

一身红衣的红绸落在风畔前面时，风畔正躺在石头上哼着歌，看到红绸动都没有动一下。

"一月后小妖便要出嫁了。"红绸站在他跟前道。

白色的魂似乎颤了颤，红绸看着他，在他旁边坐下道："一只魔投入寻常百姓家，也算那户人家倒霉，何况还有黑白无常时常在周围伺机而动，陈家已经家道中落，几年内陈家三个儿子相继死了两个，小妖是无奈才嫁的，只要她离开陈家，陈家自此便相安无事，而小妖所嫁的那户人家就要继承这样的厄运，所以小妖选了她们那里最罪恶昭著的一户人家，父亲是贪官，儿子是无恶不作的花花公子。"

那魂又颤了颤，这次红绸看得清楚。

"你可以借我的身体回凡世去，我的修为足可保你的魂在凡世一日不会消散，你要不要看她一眼？"红绸道。

风畔终于侧头看她，半晌道："不过一日，不如不见。"

"就算她嫁人？"

"那不过是这一世的镜花水月。"风畔淡声道。

凡世。

小妖穿着嫁衣，看着镜中的自己，该是喜气的日子，她这世的爹娘却在外面哭，因为她嫁的是个恶人。

人世繁花只如镜花水月，生死兴衰在她眼中根本算不得什么，她完全可以无动于衷地看着陈家人因她魔的身份带来的不祥而逐个死去，然而十几年的相处，爹娘的疼爱让她不忍，所以她只有嫁，以凡世契约的形式将这样的厄运转给另一户人家。

外面的锣鼓在催，墨幽在她身后悄悄现了身。

"你真要嫁？"墨幽看着镜中的她，虽然是与以前的小妖完全不同的容颜，但骨子里确实是真真切切的陈小妖，此时她面带忧伤，应该说这十几年里他都没怎么看她笑过，以前那个无忧无虑的小妖哪里去了？那个只知道吃的小妖哪里去了？

羁云刀猛地在他手中现身，他挥刀对着梳妆台一砍，那面铜镜顿时变成两半。

陈小妖连动也没动一下。

"无妨，你嫁过去，我今天就将那新郎杀了便是。"墨幽将刀收回来道。

"你的刀已经被我封印，你还杀得了人吗？"

身后有声音响起，墨幽转过身去，却是红绸。

红绸倚在门上，看着陈小妖已经梳妆完毕，长发盘成了髻，嫁衣着身，神情却无比落寞，不由得叹了口气。

外面的锣鼓在催，陈小妖慢慢地站起身。

嫁就嫁吧，一切，无妨的。

由着喜娘将她带出自己的闺房，一路听着爹娘哭泣，她跨出门去。

门外下着细雨，她抬头隔着盖头看模糊的天，风畔，我要嫁人了，你可看到？

他看不到，看到又如何？

手微微地握紧，细长的指甲抠进掌心却不觉得痛，她终于低下头去，回头再看一眼她住了十多年的家，进了轿子。

邻县的唐家，在敲锣打鼓间不久便到了，新郎踢开轿门，将她抱下了轿，然后是拜堂敬酒一连串的事情，她被推来送去，最后终于静下来，被送进了洞房。

新郎在外面敬酒，她掀了盖头，看到屋里的黑白两个影子，不由得一笑，黑白无常竟也跟着嫁过来了，看来今夜洞房他们也会跟着看。

红绸也显了身，墨幽却失了去向。

"我去过离魂界了，他不肯见你。"红绸看着桌上的龙凤红烛，道。

陈小妖没有作声，红绸自怀间拿出妖镜，放在桌上："从这里，你可以看到他。"

陈小妖没有动，盯着手上的盖头发呆，然后一眨眼，一行泪便滴下来："今日我新婚，你们先离去吧，不要在这里。"

"小妖？"

"不见也罢，再见又如何？"只是隔着镜子，只是那一抹飘忽的魂，有什么用？

红绸呆了呆，她的态度竟是与风畔一样的。

难道真的要这样？一个永远待在离魂界，一个不断地轮回，永生永世再不见吗？红绸叹了口气，收了镜子，一转身消失了。

出了新房，红绸又现了身，远远看唐家大院里，穿红衣的新郎正来回敬着酒，眉眼间竟是有几分像风畔，怀中的镜子震了震，她低下头去，明了现了身。

"怎么？"她看着明了。

明了转头看了眼院中的新郎，忽然朝红绸跪了下来。

外面的锣鼓声停下时，下人们将新郎扶进新房来，陈小妖盖好了盖头，听着门被打开又关上。

"娘子，来，我们喝交杯酒。"隔着红纱她看着新郎自桌上拿了酒壶摇摇晃晃地走上来，却猛地又走向一个方向轻轻地"咦"了一声。

那是黑白无常所在的方向。

盖头被掀开，陈小妖终于看清新郎的样貌，竟是意料之外的超凡出尘，尤其一双眼亮得出奇。他盯着陈小妖看了半天，人一屁股在她旁边坐下，原来的酒似乎忽然间就醒了，只听他道："我就想怎么有黑白无常，原来你是个早该死的人。"

陈小妖一惊，怔怔地看着他。

他晶亮的眼也看着她："你有什么事未了，不肯随那两个黑白无常走？"

"你是谁？"陈小妖盯着他。

他摊摊手："你看到了，我就是一界凡人，只是比别人多长了一只眼而已。"

"多长了一只眼？"

"阴阳眼，看尽三界。"他指指自己眉心。

陈小妖看向他的眉心。果然，他的眉心有一道白光，那不是阴阳眼，而是被封印的神力，凡人是不该有的，看来是哪路犯了事的仙家，而他之所以看不出她其实是只魔，是因为她的魔力被红绸封住了的缘故。

"生死不是因为我不肯离去而改变的，其实我也不知道自己为何还没死。"陈小妖幽幽道。

新郎怔了怔："也是，生死岂是你决定的。"他抬头看看桌上的红烛，想了想道，"既然我们有这段姻缘，也必定有它的道理，且让我仔细看看你的前世。"说着坐起来，对着陈小妖闭上眼，陈小妖看到他眉心的白光突然亮了许多。

半晌，新郎有些烦恼地睁开眼，道："什么也没有，什么也看不到，怎么搞的，难道我的阴阳眼失灵了？"

陈小妖看着他的样子，觉得滑稽得很，终于笑了笑，道："不是失灵，而是因为我没有前世。"

"没有前世？不可能，怎么可能没有前世，"新郎摇头，忽然想到什么，"莫非你不是人？"

"我是魔。"陈小妖盯着他。

"我查过了，天上地下并没有被打入轮回的仙家，我也仔细看过他，他与你一样，被封了印，我看不到他的前世今生。"红绸看着院中那抹修长的身影，眼中若有所思，与陈小妖说话也似乎变得心不在焉。

唐笑刚画了幅牡丹，回头看那边亭中的两个人，一个是自己新婚的娘子，一个据说是娘子的姐姐，但唐笑看得出那其实是个神。

回头看自己画的牡丹图，不似之前的艳丽，沾着雨滴，微微耷拉着，像是他新娶的娘子。

新娘子看不出有任何喜悦。

她心里有个人，初时看她，就知道了。

他并不怎么在意，反正都是些不凡的人，有过不凡的事也是正常的，轻轻哼着曲，他拿印，沾了印泥准备盖上去，听到身后有脚步声，回过头去却是陈小妖。

陈小妖拿了一盅补药，走到唐笑跟前，道："婆婆炖的，让我说是我炖的。"说着放在桌上，低头看那幅牡丹。

唐笑轻笑，还真诚实，抬头看看那头的凉亭："你姐呢？"

"走了，"陈小妖坐下，看着那幅画道，"原来你会画画。"

"胡乱画的，要不要我替你画一幅？"唐笑笑道。

陈小妖说："好。"说着抬手理了理头发。

其实画出来的也不是她，那只是她借用的躯壳，但陈小妖想既然要这样活下去，并且没完没了地轮回下去，可能找些事做会好过一些，离魂界里的风畔应该也会找些事情来消磨那无穷尽的时间吧。

唐笑真的铺开宣纸，开始动笔，眼睛就这么在陈小妖与纸墨间游移着。

他的娘子其实是算不得美的，世间美女万千，比娘子美的举不胜举，她的那具身体散着淡淡的死气，招惹了黑白无常时时跟着，这样的身体他也并不怠见。但那具身体之内所蕴藏的魂魄，透过她的眼可以看出点儿端倪，虽是魔，却散着诱人的气息，让他很喜欢与她接近。

　　"头再抬高一点儿。"他伸出手，抵在她的下巴上微微让她抬起头。

　　陈小妖依着他，抬高了点头，看着唐笑的眼，眨也不眨。

　　"我脸上有什么？"唐笑摸摸自己的脸。

　　"你的眼睛像一个人，很像，特别是笑的时候。"陈小妖并不隐瞒，还是盯着他的眼看。

　　唐笑用笔头挠了挠头："是个男人吧。"

　　陈小妖点点头。

　　唐笑眉一皱："你偏要这么诚实？说你相公的眼像别的男人，你相公会生气的。"说着伸手将陈小妖鬓间的发理到脑后。

　　陈小妖伸手抓过他的手："手指也像。"

　　"所以呢？"唐笑放下笔。

　　"所以我并不讨厌你。"

　　"多谢娘子不讨厌我，"唐笑其实心里有点儿不是滋味，这又算是什么跟什么，再怎么样也是自己娶进门的。"不画了。"他唉声叹气地坐着。

　　陈小妖拿过画了一半的画看，虽未画完，但几笔勾勒，神韵都已出来了。

　　"你还是替我画完吧，我想烧了给他，他可能会看到。"虽然，那并不是她，但却是她这一世的样貌。

　　听到"烧了给他"，唐笑怔了怔："他死了吗？"

　　"魂飞魄散，现在在离魂界。"陈小妖轻轻捡去掉在画上的花瓣，道。

　　"离魂界？"唐笑重复着这三个字，又摇了摇头，站起来，"行，那就画完。"说着又站起来，拿起了笔。

　　正是人间三月，一对璧人，由满院的春色陪衬，当真美好异常。

风畔听红绸说着陈小妖的近况，因为只是一缕魂，所以看不出他是什么表情。

"这样也好吧，"听完，他对红绸说，"你可以回去了。"

红绸没有说话，看着四周幽暗的黑，隔了一会儿，道："最近，我一直向其他仙家了解这处离魂界，离魂界就是混沌地，有破散的魂入此地，此地必有结成的魂去投胎，离魂界的魂只能有这么多，这是离魂界的法则。风畔，作为与离魂界的交换，我可以替你在这里的，换你出去的。"以前是她不明白，她对风畔有情，就觉得风畔对她也是一样的，所以当那个叫小妖的魔出现时，她有很多的不甘，因为那只是魔，根本无法与自己相比，也配不上风畔，她只知费尽心机地破坏，但事到如今，风畔的牺牲已说明了一切，她不过是一厢情愿而已。

风畔转头看红绸，应该是在笑的："我不需要。"

人间的日子过得极快，天界的太上老君对着炼丹炉扇动一下扇子的时间，人间已过去几月了。

所以，两年也不过是眨眼之间。

红绸极少来了，墨幽上次说要回魔界后果真再也不来了，明了更是再也没有出现过。

红绸说，既然无计可施，那就安心做凡人吧，或许上天垂怜，在某一世的轮回中会与风畔遇上。

但陈小妖却知道，虽然她与红绸是一魔一神，正反之间，说到底其实是一体的，所以喜好、憎恶是一样的，自己有多爱风畔，红绸就有多爱，自己有多痛苦，红绸就有多痛苦。

她不想说，红绸替我陪着风畔吧，因为如果自己是红绸，不用别人说，就已经陪在风畔身边，所以红绸也一定这样做过，但结果是什么，其实很明显。

唐家并没有因为她的嫁入而招了厄运，可能唐笑真的是神仙下凡，所以抵了她身上的灾运。

"你劝劝笑儿吧，无后为大，你肚子两年都没动静，他却又死活不肯再娶，唐家不能绝后，你一定劝劝他吧。"婆婆来回叨念着这几句话，终于肯走了。

有人说那是因为陈家作恶太多，老天惩罚，但陈小妖知道这并不是真正的原因，是因为自己这具身体阳寿早已尽了，等于是已死之人，又怎么可能怀孕？

"走了？"唐笑自屏风后转出来，看着自家娘亲远去的背影，暗暗吁了口气。

"其实你可以考虑娶二房，靠我，是绝对生不出来的。"陈小妖转头看他，看他时却只看他的眼。

唐笑已经习惯她这种看人的方式，抓了陈小妖的手握在手中，道："生不出就不生了，我只要你就够了。"他将陈小妖的手拿到唇边亲吻，陈小妖还是挣了挣，他却固执地握紧。

"娘子，今晚有灯会，我们去看可好？"他说。

陈小妖说："好。"

她什么都说"好"，万事都说"好"，但却如木头般僵硬，让人很容易看出，她其实是不想的，或者根本就不在乎这些，但为了证明她还是活着的，是有生气的，所以拼命地附和着。

她心里有人，即使他们成亲两年，她却始终没有忘记。

灯会。

彩灯点亮了整条街，街上人来人往，好不热闹，而在唐笑的眼中，这条街远比别人看到的还要热闹，除了人，还有鬼，也有妖，因为这里是喜悦充斥的地方，所以不管是鬼还是妖都贪婪地吸取这种喜悦来助长自己的灵力。

他牵着陈小妖的手，笑着指给她看头顶上的那对鸳鸯彩灯。陈小妖抬头看着，唐笑问她是否知道其中哪只是公的，哪只是母的？陈小妖摇头，唐笑便笑着告诉她。

"漂亮的那只是公的。"唐笑指着其中的一只。

陈小妖却已转头看他眉眼间的笑意，然后伸手抚上去。

唐笑怔了怔，回头看她。

她又缩回手，看着满街的亮色，道："没什么，我只是忽然好想他，"她的视线聚在一点，"唐笑，我现在就已经受不了了，现在才不过一世而已，以后的生生世世我该怎么活，我想我撑不下去。"

她并没有哭，脸上连悲伤的表情也没有，似乎只是看着远处的某盏灯："我宁愿自己是这盏无知无觉的彩灯，或者这样会好过一些。"

她喃喃说着，忽来的一阵风将一排彩灯吹得不住晃动，就像此时唐笑的心。

"我陪着你不好吗？我们不如做个协定，这辈子，下辈子，再下辈子，一直是我们两人，由我陪着你，至少你不会那么难过。"唐笑执着她的手，心里纷乱。

也许下辈子，下下辈子，她就可以忘记这个人了。

陈小妖收回眼看他，笑道："是啊，你可以陪着我，至少我不讨厌你。"

至少我不讨厌你，至少我不讨厌你？只是这样吗？自己等了两年，等到的这句话竟是与两年前一样的。

他觉得胸口有股气流在窜动着，似乎就要呼之欲出，然而同时有个声音如暮鼓晨钟般在胸口的气流冲破桎梏前直冲进他的耳中：静，静，静，静，静。

一连五个"静"字，让他猛地回过神，已静下心来，抬眼，眼前还是彩灯点点，还是陈小妖那张静默的脸，一切云淡风轻。

他闭上眼，吐着气。

"方才你额间的灵力在窜动。"是陈小妖的声音。

"是吗？"他笑笑，"不碍事的。"

不碍事的，只是说说，等灯会落幕，人群散尽时，两人才发现，身边多了许多被他灵力引来的鬼怪，贪婪地注视着他。

"娘子，到一边去。"他轻轻地将陈小妖往旁边推开，看着眼前几只长相可怖的鬼怪。

然后，其中的一只出手了，流着涎的舌头像绳子一样朝唐笑卷过来，接着一道紫光一闪，唐笑手中已经多了一把剑，那剑带着紫色的剑气，对着那几只鬼怪只是一扫，顿时飞灰烟灭了。

四周又静下来，只是一眨眼的工夫，似乎什么都没发生，躲在不远处墙角的黑白无常，怔然看着这一幕，再也不敢靠近半分，而陈小妖也愣住了。

"你是妖？"她盯着唐笑，语气几乎是肯定的，因为他身上虽然封了印嗅不到任何妖气，但那剑上却是妖气如织。

"没错，"唐笑转头，"我是妖。"眉间忽然显现的金色封印亮了亮就消失了，然后他整个人栽倒下来。

"为何我觉得他很熟悉？"看着床上的唐笑，陈小妖问红绸。

红绸回过头看她："像谁？风畔吗？"眉宇间确实有几分相似。

陈小妖摇摇头，她不知道，只是怔怔地看着唐笑，听到身后的红绸微微叹了口气。

额头有温暖的触感，唐笑眼皮动了动，睁开眼，是陈小妖。

"娘子。"他哑着声音叫了一声，伸手抓住陈小妖的手。

"红绸替你补好了封印。"陈小妖指指身后的红衣女子。

红绸看着他，表情若有所思。

"小妖，你先出去吧，我有话跟他说。"红绸道。

陈小妖点点头，出去了。

屋外有槐花的香气，陈小妖抬眼看院中的槐树，自己以前就喜欢蹲在树上看着静海，看他画画，他也喜欢画牡丹，和尚不画佛，却画牡丹，静海也画过她，伸出手帮她摆正头的姿势，所以她说唐笑的手指像他。

她又想到风畔，抢了她的糕点，她在后面追，然后指着湖中的鸟儿问她，哪只是公的，哪只是母的。

所以观灯时，唐笑同样问起那句话时，她忽然有种错觉，觉得那就是风畔，所以那一刻当她看着他的眼如此像风畔，忍不住说，自己已经坚持不下去了。

好想风畔，真的好想。她捂住脸，蹲下身，好一会儿，有低低的哭泣声，槐花不断地落下，掉在她的头上，如同纷乱的心。

红绡开门出来时正好看到这样的情景，怔了怔，出了屋，关上门。

"你在为谁而哭？"她在陈小妖旁边坐下，问道。

陈小妖停下来，含泪的眼看着红绡，然后忽然抓住红绡的手道："带我去见风畔，算我求你，只看一眼，看一眼就好。"

她细碎的哭声传进屋里，唐笑睁着眼听着，觉得心里撕裂般疼，屋梁的地方因为他心里的这股疼痛有极淡的蓝光一闪，又马上消失了。唐笑自言自语道："不用太久，快了。"

红绡说："我不能带你去离魂界，因为你这具身体的阳寿早尽，你的魂魄一离开，这具身体便是即刻腐烂，只剩下白骨，小妖，你要好好珍惜这具肉身，不要辜负了风畔。"

陈小妖便沉默下来，又恢复到原来木然的样子，似乎在这之前她根本就没哭过，更没有被思念压得喘不过气。

然后红绡走了，走时对陈小妖说："有些东西就在你眼前时要好好珍惜，不要有一天失去了，便是后悔也来不及。"她意有所指，然而陈小妖却全没有放在心上。

时间还是过得极快，唐笑终于决定纳妾了，因为大房两年不育，所以娶小妾时便就跟着隆重起来，八抬大轿，双方亲戚，该有的礼数都有了。

陈小妖靠在门边远远地看着前厅里的热闹，身旁是一向服侍自己的丫鬟在不满地嘀咕，说婚礼太过热闹了，说这般热闹又把大房摆在何处？

这些都是人世间的是非，以前陈小妖是不懂的，但现在已经渐渐看懂了一些。

前厅里传来"夫妻对拜"的声音，她不由得想起自己嫁唐笑时的情形，满眼的红，唐笑一身红衣叫她娘子，笑得眉开眼笑。

胸口有什么东西觉得极沉，在听到前厅又传来"礼毕，送入洞房"的声音时，她似乎才意识到，她嫁给那个叫"唐笑"的人已经两年。两年里不看，不听，只顾想着风畔，唐笑的喜怒、唐笑的声音、表情，哪怕两人同床共枕时他的激情将她逼到轻声喘息，她仍是麻木不仁，仍是忽略不看，而这一切的一切竟在这时开始意识到。

她只记得离开风畔两年，却忽略了这个叫唐笑的人陪了她两年了。

"夫人，外面冷，进屋吧。"丫鬟以为她是在伤怀，轻声劝她进屋。

她点点头，进屋去了。

唐笑挑开新娘的盖头，看到新娘的脸时，有瞬间的恍惚，刚才一瞬间他想起两年前自己摇摇晃晃地挑开自家娘子的盖头，似乎与现在重合了。

他不想纳妾，但他必须纳，因为唐笑的命里有一个儿子，他不能违了天意。

新娘看到他时满脸的惊喜，因为他长得确实不差，他却漠然地倒了交杯酒与新娘喝了下去，然后对新娘道："天色不早，我们休息吧。"

床笫间，新娘在他身下娇喘着，而他只是木然地重复着那个动作，他忽然明白陈小妖的木然，因为心不在这里，所以什么都是枉然。

"娘子，娘子。"他一声声地叫着，动作变快变剧烈，因为胸口太痛，他想借着那么一点点快意将它忽略去。然后那道蓝光又出现了，起初只是一点，然后变成一个黑洞，在空中晃动着，却在他释放时消失无踪。

他坐起来，心里空空的，然后穿衣下床去。

深秋了，外面有些冷，屋里，新纳的小妾问他到哪里去，他没有应，披了衣直接往陈小妖的房里去。

陈小妖已经睡了，躺在床上看着床顶，然后听到开门声，接着是唐笑叫她"娘子"。

她坐起身，点上烛，唐笑站在屋中，看着她，烛光下，脸色苍白。

"你怎么……"她想问他为何在这里，唐笑却忽然走上来吻住她，将她死命地抱住，几乎嵌进自己的身体。

陈小妖没有推开，任他近乎疯狂地吻着。

"娘子，你心里有我吗？可有我？"他终于放开她，盯着她问。

陈小妖呆了呆，伸手擦去他眼角的泪，他怎么哭了？

新纳的小妾在与唐笑成亲两个月后有了身孕，唐笑却一病不起。

就要过年了，刚下过一场雪，天气极冷，陈小妖站在雪中采梅花花瓣上的雪，唐笑生病了，听说用这种雪水熬药有好处。

唐笑的病似乎极重，请了好几个大夫医治，都不见起色。她的法力被封，她很想让红绸看看唐笑，是不是他的阳寿要尽了？然而红绸自上次后便再也没出现。

她搓着冻得通红的手进屋去，看到唐笑靠在床上睡着了，手里还拿着书，她轻轻地将他手中的书抽掉，然后只觉得眼前有道蓝光一闪。

那是什么？她回身往四周看了看。

一只温暖的手握住她，她回过神，低下头去。唐笑已经醒了，正拉过她的手，包在自己手中哈气："怎么冻成这样。"

"你好些了吗？"她歪着头看他。

他笑，拉她坐在自己身边："有你在我旁边，我什么病都好了。"

陈小妖低头看着他手心的掌纹，忽然道："是不是你这一世的阳寿要尽了？"她是魔，凡人的生死大如天，在她看来只是一个轮回，所以很自然地就问了。

唐笑怔了怔："我阳寿若尽了，那我先在阴间等你，我们一起再投胎可好？"

陈小妖点头，道："与你在一起也是不错的。"

"如果你心里那个人回来了呢？"

陈小妖摇头："他回不来了。"

"如果能回来，我和他，你选谁？"

陈小妖想了想，抬头又看看唐笑，很诚实地说道："他。"

唐笑苦笑着，其实，他早知道答案的，胸口有东西在翻腾，他又拥住她，道："与我说说他吧。"

陈小妖温顺地靠着他，道："他没你这般对我好，他总是凶我，总是欺负我，他也像你这样会画画，也替我画画……"

她轻声说着，一件事一件事地说。唐笑听着，然后抬起头看着前方，蓝光中，那个黑洞随着陈小妖的声音一点点地扩大，它似乎凭着陈小妖对风畔的思念而越变越大，只是陈小妖看不到，专心地一句句地说，然后唐笑忽然胸口一甜，一口血喷了出来，那个黑洞同时晃了晃，却并没有消失。

血溅在陈小妖的身上，陈小妖吓了一跳，拿了帕子替他擦。唐笑似乎因为忽然吐血，有些神志不清，抓着陈小妖的手叫着："小妖，小妖。"他从来都是叫陈小妖娘子，此时却一遍一遍地叫小妖。陈小妖没有发现，只顾替他拍着背顺着气。

唐笑终于静下来，沉沉地睡去，陈小妖惊魂未定看着他，真怕他就这么死了。

红绸在陈小妖的身旁现了身，眼睛望了那个黑洞一眼，已经差不多了。

她跨进门去，看到床上唐笑的脸，几月不见他竟瘦成了这样，她是神，本是没有凡人那么多情绪，此时两滴清泪自眼眶中淌下来。

这个傻子。

"他应该活不过新年了。"不知道这句话对陈小妖是不是残忍，如果她心里只有风畔，是不是这个人的死活对她其实并没有什么。

陈小妖身体颤了颤，回过头去，看到红绸哀伤的脸，嘴张了张，又闭上了，她想求红绸救救他，但他说，他会在阴间等她一起投胎的，那么救也没什么好救的。

红绸问她："陈小妖，你为什么不求我救他？"

如果陈小妖求她救唐笑，红绸想，她也不知道会不会救。

这是那只妖自己的选择。

她用追魂引追到昏迷中唐笑的魂魄，果然，他在用自己的灵力修那个洞。

而他的魂魄已经越来越淡了。

"你这样做到底值不值得？"她站在他身后，轻声道。

唐笑回过头，淡淡地笑："我也努力过，我甚至自私地想和她约定，来世，在来世一直由我陪着她，但她心里只有风畔，我有什么办法。"

"那就不要管，好好地做你的妖去。"

唐笑闭上眼，长长地叹息："我没有办法不管她。"

"魂飞魄散你也甘愿？"

"这不正是离魂界的法则，用我的魂飞魄散换回风畔，那样她又会回到原来那个爱笑爱吃的陈小妖了吧。"

陈小妖彻夜守着唐笑，红绸说，他的死期就在今夜。

她又体会到了那种感觉，风畔离她而去时的感觉，彷徨不定，像只无依的魂。

原来，她其实很在意唐笑的。

眼角有温热的液体淌下来，这次，是为了唐笑。

唐笑睁开眼时，正好看到陈小妖的泪，一瞬间他觉得那是错觉，陈小妖为他哭，可能吗？

"你是为我吗？为我哭了？"他吃力地说出几个字，伸手想去擦陈小妖的泪。

陈小妖点头，抓住他抬到一半便再也抬不起的手。

"不要离开我，你离开了，便再也没人陪我了，唐笑。"她终于叫他的名字。

唐笑的手在抖，脸上却努力地笑："傻瓜，你并非凡人，怎的瞧不透生死，要知轮回不断，我们总能再见的。"

"那你要在阴间等我。"

"好，我等你。"等不到了吧，他这一死，从此魂飞魄散了。

怎的就比风畔晚认识她呢？怎的以前总是红着脸不敢对她多说些话呢？如果要说不甘心，他最不甘心的就是真正的那个他没有对她说过喜欢，也再没机会。在她眼里只有风畔，可能也会记着唐笑，但绝不会有他。

"小妖，拿着它，即使你后来与风畔在一起也不要扔了它。"他的手心忽然多了块小小的铜片，是铜镜上的碎片。

陈小妖看着掌中的碎片，似乎有瞬间意识到了什么，却又一片茫然，抬头再看唐笑，唐笑痴痴地看着她，道："小妖，再笑一次吧。"

陈小妖嫁给唐笑那天，明了现了身，看了眼院中正在敬酒的新郎，向红绸跪了下来。

"让我附在那新郎的身上吧，我只想陪她一段时间。"

"你疯了！"红绸甩了甩袖子。

"只要封住我的妖气，小妖不会知道的，"他语气坚决，"我是镜妖，红绸，你知道我的能力，只要我在一个地方超过一年，通往另一界的门便会打开，我借着小妖对风畔的思念，就能打开离魂界的门。"

"离魂界不比妖界，六界的门你确实可以打开，离魂界却并不在六界之内。"

"那就用我的魂来修，小妖的思念和我的魂魄，我必能修出一道门来。"

红绸问过明了："重复着风畔对小妖做过的事，比如画画，比如看灯，来一遍遍地逼出小妖对风畔的思念，那感觉极痛吧？"

明了说："是的，就像拿我的魂来修补那道门一般疼痛。"

唐笑再醒来时，已是春节以后，唐家人说要入棺葬了，陈小妖坚决不肯，因为红绸说唐笑会再醒来。

她一天天地等，唐笑醒来那天阳光明媚，她趴在唐笑的床边半梦半醒。

然后有一只手轻轻地抚着她的头，她下意识地抓住，接着整个人一震，迅速地抬起头。

唐笑睁着眼看她，笑容温柔。

"唐笑？"陈小妖扑上去。

"不，我是风畔。"风畔伸手拥住她。

"风畔？"她重复着这两个字，忽然哭泣。

那眼泪又是为了谁？

番外一

【陪伴】

又是一年槐树花开的时候，陈小妖抱着几个月前刚养的小白猫，在槐树下睡去了，风畔找到她时，槐花已掉了她满头满脸。风畔看了她一会儿，在她旁边坐下，将她拥过来，让她靠着自己，然后拿了手中的书看起来。一阵风吹过，觉得怀中什么东西动了动，他低头去看，小白猫爬到了他身上，伸着抓子去拨他被风吹动的袖管。他伸手一拎，将它扔到一边，白猫呜咽了声，盘腿在他旁边又睡起来。

风畔一笑，再回头时，怀中的陈小妖已经醒了，睡眼迷蒙地看着他。风畔伸手抚抚她的头，抚去她头上的槐花，然后低头轻轻地吻她的发顶。

"风畔。"陈小妖叫他的名字，伸手抱住他的腰。

"怎么？"风畔抬了抬眉。

"我梦到明了了。他说，他的魂已经结成，准备投胎了。"就是刚才的梦，明了微笑地对她说。

她低头看用丝线缠着挂在腰间的那块铜片，那曾是明了原身的一部分，现在明了魂散，那也只是片普通的铜片。

风畔伸出手指微微掐算，过了一会儿才说道："没错，红绸帮他结好了魂，他此时已经投胎了。"

"会投胎何处？我想再见他一眼。"陈小妖热切地问。

风畔一笑："天机不可泄露。"说着转头看看睡在他旁边的那只小白猫。

　　不过是只只知睡觉吃饭的猫而已。

　　大家都有自己的执念，如果自己的执念是不忘，那么明了的执念便是陪伴。

相思骨

XIANG SI GU

番外二

【孩子】

　　唐笑娶的小妾又抱着孩子来了。

　　"姐姐，婆婆去世后也只有你能为我做主了，笑哥自我怀了身孕后，就没再来过，他就算不想看到我，也要来看看孩子啊。再说，我也没做错什么，我的命怎么就这么苦？"说着呜呜咽咽地哭了。

　　陈小妖很喜欢那个孩子，伸手逗着他，听到小妾的话，又低下头，这就是做凡人的麻烦，起初是唐笑被逼着纳妾，现在，她看着那孩子有些不忍心，但又不想风畔真跑去陪那个小妾，所以犹豫着不知道该说什么。

　　于是，那小妾哭得更大声，连带着孩子也哭了。

　　"我去劝劝他。"陈小妖终于决定凡人还是要做些凡人必须做的事，风畔现在就借着人家凡人的身体。

　　小妾抱着孩子走了，陈小妖想着要怎么跟风畔说呢。

　　即使成凡人这么多年，风畔觉得陈小妖还是笨了些，以为她一副为难的样子是要说什么，结果上来第一句就是："今天去那小妾那边吧。"

　　"我不去，"风畔戏谑地看着她，拒绝的口气斩钉截铁，"她可不是我娶进门的。"

　　"但是她很可怜，娃娃也很可怜。"陈小妖小声说。

"不过我去的话就会对她这样，"他低头轻轻地吻陈小妖的唇，"还有这样。"说着手臂已经搂住陈小妖，手往她背后的衣服里伸。

陈小妖眼睛拼命地眨了几下，这样，似乎不太好。

"但，那只是一副皮囊而已。"她试着还想争辩一下。

风畔的手轻轻地抚过她光滑的后背，呼吸变得有些重了："但是魂魄还在这皮囊里。"

他的声音是蛊惑的，陈小妖身体有些发软，心想，此时风畔拥着自己的感觉，确实连自己的魂魄也觉得发烫，这么说真与魂魄有关系。

她一时想不出其他的话再劝风畔，所以当风畔抱起她往床上去时，她心里想，要不等想到其他理由后，再劝他，因为现在已经没空了。

一个月后，小妾被发现，与唐家长工有染，唐家顺理成章地休了她。半年后小妾改嫁给长工，嫁妆是她离开唐家时，风畔给她的一百两银子。

"原来她与那长工本来就是一对。"陈小妖后来才知道。

"只是她爹娘贪钱，所以才嫁了进来，以后你就是孩子的娘了。"风畔看着怀抱着小孩的陈小妖，笑得温柔。

陈小妖亲了一口孩子的脸，道："这样是不是不好，让这孩子和他亲娘分开。"

风畔摸着她的头："这就是凡间的规矩，何况唐家人是不会放唐家的唯一血脉给一个不妇道且已经改嫁的女人的。"

各人命运不同，有些事就是这样。

相思骨
XIANG SI GU
248

明明动了心

ming ming donglexin

维和粽子 / 著

少时最灿烂的一眼，镌刻了他心底最温暖的净地
明明动了的心却从不敢说出那一句"我喜欢你"

这么多年来，牵着你的手对所有人宣告，你是我的。
是我构想过最好的梦境。

内容简介

少时，林景颜跟着改嫁的妈妈住进了林家，遇到了孤寂冷漠的少年林然，两人成了法律上的姐弟。

林然从小失去母亲，父亲忙于生意对他毫不关心，所以他一直都只是孤单一人。

本以为人生会一直这样孤单清冷下去，却遇到了灿烂如光的林景颜。

从此林然心里就突然有了一方温暖的净地，隐秘的，不能被人所知的。

他被摔得全身青肿也要学会骑单车，只为陪她一起上下学。

他会去学习做各种美食，只因为她喜欢吃好吃的东西。

当她喜欢上了别人时，他会远离她，选择默默守护。

当她被喜欢的人抛弃的时候，他会第一时间出现陪在她身边。

可是当他不顾一切对她表白时，她却说：我一直拿你当弟弟。

这么多年，他一直妄想着……妄想着有一天她会和他怀抱着相同的感情，然后拉着她的手，对所有人宣布，她是他的。

这是他构想过最好的梦境。

随书赠送：
时光倾城系列独家策划"时光信笺"
——留给时光的第二封情诗
第三封请见《只是突然很想你》4月上市
（每一封内又含藏译情诗，集齐6封破译私信@大鱼文学，
前50名可获赠大鱼精品系列新书一本。）